I0822721

Αίλουρος

Анаит Григорян

Из глины и песка

Роман

Ailuros Publishing
New York
2012

Anait Grigorian
Made of Clay and Sand

Ailuros Publishing
New York
USA

Подписано в печать 16 октября 2012 г.

Художник обложки: Ирина Глебова
Обработка рисунков и предпечатная подготовка обложки: Анаит Григорян
Фотопортрет Анаит Григорян: Александра Медведева
Редактирование, корректура, вёрстка: Елена Сунцова

Прочитать и купить книги издательства Елены Сунцовой «Айлурос» можно на его официальном сайте: **www.elenasuntsova.com**

ISBN 978-1-938781-02-5

Часть первая

Лето

Я нахожусь во мраке и стараюсь разглядеть в нём хоть что-то.

Альбер Камю, «Чума»

1

Город растрескался и стал похож на древнюю глиняную статую, извлечённую из земли и брошенную под лучами солнца. Лицо его покрылось морщинами и пылью. Песчаные смерчи бродили по улицам, едва не сбивая с ног зазевавшихся прохожих. Машины катились в клубящемся мареве, — горячие, похожие на гигантских глянцевых жуков, ползущих по выжженной пустоши в надежде добраться до спасительных зарослей, но Город мог предложить им лишь неровные асфальтовые ленты дорог да тесные старинные улицы, когда-то украшенные столь же много повидавшими зданиями, а сегодня поросшие строениями из стекла и бетона. Тени, отбрасываемые на изнемогавшую землю редкими деревцами, торчавшими из крошечных скверов и газонов, как будто насмехались над людьми, не давая и намёка на прохладу.

Каждый день Иштар приходилось проделывать один и тот же путь по раскалённому с самого утра Городу. Ровно в семь нужно было спуститься в метро, где к жаре прибавлялась невыносимая духота; проехать девять остановок, затем подняться на поверхность и втиснуться в песочного цвета маршрутку.

Маршрутка неторопливо тряслась в транспортном потоке мимо огромных мусорных куч, опоясывавших окраины. Когда ветер дул с запада, их вонь уносилась прочь от дороги, и тогда Иштар, сощурившись, смотрела в окно, воображая в расплывающемся пейзаже настоящие горы и холмы, в недрах которых покоятся сокровища канувших в Лету цивилизаций.

На конечной остановке запах свалок сменялся свежим ароматом леса, окружавшего здание циклопического лабораторного комплекса, и Иштар с облегчением выбиралась из маршрутки. Некоторое время она шла пешком, вдыхая горький хвойный воздух, вызывавший после переполненного пылью воздуха Города лёгкое головокружение. Тихие лесные шорохи странно контрастировали с неслышным здесь шумом городского транспорта.

Хозяева застройки боролись с лесом, регулярно закатывая свежим асфальтом площадку перед зданием и вырубая ближайшие к нему деревья, но молодая поросль упрямо лезла из-под дёрна, а круглые шляпки шампиньонов каждую осень пробивали дыры в асфальте, доказывая тем самым, что тургорное давление в их крошечных клетках действительно сравнимо с давлением в шине десятитонного самосвала.

В один из таких дней Иштар, как обычно, думала вовсе не о лесе и даже не замечала смены декораций, поскольку мысли её были заняты очередным экспериментом, и перед глазами её, вместо вечнозелёных елей и травы, безуспешно пытавшейся отвоевать пространство у дороги, вставали образы ламинарных шкафов, застеклённых переходов, освещённых ультрафиолетом, культуральных флаконов, секвенаторов, ПЦР-боксов и похожих на пистолеты дозаторов для реактивов.

Подойдя к подъезду лабораторного комплекса, Иштар обнаружила синий «Лэнд Ровер» шефа. Вид холодно поблёскивающего корпуса вернул её в действительность. Машина была как будто единым целым с бетонно-стальной конструкцией здания. Она прибывала на свой пост ранним утром и покидала его лишь поздним вечером. Проходя мимо «Лэнд Ровера», Иштар представила, как трёхтонный механизм едет по проложенной через лес дороге, и ей почему-то стало не по себе от картины этого неторопливого механического движения, как будто подавлявшего и подчинявшего себе живую действительность.

Иштар остановилась перед «Лэнд Ровером» и всмотрелась в его тонированные стёкла. Отражение было тёмным, искривлённым и подмигивало левым глазом. Правый, напротив, был распахнут неестественно широко. Рот тоже был крив — левая его сторона оттянулась к самому подбородку, а правая устремилась к уху, и непонятно было, усмехается отражение или печалится.

«Любопытно, каково бы это было — проехаться с шефом на машине...», — рассеянно подумала Иштар.

В этот момент она повернулась таким образом, что оба глаза отражения закрылись и оба угла его рта поползли вниз. Это преображение вызвало у Иштар странное ощущение — смесь неприязни и страха, и она, поспешно отвернувшись, взбежала по ступеням здания и приложила к магнитному замку карточку-пропуск. Раздался тихий щелчок, и дверь открылась.

Лабораторный комплекс представлял собою массивное четырёхэтажное здание из стекла и бетона, уходившее в глинистую лесную почву огромным подвалом, в котором располагался склад реактивов и оборудования — пожалуй, едва ли хоть один из сотрудников бывал во всех многочисленных комнатах этого подвала, делавшего всё здание чем-то похожим на айсберг, торчащий из морской глади лишь своей вершиной и скрывающий бóльшую свою часть в недоступной глубине. Надземные этажи были заполнены многочисленными лабораториями и сплетениями белых коридоров, освещённых яркими люминесцентными лампами. Иштар работала на четвёртом этаже, где находилась лаборатория стволовых клеток, занимавшая несколько помещений, и совсем недалеко от неё — нужно было пройти всего каких-то несколько метров по коридору — большая комната, где стояли почти вплотную друг к другу рабочие столы сотрудников, снабжённые компьютерами и небольшими полками, предназначенными для хранения бумаг (шеф всегда делал строгие замечания, заметив присутствие на этих полках любых предметов, не относившихся к работе, как-то: популярных журналов, сувениров, привезённых из ежегодных поездок в отпуск, открыток, календариков и прочего в таком роде). Из этой комнаты, пройдя её насквозь, можно было попасть в кабинет шефа. Помимо его стола в кабинете находился и стол Иштар, за которым она проводила свободное от работы в лаборатории время, занимаясь поиском научных статей в интернете или планированием экспериментов. На четвёртом же этаже разместились биохимические лаборатории и лаборатория генетики, а что касается топографии других этажей, то её Иштар представляла себе смутно, зная лишь, что третий был частично отведён под криохранилище, где, замороженные в жидком азоте, покоились образцы клеток и тканей, а напротив криохранилища был кабинет Ирины — заместителя шефа по научной работе. На втором этаже располагалась столовая, отдел кадров и архив документов, а на первом — виварий.

Поднявшись на лифте на четвёртый этаж, Иштар, не заходя в кабинет, сразу направилась в лабораторию, переоделась в подсобной комнате и вошла в большое светлое помещение, где, сидя спиной к входу в ламинарном боксе — застеклённой камере, предназначенной для работы с биологическим материалом, — уже склонялась над чашками Петри и пробирками Ира. Иштар тихо подсела к ней, не поздоровавшись, — ей было известно, что коллега, отвлёкшись на приветствие, может допустить ошибку в работе.

В лаборатории было очень тихо. Тёплый поток стерильного воздуха, шедший из воздушного фильтра, шевелил лёгкие полипропиленовые шапочки, закрывавшие волосы Иры и Иштар, одетых в белые костюмы, одноразовые тапочки, перчатки и медицинские маски, практически полностью скрывавшие их лица. Девушки сидели боком друг к другу на достаточном, чтобы не толкаться локтями, расстоянии. На столе ламинарного бокса стояли ровные ряды чашек Петри с культурами кроличьих стволовых клеток. Чашек было двести штук: сто — для Иштар, сто — для Иры. Бутылки, наполненные рубиново-красным питательным раствором, пробирки и стопки пипеток громоздились по периметру стола.

Месяц назад, знакомя Иштар с коллективом лаборатории (Настя, Наташа, Оля, Таня, Маша, Гриша, Евгений...), их шеф — Пётр Алексеевич — кивнул в сторону невзрачной девушки, вставшей чуть поодаль от всех:

— Ирина введёт вас в курс дела.

Иштар пристально поглядела на Иру. Та ей не понравилась. Невысокая, крепко сбитая, с коротко остриженными тёмными волосами и большой грудью. Нос её был слишком длинен и казался чужим на круглом, почти детском лице, а глаза — мутно-зеленоватые, усталые и смотрящие куда-то вовнутрь. Судя по торчащим над глазами отросшим чёрным волоскам, она выщипывала брови, но не слишком часто — может быть, раз в пару недель. Лоб Иры блестел, как будто натёртый маслом.

— Привет. Можно на «ты», — это было первое, что сказала Ира, после чего бесцеремонно взяла Иштар за руку и повела показывать лабораторию.

Иштар было неприятно это обращение вкупе с прикосновением, но она сдержалась и не отняла руки, решив не портить в первый же день отношения с новой коллегой.

«У тебя на пальцах, Ира, паста от шариковой ручки».

— Хорошо, — безразлично отозвалась Иштар, внимательно разглядывая оборудование.

Пётр Алексеевич, описывая ей лабораторию, не обманул — здесь действительно было всё, чего только мог пожелать исследователь, и даже больше, начиная от магнитных мешалок, термостатов, центрифуг, лиофильных сушек и термоциклеров и заканчивая парой конфокальных микроскопов, мощными ИФА-анализаторами, самым современным проточным цитофлуориметром и автоматическим ДНК-секвенатором.

Показав Иштар лаборатории, Ира отвела её в виварий. Там в многоярусных металлических шедах сидели одинаковые белые кролики с карими глазами. Большинство кроликов флегматично хрупало сухой корм из чистеньких кормушек, некоторые удивлённо таращились на вошедших.

— Мы работаем на линейных кроликах, — комментировала Ира. — Линейных — значит, с одинаковым генотипом, если не в курсе. Мы получаем из их костного мозга стволовые клетки, выращиваем эти клетки в лабораториях наверху, затем используем их для экспериментальных трансплантаций кроликам этой же линии, чтобы исключить иммунное отторжение. Если нужно, выделяем из клеток определённые белки... в принципе, любые можно выделить, какие тебе понадобится, только с шефом предварительно всё согласовать. У нас самое современное оборудование... кое-что ты уже успела увидеть.

Иштар кивнула.

— Как тебе Пётр Алексеевич? — вдруг ни с того, ни с сего осведомилась Ира, без особого успеха пытаясь придать своему тону весёлость.

— Нормально, — Иштар пожала плечами.— А почему именно кролики? Обычно же работают на крысах или мышах. И линейных крыс и мышей проще достать... а уход за кроликами гораздо сложнее. И дорого. Разве нет?

— У кроликов соотношение размеров органов ближе к человеческому. Проще оценивать результаты. — Ира помедлила и добавила: — И вообще... они не такие противные.

— В смысле?

— Ну... мохнатенькие такие, хорошие, ушки у них прохладные, — Ира протянула руку к одной из клеток. — И вот, гляди...

Кролик оторвался от кормушки и ткнулся мордой в металлическую сетку. Ира, просунув между прутьями палец, погладила спинку его носа.

— ...некоторые — как кошки. Привыкают, узнают...

Иштар протянула руку к одному из кроликов, но, стоило тому коснуться мордой сетки, резко её отдёрнула. Вибриссы зверька как будто обожгли её пальцы. У Иштар закружилась голова, и она отвернулась.

Ещё недавно, учась в университете и параллельно работая в НИИ Гематологии, где она писала дипломную работу, Иштар ставила опыты только на крысах, но и этого оказалось для неё вполне достаточно, чтобы осознать собственное отвращение к кровопролитию.

«Достойная цель оправдывает любые средства — весь вопрос в том, что считать достойной целью и до какого предела можно называть используемые средства “любыми”, ибо вопреки семантике даже однозначные слова люди склонны понимать различно. И всё же, исследователи не стремятся понапрасну причинять боль живым существам. Справедливости ради следует сказать, что они не желали этого никогда, ни в какие времена. Английский врач Уильям Гарвей, сделав бессчётное количество наблюдений над животными, заложил основы физиологии и эмбриологии — наук, ценность которых для человечества трудно переоценить. Без экспериментов на животных современной медицины просто бы не существовало, и было бы смешно отрицать достигнутое, вычёркивая из истории великие имена... но если предположить, что мы столкнёмся с чем-то, что невозможно разрешить с помощью традиционных научных подходов, что тогда?»

Иштар вспомнила, как ей впервые пришлось убивать экспериментальных животных. В НИИ пытались сэкономить на всём, в том числе и на наркозе. Над ржавой раковиной Иштар ножницами отрезала крысам головы. Ржавчина смешивалась с потоками густой тёмной крови, выплёскивавшейся из обнажённых артерий.

На стене в лаборатории висел портрет Хемингуэя — художник-самоучка из научных сотрудников выжег на деревянной панели лицо писателя, использовав в качестве модели одну из последних его фотографий. Иштар работала, чувствуя затылком грустный и сосредоточенный взгляд угольно-чёрных глаз классика, уже решившегося на самоубийство.

Таких, как Иштар, были тысячи, но они находили себе оправдание и не чувствовали за собой вины. Иштар, сколько она ни старалась, оправдать себя не удавалось. Её вина растекалась густым тёмным пятном в ржавой раковине. Временами ей хотелось всё бросить и уйти, но она знала, что любой побег — это побег от чего-либо к такому же самому (или, как довелось ей прочитать в какой-то книге, «переход из ночи тёмной в ночь беспросветную» — формулировка Иштар очень понравилась, хотя, возможно, относилось это к чему-то более существенному, нежели смена рода деятельности), и потому никуда не уходила. Но если бы во всём этом был смысл... Если бы всё это было не ради того, чтобы исписать энное количество листов бумаги, скрепить их и положить пылиться на полку в университете, получив степень магистра биологии.

В реальность Иштар вернул встревоженный голос Иры.

— Ты что это? С тобой всё в порядке?

— Да, в порядке, — Иштар не могла заставить себя снова посмотреть на кроликов.

— Может, это всё запах? — предположила Ира. — Хотя у нас очень чистый виварий, бывает, что людям не нравится запах. Давай я отведу тебя обратно в кабинет.

Они вместе вышли из вивария. Ира достала из кармана мобильный телефон, взглянула на светящийся экран, и лицо её помрачнело.

— Нет, пожалуй, я тебя уже не успею отвести... Слушай, ты теперь свободна, можешь даже домой поехать или вот... погуляй самостоятельно по комплексу, осмотрись... а у меня ещё есть кое-какие дела.

— Да, — невпопад отозвалась Иштар и прислонилась спиной к стене.

— Ты точно в порядке? Найдёшь без меня дорогу?

— Да. Думаю, да.

— Хорошо. Тогда до скорого, — Ира отвернулась и зашагала по коридору в направлении лифтов.

Иштар, постояв ещё немного, последовала за ней. Дорогу к лифтам она помнила, но у неё совершенно вылетело из головы, на каком этаже находится нужный ей кабинет. Зайдя в кабину лифта, она смерила рассеянным взглядом блестящую панель с кнопками, всё ещё явственно ощущая кончиками пальцев прикосновение вибрисс кролика, и ткнула в цифру «2».

Выйдя из лифта, она обнаружила, что находится в совершенно незнакомом месте. Вдалеке она увидела Иру, идущую по коридору. Иштар бросилась догонять коллегу, скрывшуюся за углом, однако, свернув в боковой коридор, увидела, что за Ирой уже закрывается одна из дверей.

Добежав до этой двери, Иштар попыталась повернуть ручку, но та не поддалась. На двери была табличка с надписью «Архив». Скорее не обонянием, а каким-то подсознательным чувством Иштар ощутила струящийся из-за двери запах пыли.

Поняв, что спросить дорогу у Иры не удастся, Иштар медленно побрела обратно к лифту и, поблуждав некоторое время по зданию, всё же вспомнила, что её общий с шефом кабинет, где она оставила свою сумочку с документами, находится на четвёртом этаже.

Покинув в тот день лабораторный комплекс и выйдя на улицу, Иштар не могла отделаться от воспоминаний о посещении вивария.

«Они глупые, у них глаза, как нарисованные, — с раздражением думала она, сжимая кулаки и пытаясь избавиться от неприятного ощущения на кончиках пальцев, — их специально разводят… у них гладкий мозг — гладкий, как бильярдный шар, как будто перетянутый посередине леской… и это даёт нам право ставить на них эксперименты, и это не просто так — ведь *так*? Мы же делаем это не ради удовольствия. У нас есть цель, а цель оправдывает средства, если это… настоящая цель…»

Иштар осторожно погрузила кончик пипетки в чашку, набрала несколько миллилитров желтоватого, похожего на сукровицу раствора и отправила его в слив, затем добавила в чашку свежего раствора из банки. За пару дней клетки высосут из раствора аминокислоты и витамины, изменят pH и снова сделают его жёлтым. Цикл замкнётся. На лабораторном жаргоне это называлось «кормлением». Иштар представила, что чашка действительно полна крохотных, жадных до красного цвета зверьков. «Как это странно: кролик — травоядное животное, а клеткам его всё равно требуется кровь… питательная среда — та же кровь, просто искусственная, немножко ненастоящая… возможно, поэтому *in vitro* клетки всё же живут не так долго, как *in vivo*. По большому счёту, кровь в той или иной форме есть у всех живых организмов: кровь бактерий — это цитоплазма их клеток, по сосудам ксилемы и флоэмы — проводящих систем растений — непрерывно движется сладковатый сок, в сосудах и межклеточных пространствах беспозвоночных циркулирует гемолимфа… только у вирусов нет крови, и на этом основании я бы всё же отказала им в праве называться живыми. Жизнь — это циркуляция, *вращение* крови, и только».

— Если бы у тебя был пистолет, ты бы смогла выстрелить ему в голову? — неожиданно спросила Ира.

Иштар застыла с пипеткой в одной и банкой питательной среды в другой руке, уставившись на ряды чашек Петри. Её мозгу потребовалось несколько миллисекунд, чтобы вникнуть в суть сказанного коллегой.

— Ты о ком это?

— Сама прекрасно знаешь, о ком, — Ира поёрзала на стуле.

«О, конечно, я прекрасно знаю».

— Так смогла бы?

— Тебе просто скучно, или есть ещё какая-то причина? Чем тебе не угодил Пётр Алексеевич? — Иштар заменила питательную среду в очередной чашке и с трудом подавила вздох.

— Он, по-твоему, не заслужил? — Ира кивнула на выстроившиеся перед ними чашки.

Иштар сделала вид, что сосредоточилась на работе, но Иру этим было не провести.

— Не заслужил? — упрямо повторила она.

— Я бы не стала этого делать, — наконец с неохотой протянула Иштар. — Не стала бы я стрелять ему в голову.

— А в ногу? — не отставала Ира. — В ногу бы смогла?

— Нет. Полагаю, нет. Впрочем, что я говорю? Точно нет.

— То есть... ты сомневаешься? — в глухом Ирином полушёпоте прозвучала насмешка.

«Надеешься поймать меня? — с лёгким раздражением подумала Иштар. — Для чего?»

— Нет, не сомневаюсь. Просто не стала бы, и всё.

— Он тебе нравится? Только честно... — Ира накрыла чашку пластиковой крышечкой, отодвинула её в сторону и уставилась в полузакрытое маской лицо Иштар. — У нас июнь на дворе, скоро девятое... может, ты ему уже и подарок ко дню рождения выбрала? Что-нибудь... очень личное?

«Может, ткнуть ей в глаз пипеткой?»

— Знаешь, он из хорошей семьи, — продолжила Ира. — У него родители — профессора. Сейчас днём с огнём таких не найдёшь.

— Что с того? — Иштар почувствовала, что окончательно перестала понимать коллегу.

— Да нет... так, ничего, — Ира ухмыльнулась. — Может, поэтому он у нас такой умный?

Иштар пожала плечами.

— Значит, наука — у него в крови.

— Ну да, — Ира перестала ухмыляться. — Академическая семья делает его ещё привлекательнее, правда?

«Да что же ей, в конце концов, от меня нужно?»

— А ты? — Иштар отвернулась и продолжила, пытаясь скопировать интонацию Иры. — А ты бы смогла выстрелить ему в голову? А в ногу?

Ира не ответила.

Часы шли, сливаясь в плотный тягучий поток. Иштар безразлично вспомнила, как много лет назад, когда ещё жила в Германии, написала стихотворение на русском, начинавшееся словами: «Мир течёт-течёт-течёт мутною рекой, / Всё истлеет, всё уйдёт в дней туманный строй». Что было дальше, не припоминалось — может быть, совсем ничего. Больше она стихов никогда не писала.

Девушки работали бесшумно, не касаясь пипетками стенок чашек и банок. Иштар, ощущая сквозь перекрытия здания царивший снаружи зной, думала о том, что нужно бы и сегодня задержаться на работе до темноты, когда возвращаться будет хоть немного прохладнее. Ей нравилось ехать в полупустой маршрутке, спускаться в гулкие переходы опустевшего метро и шагать по остывающим притихшим улицам, запрокидывая время от времени голову и вглядываясь в густо-чёрную беззвёздную пасть неба. Город слишком огромный, и в Городе слишком много людей, так что ближе, чем в полутора часах езды от работы, квартиру снять не удалось. Сначала Иштар это огорчало, но позже она оценила все преимущества долгой дороги, располагавшей к спокойным размышлениям.

— Кстати, ты сны уже пробовала записывать? — словно очнувшись, спросила Ира.

Иштар покачала головой. Ну конечно, сны... накануне Пётр Алексеевич устроил им всем внеочередное совещание, чтобы озадачить неожиданным поручением. Иштар представила себе шефа: высокий, статный, с густыми каштановыми кудрями и пронзительно синими глазами. И одет — всегда с иголочки.

Когда он появился (последним, как всегда, минута в минуту к началу совещания), все присутствовавшие мужчины как будто стали меньше. Иштар усмехнулась. Их и так-то помимо шефа всего двое — Гриша и Евгений, обоим за сорок, но никому и в голову не придёт обращаться к тому или другому на «вы». «Вы» — это только Пётр Алексеевич. Может, если бы не он, то Гриша и Евгений тоже были бы «вы» каждый по отдельности, но в присутствии шефа на «вы» хватает только их обоих вместе взятых.

Шеф поздоровался и окинул взглядом собравшихся. Голос у него был тёплый, обволакивающий, лишающий собеседника всякой воли к спору. Здороваясь — «добрый день, глубокоуважаемые коллеги», — он всегда улыбался.

«Глубокоуважаемые», — повторяла про себя Иштар. Слово ей не нравилось.

— Друзья, я хотел бы попросить вас об одной очень простой, но очень важной для меня вещи, — он выдержал театральную паузу.

Все замерли в ожидании. Иштар огляделась — на лицах коллег не было написано ни любопытства, ни тревоги. Вообще ничего.

— Мне бы хотелось, чтобы вы все начали вести записи ваших снов. Мне бы хотелось, чтобы вы записывали всё аккуратно и скрупулёзно, не упуская ни одной мелочи. И ещё мне бы *очень* хотелось, чтобы каждый из вас делился своими наблюдениями со мной лично, — теперь он говорил очень чётко и ровно, без пауз и замедлений, как будто читал заранее приготовленный текст.

— Но… — Иштар очнулась первой. — Но зачем?

Той ночью Иштар снился дурной сон. Она шла по пустынной улице, а за ней следом бежала трусцой громадная чёрная собака. Пасть собаки была открыта; из неё свисал и волочился по земле непомерно длинный, тоже чёрный язык. Когда Иштар ускоряла шаг, собака начинала бежать быстрее, а когда замедляла собака тоже замедляла свой бег, держась всегда на одном и том же расстоянии, и именно это почему-то пугало. Кто-то невидимый крикнул хриплым голосом над самым ухом Иштар: «Девушка, чёрная собака полюбила вас!»

— Это нужно для нового проекта, — шеф снова улыбнулся. — Это очень важный проект, Иштар.

— Но из всемирной паутины можно вытащить сколько угодно сновидений, записанных в мельчайших подробностях.

— Мне нужна информация несколько иного рода, — терпеливо пояснил шеф. — Если в материал вкрадутся ошибки, искажения — у нас ничего не получится. Ты знаешь это не хуже меня, Иштар. К тому же, мне нужно лично знать тех, с чьими сновидениями мне придётся работать.

— Чтобы иметь возможность влезть им в голову *по-настоящему*, — еле слышно шепнула Ира, наклонившись к Иштар.

Иштар раздражённо передёрнула плечами.

— Тем более, — продолжал шеф, — сновидения абсолютного большинства людей однообразны и примитивны, что связано с качеством информации, получаемой в дневное время и, как мне кажется, с качеством её интерпретации человеческим мозгом. Со вторым, возможно, — в большей степени. Грубо говоря, сны состоят из отражений действительности и внутренних переживаний индивидуума. Современная культура, — в его голосе зазвучали иронические нотки, — приводит к засорению и упрощению внутренней жизни человека. Вы принадлежите к академическому сообществу, коллеги, и я надеюсь, что ваши сны окажутся более содержательными.

— А что, если я… — подала голос Настя, обычно хранившая на подобных собраниях молчание.

— Что? Говорите, пожалуйста, Анастасия, — шеф перевёл взгляд на Настю.

— А что, если я... стесняюсь? — она фальшиво потупилась.

— Глупости, — отрезал начальник. — Это всего лишь работа. Не больше и не меньше. У кого ещё есть возражения? *Существенные* возражения, я имею в виду.

Все хранили молчание, только у Иры на губах обозначилась кривая усмешка.

— Хорошо. Мне нравится такое единство в коллективе, — шеф поднялся, давая всем понять, что собрание окончено и можно расходиться.

— Это было... довольно необычно, но ожидаемо, — сквозь зубы процедила Ира, когда дверь за шефом закрылась.

Ей никто не ответил. Люди молча поднялись со стульев и, не обсуждая нового задания, разошлись по своим рабочим местам.

Воспоминание о собрании вызвало у Иштар ощущение, очень похожее на то, что она испытывала, глядя на своё отражение в тонированных стёклах машины шефа.

— Эй! — окликнула её Ира.

«Как это странно, когда в тишине внезапно раздаётся звук».

Не обратив внимания на оклик, Иштар продолжала машинально производить манипуляции с пипетками и чашками.

— Иштар, вечно ты где-то не здесь!

— Мне ничего сегодня не снилось, — чтобы отвязаться, бросила Иштар.

— Вот как? Действительно, шёл бы он со своими идеями, правда? Кстати, ты на время смотрела?

— А что?

— Пора уже, — Ира встала и направилась к выходу. На полпути она обернулась. — А ты... как всегда?

— Да.

Когда за Ирой затворилась дверь, Иштар подождала некоторое время, затем быстро, даже торопливо прибрала стол и, переодевшись из стерильной одежды в привычные свитер и джинсы, отправилась в рабочий кабинет.

Устроившись за компьютером, она не приступила тотчас к работе, но ещё долго прокручивала разговор с Ирой в голове.

Ира нередко сбивала её с толку, вносила сумятицу в её размышления; Ирины вопросы и намёки окутывали фигуру начальника туманом, привнося в каждое его начинание, в каждое пустячное задание и в каждый экспериментальный проект какую-то зловещую двусмысленность. Возлагая на свою новую работу столько надежд, Иштар придавала значение всякому касавшемуся шефа замечанию, от кого бы это замечание не исходило.

«Нельзя верить каждому слову. Слова — как скорпионы в банке — всё время норовят ткнуть друг друга жалом. Переиначить. Опровергнуть. Перевернуть с ног на голову. Запутать. Одно слово противоречит другому, тянет за собою третье... Если подчиниться воле слов, недолго очутиться в один прекрасный день в приюте для умалишённых. Что, если слова вообще возникают раньше предметов? Отчего, к примеру, стул был назван именно стулом, а лампа — лампою? Только лишь оттого, что кто-то в незапамятные времена так *решил* и *договорился* с остальными? Зная даже поверхностно человеческую натуру, невозможно не усомниться в подобном предположении. Ничто никогда не давалось людям труднее, чем всякого рода договорённости — у каждого найдётся собственное мнение по самому пустяковому вопросу, и трудно представить себе, чтобы через договорённость возникла столь сложная конструкция, как язык... Между предметом и сочетанием звуков нельзя найти никакой причинно-следственной связи в случае, если быть уверенным, будто предмет предшествовал слову. А всё, быть может, было в точности наоборот, — *слово предшествовало предмету*, — зародыши слов, брошенные в пустоту, развивались, покуда не затвердели материей и не превратились в предметы, и лишь из-за последующего преломления в сознании человека возникло столь обширное разнообразие произношений одних и тех же слов, — то, что мы зовём языками. Об этом повествует миф о Мигдаль Бавель — Вавилонской башне, однако дошёл он до нас в столь искажённом виде, что истинный его смысл почти невозможно уловить».

Иштар рассеянно нажала кнопку питания компьютера.

Она уже совершенно погрузилась в чтение бесконечного электронного текста, посвящённого новому заболеванию, появившемуся несколько лет назад и поставившему в тупик всю мировую медицинскую общественность своим патогенезом, состоявшем в постепенной утрате человеком способности видеть сны и нарушении психических и физиологических процессов, неотвратимо приводящем к смерти, — когда в кабинет вошёл шеф. Иштар тотчас уставилась в вентиляционное отверстие в стене, зная, что шеф любит здороваться первым. Раньше это её смущало, но в конце концов она привыкла. Правда, временами её всё же посещало чувство, что начальника по какой-то причине забавляет именно этот момент замешательства подчинённого, смотрящего ему в глаза и принуждённого молчать. «Быть может, именно эта особенность шефа вызывает у Иры такое неприятие?» Каждый из коллег выходил из ситуации по-своему — обычно люди просто опускали глаза. Иштар научилась отворачиваться, сосредотачиваясь на рассматривании какого-нибудь предмета, выделявшегося из окружающей обстановки. В кабинете таким предметом являлось вентиляционное отверстие.

Иштар смотрела в него, в который раз отмечая про себя каждую незначительную деталь, в подобные моменты приобретавшую огромное, даже первостепенное значение. Тонкая раздвоенная трещина в штукатурке, приоткрывающая серое нутро стены. Решётка, затянутая полиэтиленовой плёнкой. Один из углов плёнки едва заметно дрожит. Слабый, неуловимый сквозняк. Окон в кабинете нет.

— Иштар, привет! Как дела?

— На западном фронте без перемен.

— Отлично.

Она услышала, как позади неё жалобно скрипнул стул и загудел компьютер. Затем до неё донёсся слабый запах спирта и парфюмерной отдушки — шеф по своему обыкновению протирал гигиеническими салфетками руки и заодно — клавиатуру компьютера. На Иштар опустилось спокойствие. В последнее время она не любила бывать одна. Слишком много вопросов теснилось в её голове.

Довольная тем, что шеф не завёл никакого разговора, она окончательно утонула в неосязаемом мире гипертекста. Так они просидели допоздна, не перекинувшись ни единым словом. Иштар нравилась привычка начальника молчать и не тревожить её, когда она сама того не желала. Пётр Алексеевич беззвучно возился с клавиатурой, вводя в строки поиска специализированных сайтов непроизносимые названия редких заболеваний и новых медицинских препаратов. Обнаружив что-нибудь интересное, он всем телом подавался вперёд и сосредоточенно вглядывался в мутное свечение экрана. Иштар знала, что, читая, он едва заметно шевелит губами, а иногда останавливается, прикрывает глаза и повторяет прочитанное про себя.

Её удивляло, что шеф — такой большой — может, когда нужно, занимать так мало пространства и быть таким незаметным. Она никогда не слышала, чтобы начальник повышал голос, кричал на кого-то, никогда не видела, чтобы он случайно задел какую-нибудь вещь — из тех, какими напичкана всякая уважающая себя лаборатория и которые нередко бьются со страшным звоном, разлетаясь по полу тысячами острейших осколков. Он мог войти в комнату так, что на него не сразу обращали внимание, а в другое время все, как по команде, поворачивались в его сторону. Несколько раз он работал при Иштар в лаборатории и так ловко управлялся с длинной пипеткой, что Иштар невольно сравнивала его с дирижёром, мановению руки которого подчиняются, как единый организм, все музыканты большого симфонического оркестра.

«В этом есть что-то противоестественное. Не может человек из плоти и крови за три часа непрерывной работы ни разу не коснуться носиком пипетки края пробирки... даже Ира, и та так не умеет».

Она взглянула на часы в углу экрана — Город должен быть уже погружён в туманные сумерки, с конца мая по середину июля заменяющие здесь ночь. Эти ночи раздражали Иштар — звёзды исчезали, а небо сливалось с землёй, и Иштар начинало казаться, будто тело её плывёт в бесконечном и бездонном океане, растворяется в нём, и остаётся только чистое восприятие — бесполезное, ибо всякое чувство и ощущение лишается смысла среди бесконечности.

Шеф выключил компьютер, ухитрившись надавить на клавишу мышки так, что она не щёлкнула, а затем так же тихо ушёл, только бросив на прощание: «До завтра, Иштар» и не дождавшись ответа. Иштар нравилось, когда он называл её по имени. Обычно в начале знакомства её имя переспрашивали и перевирали, а Пётр Алексеевич выучил его с первого раза, чем как-то сразу и без труда завоевал её доверие. «Но всё-таки плохо, когда тебя так зовут, — в очередной раз подумала Иштар. — Как будто справка о том, что помимо имени и всё остальное у тебя — не как у людей...»

2

К своему имени Иштар относилась с повышенным, даже болезненным вниманием. Едва научившись читать и пользоваться интернетом, она узнала, что Иштар — аккадское божество любви и войны, плодородия и кровавой распри, дочь бога неба Ану, сестра бога солнца Шамаша и богини подземного мира Эрешкигаль, жена и сестра бога-пастуха Таммуза. В её руках ме — глиняные таблички с записанными на них божественными законами, дающие ей право судить людей и богов. Её почитали в Эрехе, в центре которого вокруг циклопического зиккурата возвышался её храм. В ходе оргиастических ритуалов, посвящённых Иштар, жрицы-кадишту приносили в жертву свою девственность, а мужчины, охваченные религиозным экстазом, нередко оскопляли себя. Это было божество, обуздавшее и победившее смерть, божество естественной, грубой, жестокой в своём стремлении к вечному возобновлению жизни.

В летописях Вавилона сохранилась история сошествия Иштар в преисподнюю. В жаркий летний день, в конце месяца симан, божественный супруг Иштар отправился на охоту. Внезапно налетел буйный вихрь, и бог пал на землю, подобно надломленному тростнику. Опечалившись, Иштар решила отправиться в царство своей сестры Эрешкигаль — хозяйки подземного мира, откуда нет возврата, и её мужа Иркаллы или Нерунагала — бога смерти, господина больших пространств. Подойдя к воротам земли мёртвых, Иштар ударила в медные створы так, что с потемневших замков осыпалась тысячелетняя пыль. «Открой ворота, Нети, страж усопших! — крикнула Иштар. — Или же я сокрушу их и выпущу всех узников на волю, так что на земле станет больше мертвецов, чем живых!» Испуганный страж ворот бросился к Эрешкигаль. Когда Эрешкигаль узнала о приходе Иштар, губы её почернели от ненависти, и она молвила: «Впусти её, поступив с нею по нашим законам, установленным Иркаллой до начала времён».

Тогда страж вернулся ко входу в преисподнюю и распахнул створы первых ворот. Едва Иштар прошла их, страж сорвал с её головы золотую тиару. Во вторых воротах снял он золотые подвески с её ушей. В третьих воротах снял с неё страж ожерелье из сверкающих камней. В четвёртых — щиточки с её грудей. В пятых — волшебный пояс рождений, стягивающий её стан. В шестых — стащил с её запястий и лодыжек золотые браслеты. В седьмых, последних воротах, снял жестокий страж поясок стыда, прикрывавший её чресла, сделав её беззащитной и смертной, как всякая земная женщина. Ощупью брела Иштар по бесконечным тёмным переходам, где метались мириады душ умерших, забывшие о дневном свете, питающиеся прахом и глиной, покрытые чёрными перьями, словно птицы.

Наконец нагая Иштар, лишённая всех своих магических амулетов, предстала перед Эрешкигаль, окружённой семью судьями мёртвых. Эрешкигаль обрушилась на свою сестру с бранью, а затем позвала своего слугу, бога чумы Намтара, чьё имя значит «судьба», и приказала наслать на Иштар шестьдесят страшных болезней, поразивших бы её сердце и печень, её руки и ноги, её глаза и уши. И усмехнулся Намтар — безглазый и тысячерукий — тот, в чьих пальцах кружатся веретёна человеческих и божественных судеб, ибо давние счёты связывали его с Иштар, и рад он был исполнить жестокий приказ Эрешкигаль, и давно ждал он этого приказа.

Говорят, когда-то был Намтар прекрасным юношей, и жил он с другими богами в их царстве, где никогда не наступает ночь и никогда не смолкает весёлый смех, и пировал он с ними за одним столом, и танцевал с ними на вершинах священных гор Машу́, из-за которых каждое утро восходит солнце, освещающее мир. Из золота и серебра прял он нити судеб, и раскрашивал их всеми цветами радуги, и украшал драгоценными камнями, и были счастливы боги и смертные, и не было никому горя и печали. Но случилось так, что полюбил Намтар дочь бога неба Ану, чернокудрую Иштар, и, подкараулив богиню у водопада, в котором она любила купаться, пал перед ней на землю и просил стать его женой, но наотрез отказала гордая Иштар. Обещал Намтар спрясть для неё самую прекрасную нить из всех, какие он когда-либо прял, клялся он дать ей счастье и блаженство, каких не испытывал никто из смертных и бессмертных, но Иштар лишь рассмеялась ему в лицо и грубо отвечала: «Неужто возомнил ты, ничтожный, что своими посулами можешь склонить к себе меня, дочь могущественного Ану? Неужели думаешь ты, что можешь распоряжаться моей судьбой, неужели полагаешь, будто я, если захочу, не порву и не перепутаю всю твою пряжу, не брошу самого тебя в бездну?» Видя же, что Намтар не отступается, разгневалась богиня, отобрала у бога судьбы его веретёна, спутала и порвала разноцветные нити, а самого его схватила и швырнула в бездну. Долго падал Намтар, и острые камни ранили его прекрасное лицо, и в окровавленные лохмотья превратилась его богатая одежда, и слёзы лились из его глаз, и ослеп он от слёз, и почернела его белая кожа, а он падал всё ниже и ниже, пока не достиг пределов пустынной земли, населённой душами умерших. И нашёл его, отвергнутого, Иркалла, властвующий над тенями, и поднял его из праха, и сказал: «Всякий, явившийся в мои владения по своей воле или же по принуждению, навеки принадлежит мне. Однако известно мне, кто ты, хоть облик твой стал иным, нежели прежде, известна мне и причина, по которой ты здесь. А потому спрашиваю тебя: желаешь ли ты из мира вечной ночи, где никогда не смолкают плач и стоны, вернуться в мир, где всегда светит солнце и звучит радостный смех? Проси, и я исполню твою просьбу».

«Неужто ты издеваешься надо мной, великий Эн-Уру-Гал, владеющий ключами от всех врат? — отвечал отвергнутый. — Что мне теперь солнце и смех, что мне веселье, если та, которую я любил, лишь за мою любовь отобрала у меня мои веретёна и швырнула самого меня в преисподнюю? Позволь же мне остаться с тобой, старший из богов, и служить тебе, и я поклянусь тебе в вечной верности и исполню всякий твой приказ». Сдвинул брови Иркалла, недовольный таким ответом, но лишь кивнул, и остался Намтар в земле мёртвых, и дал ему Иркалла новые веретёна, но не нашёл он золота и серебра и драгоценных камней, а нашёл лишь гнилую плоть да чёрный прах, и дал их Намтару, чтобы тот прял из них нити судеб, и стал Намтар прясть новые судьбы богам и смертным, и раскрашивать их собственной отравленной кровью. И были эти судьбы страшны и ужасны, и редкие радости появлялись в них лишь затем, чтобы ещё горше были следующие за ними горести. И превратился Намтар из прекрасного юноши в слепое чудовище, и забыл он, как пировал и плясал с другими богами, как любил он чернокудрую Иштар, — безумие и печаль овладели им, как всяким, кто оказывается во владениях Иркаллы. Хмурится хозяин бесплодной земли, лишь заслышав имя своего слуги, ибо одного испросил Намтар у своего мрачного господина — позволения отомстить чернокудрой дочери хозяина небес, и не отказал ему Иркалла, и сказал: «Поступай, как сочтёшь справедливым», и принялся Намтар прясть для отвергнувшей его чёрную нить судьбы.

Быстро кружится веретено в проворных пальцах Намтара, и вот уже окоченело тело Иштар и превратилось в бездушный труп, и слуги Эрешкигаль пригвоздили его к столбу и заперли в каменном дворце, и судьи мёртвых стали охранять его. И тогда жизнь на земле прекратилась, и устрашились боги безмолвия, охватившего мир, и отправились за советом к мудрейшему из них, властителю бездны Эа Оаннесу, хозяину подземных вод океана Абсу. Выслушав их, Эа создал из глины бесполое существо — Аспамира, и послал его в подземный мир. Бесстрастный Аспамир предстал перед Эрешкигаль и передал ей требование богов об освобождении Иштар. Эрешкигаль осыпала его проклятиями и со злости до крови кусала себя за пальцы, но затем приказала дать Иштар живой воды и вывести из дворца, вернув ей все талисманы. И когда Иштар, взяв в руки сосуд с живой водой, вышла из царства смерти вместе со своим супругом, земля возликовала, и вернулась жизнь птиц, зверей и людей в прежнее русло.

Иштар подняла глаза и снова упёрлась взглядом в затянутое плёнкой вентиляционное отверстие. Она подумала, что нужно бы закрыть его таблицей с классификацией увечий, которые человек может получить, работая в лаборатории. Иштар, впрочем, никаких увечий не опасалась, поскольку самое страшное случилось с ней в первые мгновения жизни. В голове её вспыхнуло яркое, как нечаянный порез, воспоминание.

Пуповина трижды обвилась вокруг её шеи, и первым, что почувствовала Иштар, явившись в мир, было удушье.

— Es ist tot, — услышала она голос врача. Голос был с сильным русским акцентом.

«Она мертва».

Он поднял Иштар за ноги. Она с трудом приоткрыла глаза и увидела нескольких молодых людей в белоснежных халатах.

— Ich habe mich geirrt! Aber…

«Я ошибся! Но…»

Он вздохнул.

— Im Gehirn sind bei Sauerstoffmangel bestimmte Bereiche besonders betroffen, die Nervenzellschäden treten in diesen Regionen zuerst auf. Ich sage über die Purkinje-Zellen des Kleinhirns und der CA1-Bereich des Ammonshornes.

«Кислородное голодание приводит к разрушению определённых областей мозга. Именно в этих областях наблюдаются наиболее заметные повреждения нервных клеток. Я говорю о клетках Пуркинье в мозжечке и об области CA1 гиппокампа».

Молодые люди в халатах кивали, некоторые что-то записывали в такие же белые, как их халаты, блокноты.

Врач приподнял Иштар чуть выше и довольно сильно сжал её запястье. Она этого практически не ощутила.

— Es fühlt fast nichts... es ist fast tot... armes Mädchen...

«Она почти ничего не чувствует... она почти мертва... бедная девочка...»

Тем не менее, благодаря стараниям врачей удушье не убило её, и вскоре её уже благополучно выписали из больницы, отметив для порядка в медицинской карте, что девочка практически лишена тактильной и вкусовой чувствительности.

Безумная мать Иштар (отца она никогда не знала), мнившая себя великой певицей и сбежавшая в юности в Германию в поисках сладкой жизни, не придумала ничего лучше, чем назвать новорождённую дочь именем «аккадского божества любви и войны». Скорее всего, слово она вычитала в какой-нибудь дешёвой астрологической книжке, от которых была сама не своя. Впрочем, мать Иштар читала всё подряд и при любой возможности отправлялась в букинистические магазины, где можно было дёшево приобрести самую разнообразную и порой весьма странную литературу. Иногда она вела себя так, будто сама была героиней всех этих книг.

«Мир не предназначен для насекомых таких больших размеров, — нередко повторяла мать и клала при этом свою узкую прохладную ладонь на лоб Иштар. — Таким большим насекомым плохо и неудобно в человеческом мире. Всё, что им остаётся — это завидовать мухам и тараканам, которым живётся куда как лучше. Может быть, хотя бы имя убережёт тебя от общей судьбы».

Иштар молчала. Непонятные слова матери пугали её.

Сколько Иштар её помнила, мать работала в клубе под названием «Der Schwarzkeiler», «Чёрный боров». По вечерам она приводила из клуба мужчин. Когда мужчины уходили, она молча падала лицом вниз на кровать и несколько часов лежала без движения.

— Мама, что ты видишь, когда спишь? — однажды поинтересовалась Иштар.

— Ты имеешь в виду сны? — мать удивлённо посмотрела на неё мутными, словно залитыми молоком глазами. — Мне в последние годы ничего не снится. Кажется, на какое-то время я просто умираю.

— А потом воскресаешь?

— Нет, — она задумалась на мгновение. — Потом — тоже умираю.

Очнувшись далеко за полдень, мать считала полученные от мужчин деньги и накладывала на синяки и ссадины слой за слоем тональный крем. Она называла происходившее в тёмное время суток «механикой». «К чему вся эта механика? Ты знаешь?» — повторяла она, приближая своё ещё молодое лицо к лицу малолетней дочери, и, не дожидаясь ответа, продолжала:

— Я вот тоже не знаю.

В такие моменты Иштар думала, что все люди, и эта женщина тоже — в сущности не так уж плохи, просто что-то случилось с ними, что-то сломалось в человеческом механизме, так что *механика* его стала неправильной, ненужной, подменила собою что-то очень важное, — самое важное, что только может быть, и Иштар, раз уж она это понимает, придётся стать тем мастером, который обязательно найдёт способ устранить фатальную поломку.

В ночь после своего дня рождения, когда ей исполнилось пять, Иштар не спала и сидела в маленькой кухне. За стеной, в спальне, мать была с очередным мужчиной.

«— Скажи мне, что быстрее молнии?

— Смерть.

— Что ненадёжнее льда?

— Вера.

— Кто постиг законы мироздания?

— Тот, кто постиг самого себя.

— В чём величайшая тайна?

— В любви».

Когда мужчина ушёл (на улице уже занимались предрассветные сумерки), мать, не попрощавшись с Иштар, выбросилась из окна.

Образ её предстал теперь перед глазами Иштар в мельчайших подробностях. Очень худая, с выпирающими ключицами и маленькими холмиками грудей, едва прикрытыми кружевной кофтой. Вытянутое лицо с сильно выдающимся острым подбородком и прямым носом — не слишком красивое, и всё же чем-то неуловимо привлекательное. Говоря, мать всегда смотрела на собеседника в упор, и тот видел её суженные зрачки и очень тёмную радужную оболочку — всю целиком, окружённую ободком глазного белка. Она оставила эту привычку лишь незадолго перед самоубийством, стесняясь изменений, произошедших с её глазами («Катаракта», — констатировали немецкие врачи).

Она всегда была скорой на решения. Иштар этого не унаследовала. Она вообще ничего не унаследовала от своей матери, кроме неодолимого стремления вернуться в Город.

— Он меня не примет, Иштар, не примет... я ему не нужна, так он говорил, — шептала женщина, скорчившись на стуле и лунатически раскачиваясь из стороны в сторону. — А тебя он ждёт, я знаю. Да, так он сам мне говорил.

— Кто? Кто не примет? — не понимая, спрашивала Иштар. — Кто меня ждёт? Кто говорил тебе?

В ответ мать молчала и прятала глаза, а потом вдруг начинала уговаривать Иштар как можно больше читать.

— Они тебе помогут, когда придёт время.

— Кто они?

Но и на этот вопрос не следовало вразумительного ответа.

Иштар пожимала плечами и погружалась в чтение книг, ища в них разъяснений полученным туманным намёкам. Так она прочла немало томов, но так и не выяснила, что это за таинственный «он», который ждёт её в далёком Городе, чьи подёрнутые потусторонней рябью описания она не раз встречала в сочинениях забытых классиков. Так или иначе, незадолго до окончания школы-интерната, в который она была определена, оставшись сиротой, Иштар решила ехать в Город поступать на биологический факультет университета.

Университет. Поражающее своей массивностью бордовое здание, громоздившееся на берегу Реки, в чьих сумрачных водах колыхался его силуэт, так что издали он казался в два раза больше, чем был в действительности. «Впрочем, — добавляла про себя Иштар, — кажимость эта правдивее самой действительности — над землёй возвышается лишь три этажа здания, в болотистую же почву погружены ещё четыре, и среди студентов ходят слухи, будто за толстыми стенами самого нижнего этажа уже нет никакой почвы, а есть только воды подземного течения Реки, где обитают странные создания — мелузины, у которых нет души, а вместо ног — длинный рыбий хвост, покрытый радужной чешуёй. Одна из мелузин как-то влюбилась в университетского лектора и обратилась к старой колдунье, которая дала ей ядовитый отвар. Выпив его, мелузина уснула, а колдунья взяла острый нож и разрезала вдоль её хвост, и превратила его в пару прекрасных человеческих ног. Затем мелузина выбралась из холодных вод на поверхность и явилась к своему возлюбленному, но он отверг её, и она вернулась в Реку, но водная стихия уже не приняла её, и мелузина утонула. Её родичи затаили обиду, и в тишине аудиторий нижних этажей можно изредка услышать глухие удары и скрежет — это русалки бьют в стены своими хвостами и царапают их длинными когтями, пытаясь добраться до виновника гибели своей сестры».

Подобные истории сами собой рождались в воображении Иштар, когда она думала о Городе, и в такие моменты ей хотелось отправиться в своё путешествие как можно скорее, так что в конце концов она уехала из Германии на целую неделю раньше, чем это было необходимо.

«На западных окраинах Города живут люди с чёрной и липкой, будто обмазанной смолою кожей. Тела их усыпаны глазами — когда одни глаза спят, другие бодрствуют, а потому нет никакой возможности подобраться к этим существам достаточно близко, чтобы хорошенько их рассмотреть. В редкие ночи, когда над Городом показывается луна, они снаряжают свои серебряные галеры и плывут в лучах лунного света за облака, а затем отправляются к далёким звёздам. Поговаривают, будто они продают звёздным жителям рабов, которых те впоследствии приносят в жертву своим кровожадным богам, но доподлинно это не известно. На севере же кто-то встречал прозрачных змей, которые живут в холодных воздушных течениях, а потому те, чьи окна выходят на северную сторону, предпочитают держать их закрытыми, ведь, если змея проберётся в квартиру... впрочем, никто не может точно сказать, что будет в этом случае. Бытует история, что одной девочке удалось приручить такую змею. Она обнаружила в луже крохотного полумёртвого змеёныша, по неопытности сорвавшегося с ветряного потока и не сумевшего затем подняться в воздух. Девочка выходила змеёныша, и в благодарность он всюду сопровождал её, а когда достаточно подрос, стал охотно катать её на спине. Однажды он слишком осмелел, поднялся над крышами самых высоких домов, наткнулся на встречный порыв ветра, отпрянул слишком поспешно в сторону и потерял свою наездницу, которая упала в воды Реки... А в глубине каменной глыбы, на которой стоит Город, обитают огромные золотые саламандры с изумрудными глазами, исполняющие желание всякого, кому посчастливится их увидеть, а увидеть их чрезвычайно трудно — только раз в тысячу лет выползают они на берег залива на самой южной оконечности Города и беззаботно пляшут там на сыром песке...»

Город встретил Иштар неожиданным холодом. Было начало лета, но в воздухе вопреки этому отчётливо пахло осенью. Моросил мелкий дождь; коричневатая вода из многочисленных рек и каналов выплёскивалась на набережные, где в трещинах между камнями скапливался зеленоватый, перемешанный с тиной песок.

Вчерашние школьники, приехавшие со всех концов страны и из-за границы, в дни экзаменов собирались у дверей университетского здания и подолгу толпились, переступая с ноги на ногу и нервно дыша в озябшие кулаки. Многие вскоре заболели и уехали домой, сквозь зубы посылая проклятия городскому климату. Иштар тоже заболела, но никуда не уехала. Она натягивала на себя одновременно оба свитера, привезённые из Германии, и куталась в куцый плащ, которым, собирая вещи перед отъездом, намеревалась воспользоваться разве что осенью, но промозглый воздух пробирался сквозь все слои одежды.

Кожа, днём холодная и влажная, как у рептилии, ночью становилась сухой и горячей. Иштар снилось, что её тело покрывается сетью трещин, из которых вместо крови на матрац проливаются струи песка, или же что ноги её срастаются в неповоротливый рыбий хвост, покрытый радужной чешуёй. В забытьи она сбрасывала с себя колючий плед и вскоре просыпалась вновь, уже от холода, снова натягивала плед и лежала скорчившись, подтянув колени к подбородку и прикрыв глаза, думая, что самое необычное и завораживающее в Городе — неосязаемый, бесплотный ветер, гуляющий днём и ночью среди домов.

«Ветер — это поток воздуха в горизонтальном направлении, движущийся относительно земной поверхности со скоростью свыше шести десятых метра в секунду, — мысли Иштар текли сами собой в тумане полузабытья. — Поток... воздуха... он возникает в результате неравномерного распределения атмосферного давления и движется... из зоны высокого давления в зону... низкого давления. Но здесь другое... в этом ветре нет ни одной молекулы воздуха... он никак не зависит от давления... он пуст, этот ветер, пуст и дует из ниоткуда в никуда... он рождается в Городе, он — часть Города, его душа, и я здесь... здесь только для того, чтобы слушать...

Это место было здесь задолго до сотворения мира, его в припадке безумия породило какое-то злобное божество — такое древнее, что не сохранилось не только его имени, но даже и намёка на то, что у него было имя. Нормальный бог, бог в здравом уме и трезвой памяти, такого бы не выдумал. Этот остров, который мы называем Городом — не в мире людей. Со всех сторон он окружён водой, и вода струится под ним, и это подводное течение столь сильно, что остров остаётся на плаву... Быть может, скала, блуждающая в океане — осколок старого мира, по прихоти высших сил оставшийся невредимым после наступления хаоса и странным образом затесавшийся в новый мир, вышедший из аморфной протяжённости вод... Или же всё — пустота, призрачное видение, родившееся в воспалённом мозгу сумасшедшего. В любом случае, людям здесь не место».

В конце вступительной сессии затяжные дожди прошли, и вместе с ними прошла болезнь. Солнце, пользуясь данной ему свободой, расползлось во всё небо и обрушило на людей невыносимый зной, и в воздухе закружились пыльные столбы, однако в день, когда Иштар зачислили, всё небо снова затянули иссиня-чёрные тучи и хлынул такой безудержный ливень, что к вечеру реки вышли из берегов, а подземные воды, вырвав канализационные люки, хлынули на улицы.

3

После зачисления до начала занятий оставалось ещё два месяца. Большинство из тех, кто выдержал вступительные экзамены, разъехались по домам. Иштар уезжать было некуда, и она сняла квартиру на пару с Аллой — миниатюрной рыжеволосой девушкой с очень бледным лицом и тихим мелодичным голосом.

Дни тянулись медленно и, чтобы как-то скоротать их, Иштар часами бесцельно бродила по Городу, каталась на автобусах и маршрутках, пересаживалась с трамвая на трамвай, уезжая на самые далёкие окраины и нередко задерживаясь до сумерек.

В один из таких дней она шагала бесцельно по освещённой закатным солнцем гранитной набережной. Город был наполнен равнодушным спокойствием, и Река несла сквозь него свои тяжёлые воды. Иштар вздохнула — домой возвращаться не хотелось. Там её ждали бессмысленные беседы с Аллой, а немногие, принадлежавшие ещё матери книги, привезённые из Германии, Иштар знала практически наизусть. Свернув с набережной, она зашла в один из больших магазинов, занимавший сразу несколько этажей старинного здания. Окна магазина, закрытые стеклопакетами и окружённые плохо сохранившейся лепниной, выглядели по причине этого явного несоответствия немного угрожающе.

Пройдя в приветливо распахнувшиеся стеклянные двери, Иштар обратилась к первому попавшемуся консультанту — девушке в ядовито-жёлтой униформе, с деланной сосредоточенностью рассматривавшей расставленную на полках косметику.

— Извините, где у вас тут книги?

Девушка отвлеклась от своего занятия и с дежурной улыбкой обернулась к Иштар.

— Журнальный отдел — направо и до конца.

— Там есть книги?

— Есть, наверное, — улыбка сползла с лица консультанта. — Не знаю.

Иштар, поблагодарив, решительно зашагала в указанную сторону. В журнальном отделе было как будто прохладнее, чем в остальных. Иштар невольно поёжилась.

— Это они энергию экономят. В старых зданиях даже летом холодно, как в морозилке, — ещё одна девушка в жёлтой униформе сидела на стуле возле стоек, заполненных яркими глянцевыми изданиями. На коленях у неё лежала небольшая книжка.

— Вас что-то конкретное интересует?

— Книги, — Иштар выразительно кивнула на колени продавщицы.

— Так их же... больше не издают.

«Как же здесь всё-таки холодно...»

— А это у вас что?

— Библиотечная! — девушка схватила книжку обеими руками и прижала к груди, будто испугавшись, что Иштар попытается её отобрать.

Иштар переступила с ноги на ногу.

— А вам разве... разрешают читать на рабочем месте?

— Да, разрешают, — торопливо выпалила продавщица.

Иштар не очень понимала, что вызывает у неё больший интерес: продавщица — субтильная рыжая девица с прямым носом — или же книжка в неприметной бежевой обложке, на которой резко выделялась чёрно-белая фотография автора. Вместо названия было только расплывчатое кофейное пятно.

— Он не улыбается, — сказала Иштар, решив прервать неловкое молчание.

— Кто?

— Автор. Вы тут не мёрзнете?

— Привыкла... сюда мало кто заходит — им даже журналы лень читать, — отозвалась продавщица. — Конечно, не улыбается. Он же давно умер.

Иштар неопределённо покачала головой.

— Действительно...

«Должно быть, она тоже студентка. Подрабатывает...»

— Богданова! — рявкнул грубый мужской голос прямо над ухом Иштар.

Иштар резко обернулась и увидела невысокого коренастого мужчину с кирпично-красным лицом. Его маленькие, похожие на дешёвые стеклянные бусины глазки злобно смотрели сквозь Иштар на скорчившуюся на своём стуле продавщицу. На мужчине был строгий костюм с галстуком и остроносые лакированные туфли, вызывающе блестевшие под лампами дневного света.

— Богданова! — взревел мужчина, грубо отпихивая Иштар в сторону и бросаясь к продавщице. — Ты опять за своё?!

Он схватил девушку за плечи и встряхнул — она инстинктивно подняла руки и закрылась от него книгой. Это переполнило чашу его терпения — вырвав из рук продавщицы ненавистный предмет, мужчина с размаху опустил книгу на её голову — Иштар увидела, как бежевый корешок на мгновение скрылся в рыжей причёске, потом вынырнул оттуда, взлетел вверх и вновь опустился.

— Богданова, ты что, совсем тупая?! — орал кирпично-красный мужчина. — Сколько раз я тебе говорил, что нельзя читать на рабочем месте! Не поз-во-ле-но! Пра-ви-ла! Существуют пра-ви-ла! Я тебе сколько раз говорил?! Ты что, человеческих слов не понимаешь?!

Иштар охватило какое-то жуткое оцепенение.

Книжный корешок плавно, как в замедленной сьёмке, поднялся над растрёпанными рыжими волосами.

Не в силах больше наблюдать эту сцену, Иштар развернулась, чтобы бежать из магазина, но наткнулась на журнальную стойку, которая в следующий миг с шумом обрушилась. Перепрыгнув через россыпь журналов, Иштар опрометью бросилась прочь из отдела и остановилась, лишь когда за её спиной закрылись стеклянные двери магазина.

4

Встав в девять утра и тихо, чтобы не потревожить ещё спавшую Аллу, собравшись, Иштар отправилась на поиски библиотеки. Не зная, с чего начать, она решила поспрашивать у прохожих, но никто не мог указать ей дорогу.

— Книги? — удивилась симпатичная девушка. — В них же вроде всякую чушь писали…

— Пустая трата времени, — поддержал девушку её спутник. — На книгу масла не намажешь. Лучше в кино сходите. Или в клуб.

— Спасибо. — хмуро ответила Иштар и обратилась к женщине, катившей по присыпанному песком асфальту коляску.

Женщина отшатнулась, и, прижав к губам палец, прошипела сквозь зубы: «Тссс, ребёнка мне разбудите…»

Пожилой мужчина, на которого Иштар, задавая свой вопрос, возлагала больше всего надежд, просто пожал плечами, хмыкнул и прошёл мимо.

Иштар так бы и стояла посреди улицы, растерянно озираясь вокруг, если бы помощь не пришла к ней с самой неожиданной стороны.

— Девушка… да-да, я к вам обращаюсь, в серой футболке…

Голос раздавался откуда-то снизу, но, когда Иштар попыталась обнаружить его источник, взгляд её упёрся в кучу картонных коробок и выцветшего тряпья, громоздившуюся в проёме между домами.

— Тут недалеко есть библиотека, метров сто пройдите и сверните направо, а там — в арку, — куча зашевелилась, из неё показалась всклокоченная голова.

— А вы…

— Библиотекарь. Меня несколько лет назад уволили. Пять, а, может, и все десять.

— А…

Иштар потёрла глаза, но галлюцинация и не думала исчезать. Напротив, она продолжала свои разглагольствования, ещё немного высунувшись из своего импровизированного жилища:

— Если никто не ходит в библиотеку, какой смысл держать библиотекаря? А библиотека на месте, и открыта круглосуточно, вернее, не закрыта, потому что зачем её закрывать, если в неё всё равно никто не ходит... Заходите, берите любую книжку, только знаете что... вы всё-таки того... книжки возвращайте. Правила, как-никак.

— Конечно! Обязательно буду возвращать! Спасибо вам огромное! — Иштар уже собралась бежать в указанном направлении, но человек просительно протянул к ней руку.

— Не найдётся ли у вас... на поправку здоровья?

Иштар шагнула к нему, и в нос ей ударил резкий запах давно не мытого тела и алкогольного перегара. Она сунула руку в карман джинсов и вытащила оттуда несколько монеток. Бездомный улыбнулся и стал ей неприятен.

— Вот... пожалуйста, — Иштар ссыпала монетки в его грязную ладонь, разрисованную иссиня-чёрными папиллярными линиями, похожими на извилистые реки со множеством притоков.

Он благодарно кивнул, а Иштар молча развернулась и зашагала прочь. По пути она невольно заглядывала в проёмы между домами.

Библиотека действительно оказалась совсем недалеко. Иштар прошла в указанную ей арку и оказалась в небольшом дворике, засыпанном песком. Вход в библиотеку Иштар разыскала не сразу — перед дверью была свалена какая-то рухлядь, однако сама дверь была не заперта и, открыв её, Иштар прошла в обширное помещение, заполненное стеллажами с книгами. Сквозь грязные окна в него проникал мутноватый свет утреннего солнца. В холле прямо напротив входа находился стол и шкаф со множеством отделений. Пара ящиков была выдвинута, и видно было, что они заполнены библиотечными карточками. Чуть поодаль от стола располагался низенький диван. Всё — стол, шкаф, диван и стеллажи с книгами, насколько хватало взгляда, было покрыто толстым слоем пыли, перемешанной с песком, нанесённым сюда бог знает за сколько лет сквозняками. Больше всего пыли и песка было на полу, так что непонятно было, каменный он, деревянный или же застлан линолеумом.

Потревоженная неожиданным вторжением, пыль поднялась в воздух густыми клубами, так что Иштар, случайно вдохнув её, согнулась в приступе кашля. Сразу захотелось выйти на улицу, однако Иштар отбросила эту мысль и, откашлявшись и восстановив дыхание, направилась к стеллажам, стараясь двигаться как можно медленнее и совсем не отрывать ног от пола, чтобы не спровоцировать очередной пыльной бури.

Оказавшись возле первого стеллажа, Иштар сощурилась и попыталась разобрать фамилии авторов и названия произведений. Это оказалось невозможным из-за покрывавшей книги пыли, и Иштар, вздохнув, послюнила палец и потёрла корешок первого попавшегося тома. Том оказался «Путешествием на край ночи» Селина. Иштар осторожно сняла его с полки и зажала подмышкой; потом, почти не дыша, запрокинула голову и посмотрела вверх. Стеллаж поднимался почти до самого потолка, терявшегося в сумраке. Внимание Иштар привлекла какая-то стоявшая довольно высоко книга, выделявшаяся своими внушительными размерами и тускло поблёскивавшим даже сквозь слой пыли металлическим корешком, на котором можно было различить только сложенное из чёрных букв слово «Закат».

Приподнявшись на цыпочки, Иштар с трудом дотянулась до книги, ухватила её за край корешка и потянула. Книга поддалась на удивление легко, но, вытащив её примерно наполовину, Иштар почувствовала, что том слишком тяжёл, чтобы можно было удержать его одной рукой.

«Ну, ещё немного...»

Но тут книга выскользнула из её пальцев и полетела вниз, увлекая за собой пласты слежавшейся пыли. Падая, она ударила Иштар по макушке. Не издав ни звука, Иштар рухнула ничком на пол.

Когда сознание вернулось, она обнаружила себя сидящей за чисто прибранным столом, на котором лежал взятый ею томик Селина, чьё содержание, впрочем, было давно ей известно. Справа от неё стоял шкаф со множеством отделений, заполненных библиотечными карточками. Дверь бесшумно отворилась, и в помещение вошёл высокий человек. Свет, лившийся из чисто вымытых окон, не давал разглядеть лицо вошедшего.

— Добрый день. Я насчёт вот этой книжки.

Он достал из сумки и положил на стол книгу в серой обложке, на которой крупными буквами было напечатано название: «Мужчины и женщины. Методы сбора, препарирования и хранения».

— Я бы хотел оставить её у себя, — он вежливо улыбнулся. — Но я не мог позволить себе просто не возвращать книгу, это было бы грубым нарушением *правил*.

— Да, пожалуй, — Иштар удивилась. — Так значит, вы хотите забрать книгу насовсем... Необычное название. О чём она?

— Это научная литература, — улыбка сползла с лица посетителя, и он положил на книгу ладонь, как будто не желая, чтобы Иштар открывала её. — Так вы отдадите её мне? Она вряд ли кого-то заинтересует, поскольку посвящена очень специальной области знаний, а мне она как раз очень нужна. Просто необходима.

Иштар опустила взгляд и посмотрела на его руку. Пальцы были длинные и изящные, ногти аккуратно подпилены.

— Да, я думаю, ничего плохого не случится… вы можете её забрать, оплатив стоимость в двойном размере. Будем считать, вы её потеряли.

— Спасибо, — он снова заулыбался и бережно убрал книгу в сумку. — Вы очень помогли мне. Думаю, мы с вами сможем почитать её как-нибудь вместе. Я вижу, вы сообразительная девушка.

С этими словами он повернулся и вышел так же бесшумно, как пришёл.

Иштар пожала плечами и взяла со стола «Путешествие на край ночи».

Эпиграф на первой странице гласил: «Наше путешествие целиком выдумано. В этом его сила». И ещё: «Это по ту сторону жизни».

Иштар оперлась локтями на стол и склонилась над текстом, но буквы расплывались перед её глазами, так что не получалось прочесть ни единого слова. Наконец Иштар в раздражении схватила книгу и встряхнула её. Страницы протестующе зашелестели, из них начали выпадать персонажи. Персонажи разбегались по столу, отрывисто выкрикивая свои реплики.

— Скоро умру!

— Уговорили бы вы его снять вставную челюсть. Наверняка она мешает ему дышать.

— Нет! Я себе этого не прощу!

У Иштар голова пошла кругом. Первой её мыслью было — загнать суетящиеся фигурки обратно в книгу, ведь если кто-нибудь теперь войдёт и увидит это безобразие, её, чего доброго, выгонят с работы и вообще запретят посещать библиотеку, раз она столь неподобающим образом обращается с книгами. Но вместо того, чтобы ловить распоясавшихся героев, Иштар, не в силах побороть своё любопытство, встряхнула «Путешествие…» ещё сильнее. На этот раз из книги выпал сам Автор. Некоторое время он стоял неподвижно, затем поднял голову, с неудовольствием посмотрел на Иштар и вдруг закричал:

— Пора понять! Вам и без того слишком многое объясняют! В этом-то и беда! Постарайтесь же понять! Сделайте над собой усилие! Идиотка! Вы — идиотка! Да, вы! Именно вы! Я к вам обращаюсь!

Иштар открыла глаза и увидела пушистую серую пелену. Рот и ноздри были заполнены пылью, но организм к ней, по-видимому, уже настолько привык, что кашлять не тянуло. Иштар с трудом села на полу. В голове ещё немного звенело. Оглядевшись, она обнаружила только лежащее поблизости «Путешествие...». Ударившей её книги нигде не было — видимо, она оказалась под каким-нибудь из стеллажей.

Встав на колени, Иштар поочерёдно заглянула под три или четыре массивных шкафа, но там обнаружилась лишь всё та же вездесущая пыль. Уже отказавшись от своих поисков, она рассеянно провела ладонью по полу. Под слоем пыли открылась красноватая известковая плита, вытертая до блеска подошвами когда-то многочисленных посетителей. Иштар улыбнулась, заметив на её гладкой поверхности сохранившиеся кое-где причудливые извитые бороздки — остатки ходов и норок древних организмов, копошившихся у берегов мирового океана задолго до появления человека и задолго до того, как живой прибрежный ил превратился в плотную мёртвую породу.

Оторвавшись от разглядывания пола, Иштар посмотрела вверх на безмолвно громоздившиеся друг над другом ряды книг, и книги показались ей ископаемыми, замурованными в неподвижности полок и укрытыми отложениями пыли.

«Ну её, в самом деле... Методы сбора, препарирования и хранения... и что я должна понять? Надо было помочь той девушке из журнального отдела, а не стоять столбом... и правда, идиотка».

Наконец поднявшись на ноги и кое-как отряхнув джинсы и футболку, Иштар покинула заброшенную библиотеку, решив, что для первого раза с неё достаточно впечатлений.

В другой из занятых бесцельными скитаниями по Городу дней Иштар оказалась перед внушительным зданием восемнадцатой городской больницы. Обычно Иштар не заходила в дома — разве что во дворы, и в тот раз она уже собиралась развернуться и зашагать в другую сторону, но ветер настойчиво пихнул её в спину, насыпав в волосы и за шиворот добрую пригоршню песка.

Отряхнув волосы, Иштар вошла в здание, приобрела в гардеробе пару ядовито-жёлтых бахил и, нацепив их на свои запылённые кроссовки, отправилась исследовать внутренности больницы.

В чистых коридорах деловито сновали люди в белых халатах, изредка удостаивавшие Иштар коротким взглядом и принимавшие её, по-видимому, за заплутавшую посетительницу.

Миновав несколько отделений, Иштар оказалась перед тяжёлой, выкрашенной белой краской железной дверью. На двери матово поблёскивала металлическая табличка с надписью: «Вход только для персонала».

Какая-то необъяснимая сила настойчиво тянула Иштар заглянуть за дверь.

«Если закрыта, сразу ухожу — это, в конце концов, нелепо: болтаться без дела по больнице», — подумала Иштар, втайне надеясь, что дверь действительно окажется запертой.

Однако дверь хоть и с трудом, но поддалась, и Иштар очутилась в длинном и узком, плохо освещённом коридоре, вдоль стен которого тянулись ряды одинаковых дверей с номерами. «1049», «1050», «1051»...

Она сделала несколько осторожных шагов и взялась за ручку одной из дверей. На двери стоял номер «1050». При нажатии ручка легко ушла вниз, и дверь открылась.

«В 1050 году в Месопотамии разразилась эпидемия чумы, унёсшая жизни сотен тысяч человек. Мёртвые лежали в домах, на широких улицах и площадях, мёртвые плавали в водах Евфрата, и даже погребённые в песках боги ужаснулись, когда их земля насквозь пропиталась кровью. Затем болезнь распространилась в Индии, Средней Азии, Китае, проникла в Сирию и Египет, а затем и в Европу, унося сотни, тысячи и миллионы жизней, не щадя никого на своём пути...

Ассоциация есть закономерная связь между отдельными фактами, явлениями, предметами и событиями, отражёнными в сознании и закреплёнными в памяти. Закономерная, но субъективная. В действительности же цифры ничего не означают».

Она вошла внутрь. В спину ей легонько дунул сквозняк.

Почти вплотную к двери стояла вешалка с несколькими белыми халатами, и Иштар, повинуясь всё тому же безотчётному порыву, заставившему её войти в двери больницы, сняла один из халатов и набросила его на плечи. Халат пришёлся ей как раз впору.

В палате царили такие же сумерки, как в коридоре. Высокие окна были закрыты плотными шторами. На шести одинаковых кроватях без движения лежали больные. Иштар подошла к самой дальней от выхода и бросила взгляд на прикроватный монитор, на который выводилась информация от датчиков, закреплённых на теле пациента.

«Пульс нитевидный, что свидетельствует о малом сердечном выбросе, и сатурация на самом низком уровне...»

Иштар взглянула на восковое лицо лежащего. Глаза его были закрыты, а черты измождённого лица заострены, как у покойника. Она с трудом удержала себя от прикосновения к коже больного, похожей на старый пергамент.

«Он умирает...»

Она окинула взглядом палату.

«Они все умирают. Все больны одним и тем же».

Дверь широко открылась, и в палату вошли двое. Один — невысокий, крепко сбитый человек в халате и медицинской шапочке. Его добродушное лицо украшали очки с круглыми линзами, в аккуратной бороде пробивалась седина. Второй был усталым худощавым юношей с восковой, как у неподвижно лежащего больного, кожей. Оба не обратили на Иштар никакого внимания.

— Вот, коллега, сами понимаете, — озабоченно пробасил старший, — и все вот в таком у нас виде. Всё вот этим кончается. Полная больница таких. Да что там больница... если так пойдёт дальше, скоро все учреждения по Городу будут битком.

— Да, профессор... но врачи — тоже люди, они не смогут работать с утра до ночи. Я же не могу их заставлять...

— Понимаю-понимаю, — продолжал старший, — мы все притомились. Это просто...

— ...чума какая-то. Настоящая чума, и мы, как средневековые лекари, понятия не имеем, что с ней делать.

— Сначала пропадают сны, потом начинается бессонница, со временем человек перестаёт узнавать родных, забывает собственное имя, впадает в апатию... — хмуро констатировал старший.

— У некоторых сон потом вроде бы нормализуется, и человек остаётся жить, хотя личность его уже практически разрушена, в особенности что касается чувственной и эмоциональной сфер, да и сны к нему уже не возвращаются, — продолжал врач. — Думаю, он перестаёт быть человеком, уж извините меня за такое... ненаучное предположение. Это тень, оболочка, ничего более. Мы должны справиться с этой болезнью, коллега. Чего бы это нам не стоило и на что бы нам не пришлось ради этого пойти... — врач на мгновение осёкся и вдруг заметил Иштар.

— Так, а вы тут что?...

Услышав обращённый к ней вопрос, Иштар вздрогнула.

— Я...

— Ладно, не до вас сейчас... идите, займитесь делом, нечего тут прохлаждаться.

Он отвернулся. Иштар осталась стоять, как вкопанная.

«За медсестру меня принял... или за студентку».

— Так что, друг мой? — проговорил профессор, обращаясь к своему коллеге. — У вас-то есть на сей счёт какие-нибудь соображения? Вы ведь у нас светлая голова, умница!

Молодой тяжело вздохнул.

— На ранних стадиях будем прописывать им, как и раньше, успокоительные и антипсихотики, а на поздних...

Он беспомощно развёл руками.

— Но от них же никакого толка!

— Ну хоть что-то...

— Послушайте, — профессор понизил голос.

Иштар на всякий случай сделала вид, что внимательно изучает показания прикроватного монитора.

— Послушайте, коллега... сообщения о первых случаях этого заболевания появились лет пятнадцать назад... научный мир об этом уже весь знает, скоро узнает общественность, и мы не оберёмся бед, как будто сейчас нам их мало... они же будут требовать панацеи — вы же знаете, что нужно людям...

— Что нужно людям... — эхом повторил молодой.

— Им нужно всего и сразу. Люди всегда одинаковы. Им нужно спасение. Хорошие, плохие, умные и глупые — все жаждут спасения. А это... эта чума, как вы очень остроумно её поименовали, эта чума — как раз то, от чего действительно нужно спасение, понимаете? Так что они будут вполне правы... Помните мои слова, очень скоро выяснится, что пресловутый СПИД — это просто насморк в сравнении...

Он обернулся, и взгляд его снова упал на Иштар.

— Вы всё ещё здесь? Чем вы заняты?

— Снимаю показания, — с неожиданной уверенностью соврала Иштар и перешла к другой койке, — мне для диплома.

Врач, похоже, удовлетворился её ответом и, пожав плечами, быстро подошёл к койке, возле которой стояла Иштар.

Его молодой коллега поспешил покинуть палату, пользуясь тем, что профессор о нём на время забыл.

— Вот... да... сами видите, — врач кивнул на монитор и положил ладонь на лоб больного. — Температура тела ниже нормы на три градуса — ситуация совершенно невероятная, но вот что ещё любопытно, — указательным пальцем он осторожно приподнял верхнее веко больного. — Вот этого вам никакой прибор не покажет...

Иштар взглянула и обомлела. Глаз был лишён зрачка и радужной оболочки — осталось только голубоватое глазное яблоко.

— Говорят, глаза — зеркало души, — врач сокрушённо покачал головой. — Но это, впрочем, вне нашей компетенции... Вам известно, юная коллега, что такое зрачок?

«Зрачок — это отверстие в радужной оболочке, через которое в голову проникает свет. Следовательно, глаза — никакое не "зеркало души", но ворота, через которые душа входит в человека, и в самые зрачки вдохнул Творец, как бы Его не называли, душу в Адама Кадмона, первоначального человека, что содержал в себе семь металлов, из которых построен мир. Глаза Адама Кадмона всегда были открыты, чтобы он мог противостоять злу, рвущемуся в новосотворённое бытие. Однажды прачеловек так утомился в сражениях с демонами, что уснул под деревом, однако и тогда глаза его оставались открытыми. Дракон, живший в ветвях дерева, увидел Адама Кадмона и тихо позвал его по имени, но не шевельнулся избранник Бога. Тогда дракон позвал его громче, но не повернул Адам Кадмон головы. В третий раз позвал его дракон — так закричал, что с дерева осыпалась листва, — но не услышал его совершенный человек. Тогда спустился дракон по стволу и дохнул прямо в открытые глаза первочеловека, и проникло тлетворное дыхание дракона в душу первочеловека, и проснулся он, но было уже поздно — сила его оставила. Дракон же созвал всех демонов и чудовищ, и те бросились на Адама Кадмона, и связали его, и бросили в темницу плоти. Так был создан первый человек, в котором божественное смешалось с тленным, намертво прикованный к дольнему миру и неизбывно тоскующий по миру горнему».

— Зрачок — это отверстие в радужной оболочке, через которое проникает свет, — ответила Иштар.

— Верно. А вот это, на глазу, — соединительнотканная плёнка. Она очень плотная, удалить её невозможно, поскольку она намертво прирастает к склере и закрывает зрачок, так что наши пациенты совершенно слепнут. Но что ещё более интересно — у всех них на поздних стадиях начинается гемолиз.

«Гемолиз — разрушение красных кровяных телец — эритроцитов, переносящих кислород», — быстро вспомнила Иштар и осмелилась спросить:

— А причина?

— Да кто ж его знает, — врач вздохнул. — Об этой болезни никто ничего не знает, рутинные тесты не дают вменяемых результатов. Вы бы выбрали себе тему попроще.

— Спасибо вам большое. Я… я над этим подумаю.

Иштар шагнула в направлении двери и, поскольку профессор не сделал попытки задержать её и продолжал молча стоять над больным, склонив голову набок и о чём-то размышляя, тихо выскользнула в коридор.

Быстро миновав многочисленные переходы здания, она вышла на улицу — как была, в белом халате и жёлтых бахилах — и бросилась бежать, не разбирая дороги. Пробежав пару автобусных остановок, она наконец остановилась, сорвала с кроссовок остатки бахил и швырнула их в ближайшую урну. Белый халат отправился туда же. Иштар постояла некоторое время, переводя дух. Сердце её колотилось как заведённое, а во рту появился металлический привкус.

5

Порой у Иштар возникало ощущение, что учёба в университете подобна медленному обёртыванию головы плотной полупрозрачной плёнкой. Она машинально касалась руками лица, но пальцы её не ощущали прикосновений к коже.

«Люди хотят спасения… всегда и во все времена… только спасения, и больше ничего, чтобы это ни значило… Философского Камня, эликсира вечной жизни…»

Город располагал лучшим в мире биологическим факультетом — если необходимых Иштар знаний нельзя было найти здесь, то их нельзя было найти нигде. Когда пришёл срок определяться с узкой специализацией, она выбрала одновременно клеточную биологию и биохимию, сочтя, что именно эти предметы более всего соответствуют характеру интересующих её проблем. Понимая, однако, что человека нельзя свести к одной только химии, к ферментам, гормонам, цитокинам, рецепторам, вторичным мессенджерам и транскрипционным факторам, в свободное время Иштар изучала литературу, посвящённую самым разным аспектам устройства человеческого тела и психики, благо университетская библиотека предоставляла любому студенту доступ к учебникам всех факультетов, но запылённые, изданные бог весть когда тома ничего не могли ей сообщить.

«Из ряда проблем следует выделять основные. Распад крови — вот что важно, — записывала Иштар на широких полях конспекта, одновременно слушая лекцию, — разложение красных кровяных телец. Гемолиз. Что мы о нём знаем? Гемолиз может возникать под влиянием бактериальной или вирусной инфекции — в данном случае это исключено, у больных никакой инфекции не обнаруживается. Разрушение эритроцитов может происходить в результате аутоиммунного процесса — но в этом случае тесты выявили бы присутствие в организме специфических антител — гемолизинов. Тоже не подходит. Гемолитическая анемия исключается. Отравление гемолитическими ядами — тоже. Также гемолиз может развиваться при переохлаждении — возможно, это следствие понижения температуры тела больных. Холод разрушает кровь. Но на этом и всё — тупик, больше на основании увиденного я не могу сделать никаких выводов. Почему больные перестают видеть сны? Почему... Почему...»

Учась на третьем курсе, Иштар устроилась работать в НИИ Гематологии, где ей пришлось возиться с конфокальным микроскопом, стоявшим в небольшой душной комнате с закрытыми картоном окнами. О ней вспоминали, лишь принося очередные образцы. Микроскоп был её единственным другом, и в его окуляр Иштар наблюдала застывшие картины непонятного мира, окрашенного в неестественно жёлтый, оранжевый, красный, зелёный и ультрафиолетовый цвета. Форменные элементы крови представали перед ней во всём своём непостижимом микровеликолепии. Ей не потребовалось много времени, чтобы решить все поставленные перед ней задачи, и она попросила своего научного руководителя занять её чем-нибудь новым. Он пожал плечами, недовольно взглянул на неё и сказал, что можно бы было заняться культивированием стволовых клеток крови, поскольку «стволовые клетки — будущее науки».

— Я с удовольствием! — искренне обрадовалась Иштар.

— Пока у нас нет оборудования, — неохотно протянул руководитель, — но очень скоро всё будет.

Время шло, а Иштар всё сидела в комнате с микроскопом. Поняв наконец, что ничем, кроме не сообщавших ей никакого нового знания флуоресцентных картинок, ей заниматься не дадут, она на время смирилась и решила оставить НИИ с окончанием университета. Мысль о работе с клетками, впрочем, теперь её не оставляла. В них был исток, первопричина крови, и, по всей видимости, в их биологии следовало искать и причины её заболеваний.

Просиживая часами в пустынной институтской библиотеке, она читала кипы статей, посвящённых самым разным проблемам гематологии, но статьи давали ответы на частные вопросы, касавшиеся синтеза какого-нибудь специфического белка в Т-лимфоцитах или агглютинации эритроцитов под действием какого-нибудь нового препарата. Иштар упорно пыталась найти что-то, за что можно было бы зацепиться, какой-нибудь ключ, но ни в монографиях, ни в научных журналах не находила того, что было ей нужно, да и, в сущности, сама не представляла, что именно ей было нужно и где следовало искать причины поломки человеческого устройства. «*Человечного* устройства человека, — мысленно поправляла себя Иштар, — и его... о-бес-человечивания».

Ежедневно приходя в институт, на который она возлагала столько надежд, Иштар испытывала ощущение, будто погружается в древний сырой склеп. На высоких, в три человеческих роста дверях главного входа выпуклые, потемневшие от времени бронзовые буквы складывались в слова «*Arte et humanitate, labore et scientia*». «*Искусством и человеколюбием, трудом и знанием*». За дверями располагался просторный холл, от которого отходило несколько радиальных коридоров, в глубине здания соединявшихся более узкими кольцевыми коридорами, так что, если взглянуть на них сверху, они напоминали паучью сеть. Холл шёл насквозь через все четыре этажа здания, и потолок его терялся в сумраке — кто-то говорил Иштар, что когда-то в холле была подвешена красивая хрустальная люстра, и весь институт благодаря ей словно бы светился изнутри — сияние её, умноженное бесчисленными хрустальными подвесками, отражалось от белой мраморной, теперь потемневшей облицовки и проникало во все потаённые уголки, во все прихотливые изгибы барельефов, украшавших верхнюю часть старинных стен. Однако люстра эта была, по-видимому, чересчур тяжела, и однажды, вырвав крепления, она с ужасным треском и грохотом обрушилась вниз и пробила обширную дыру в полу, заделанную впоследствии бежевым кафелем, так на веки вечные и оставшимся уродливой заплатой среди красноватых известняковых плит. Сама люстра тоже так и не была восстановлена, и в качестве источников света были оставлены только светильники, установленные на девяти колоннах, окружавших широкую лестницу в центре холла. Светильники эти едва справлялись с сумеречным полумраком, сгущавшемся у потолка в такую кромешную тьму, что в ней уже невозможно было ничего разобрать.

В когда-то белых, теперь же выкрашенных густо-зелёной краской и похожих оттого на кишки гигантского ископаемого животного коридорах института царил сумрак. Первое время Иштар казалось, что движущиеся в этом лабиринте сомнамбулические фигуры сотрудников ничем не заняты; чуть позже она выяснила, что их постоянное перемещение вызвано в основном стремлением навестить коллег, работающих в других лабораториях, и выпить с ними чашечку-другую чая. Чай пили постоянно. В перерывах между чаем работали — медленно, нехотя, перемежая осмысленное действие набившими оскомину жалобами на низкую зарплату и социальную незащищённость. Пахло затхлостью. Беседовали о чём угодно, кроме науки. Иштар разглядывала облупленные стены, изнемогавшие от жажды растения на подоконниках и забитые никому не нужными книгами и бумагами шкафы, покрытые махровыми отложениями пыли. Она думала, как сильно всё это ненавидит: усталые от безделья лица, немытый серый линолеум на полах, стулья с продавленными сидениями, институтский туалет, где сливной бачок не работал и приходилось пользоваться трёхлитровой стеклянной банкой, изнутри покрытой буроватым слизистым налётом. Больше всего ненавидела Иштар бесконечное и бессмысленное ожидание *настоящего*, важной и нужной всем спасительной *работы*, которая не могла совершаться здесь как будто из-за этого линолеума, продавленных стульев и банки в туалете. В последний день своей работы в НИИ Иштар с размаху расколотила её о щербатый бетонный пол.

6

На последнем курсе Иштар начала вести дневник.

«Наша цивилизация, — записала она в тот день в толстой тетради в клеточку, — это мир, лежащий за горизонтом событий чёрной дыры. В человеческом сознании одновременно сосуществуют прошлое, настоящее и будущее; человеческая память — время, в котором события прошлого всё ещё происходят, человеческая фантазия — время, в котором обитают все возможные варианты будущего. Нам никогда не вырваться. Мы всегда будем бродить по ленте Мёбиуса, думая, будто идём по какому-то пути к какой-то цели, и наши биографии будут отличаться друг от друга не больше, чем биографии бактерий в чашке Петри. Микробы, заблудившиеся в чашке, принимающие её за непостижимую вселенную. Куда бы мы не отправились, всюду будем натыкаться на стену — и стена эта существует не вне нас — тогда бы мы ещё имели шанс её сломать, — но внутри. Если бы я могла найти способ сломать эту стену, я бы могла считать, что не зря пришла в этот мир.

Человечество заперто в цикле прошлого, настоящего и будущего, где всё раз и навсегда предопределено. Трагедия предопределённости — вот что ввергает нас в отчаяние, вечное возвращение, над которым так смеялся сумасшедший немецкий профессор. После научно-технической революции люди мечтали о звёздах. Они верили в то, что другие звёздные системы обитаемы. Они верили, что миры, в прошлом скрытые от наших глаз, теперь им откроются. Что они отправятся в миры памяти и в миры фантазии. Но мы только узнали, что звёзды — это гигантские сгустки раскалённого газа, и что их можно разделить на спектральные классы. Никакой жизни на них нет. Звёзды мертвы, и остались только чёрные дыры. Они тоже обещают нам тайны, но это — тайны иного рода.

Отчаяние не даёт энергии, скрытой в нас, нормально расходоваться. Мы не знаем, на что потратить данные природой силы. Кто-то, впрочем, ещё находит смысл в продолжении рода. Они смеются над теми, кто в этом смысла не видит, однако в глубине души сами осознают, что их попытки тоже лишены смысла, что их потомки уже не будут стремиться к новому рождению. Потеря смысла вызывает ответную реакцию в виде суетливой деятельности, рассеивающей энергию "**я**". Падая в чёрную дыру, мы всё ещё пытаемся за что-то зацепиться. Мы беспрестанно совершаем массу нелепых телодвижений, хотя разумнее всего было бы лежать смирно. В рядах случайных совпадений мы усматриваем закономерности и имеем наглость полагать, будто нечто произошло оттого, что мы предприняли те или иные действия. Мы отказываемся признать, что в мире отсутствуют причинно-следственные связи. Это для нас слишком страшно.

Мы постоянно болтаем. Извергаем из себя пустые словесные водопады, и наш век — это нескончаемый поток пустоты. Имеем ли мы право считать, будто и вправду существуем? Прошлого нет, а если нет прошлого, то нет и настоящего, потому как прошлое — это фундамент настоящего, настоящее же — сжатый в минус бесконечность миг. Должна существовать формула, описывающая сжатие реальности в ничто — как радиус Шварцшильда для твёрдых тел».

Иштар закрыла дневник и подняла глаза. Напротив неё за столом сидела Алла, сосредоточенная на покраске ногтей ярко-жёлтым лаком. Почувствовав на себе взгляд Иштар, она тотчас отвлеклась от своего занятия.

— Слушай, Иштар... давай поговорим, а?

— Я не в настроении, — Иштар нахмурилась, — лучше книжку почитай.

— У меня только журна-а-алы, — девушка кивнула на громоздящуюся на углу стола стопку глянцевых журналов. — Кому нужны эти твои замшелые книжки?

— Да, я забыла... ты говорила... ты перестала читать, чтобы быть как все, — Иштар хотела добавить в свою реплику язвительности, но получилось печально. — Хотя ты же из Города. У тебя полно знакомых, у которых в домах сохранились книги.

— Что такого плохого в желании быть как все? — Алла пожала плечами. — И что такого хорошего в том, чтобы от всех отличаться? Сейчас никто не читает, нет ничего, да и... я не уверена, что оно когда-то существовало. Ну, знаешь, что-то такое настоя-а-а-щее...

Алла потянулась.

— Ну да, конечно. Тогда посмотри телевизор.

— У нас его нет, забыла?

Иштар покачала головой.

«Мир не предназначен для насекомых таких больших размеров... всё, что нам остаётся — это завидовать бабочкам. По крайней мере, у них есть красивые расписные крылья, и иногда им снится, что они — китайские мудрецы».

— А я тут влюбилась, знаешь... — не унималась Алла. — Ну, то есть познакомилась. Пока только познакомилась, но планирую влюбиться. Слышишь меня, Иштар?

«Ибо мы как срубленные деревья зимой. Кажется, что они просто скатились на снег, слегка толкнуть — и можно сдвинуть их с места. Нет, сдвинуть их нельзя — они крепко примёрзли к земле. Но, поди ж ты, и это — только кажется».

— На сайте знакомств?

— Это ты только чтобы отвязаться спросила, да? Ну да, на сайте знакомств… сейчас все знакомятся через сайты… Ну и что, что через сайты… а вдруг повезёт, и он окажется именно тем, кого я ждала? А то теперь никто никому не ну-у-ужен…

Иштар хмуро молчала.

— Очень хочу влюбиться, умираю просто, — тараторила Алла, и, несмотря на её игривый тон, ясно было, что тема эта в действительности глубоко её волнует. — Полюби-и-ть хочу. Очень хочу полюбить. Вот, не влюбиться, а полюбить — понимаешь разницу?

— Да. Разница мне теоретически понятна, — Иштар кивнула. — Это хорошо.

— Ты так считаешь? — Алла улыбнулась. — Мы с ним договорились, знаешь… сегодня встретиться…

— Да, — повторила Иштар. — Хорошо. Надеюсь, у тебя всё получится.

— Вот, видишь? — Алла протянула через стол руку, демонстрируя Иштар незаконченный маникюр, состроила забавную гримаску и рассмеялась. — Красота! И необычно, да? Жо-о-олтый, как в соседнем доме о-о-окна. Не помнишь, откуда это? Не суть! Я ему обязательно понравлюсь. Не могу не понравиться, верно?

— Да.

На некоторое время воцарилось молчание.

На улице кто-то закричал. Алла вздрогнула. В тот же миг проснулся её мобильный телефон, лежавший на столе, и Алла, схватив его, выбежала в коридор.

Иштар медленно повернула голову и посмотрела в приоткрытое окно. Там, на опустевшей детской площадке, неумытый мальчишка пытался проволокой прикрутить кошку к ножке скамейки. Кошка вырывалась и кричала. Ветер равнодушно кружил по площадке небольшие песчаные смерчи.

«А в кармане шортов у тебя перочинный нож, и я знаю, что ты хочешь сделать…»

Она встала, подошла к окну, растворила его, перегнулась через подоконник и что было силы крикнула:

— Эй! Эй, мальчик! Немедленно прекрати!

Он не обернулся, увлечённый своим занятием. Иштар почувствовала, как в лимбической системе её мозга вскипает ярость. «В лимбической системе вскипает ярость», — эта формулировка ей нравилась. Ей вообще нравилось, как с помощью научного дискурса (слово «дискурс» Иштар тоже любила) можно было чему-нибудь совершенно иррациональному вроде ярости придать видимость рациональности. «Как ты смеешь, ты...» Она растерялась, мысленно подбирая наиболее точное определение мальчишке и его действиям. Парадоксальным образом сильные эмоции совершенно парализовали её.

— Прекрати! — ещё раз крикнула Иштар, вложив в это единственное слово всю свою волю, но оно потонуло в вое внезапно налетевшего порыва ветра, поднявшего с земли столб песка.

Мальчишка принялся медленно разматывать уже стягивавшую лапу животного проволоку. Закончив с этим, он осторожно, расставив в стороны руки, как слепой, выпрямился и начал тереть глаза ладонями. Кошка тем временем сиганула в кусты.

— Ветер! — всхлипнул мальчишка. — Ненавижу тебя! Ненавижу!

Иштар скорее прочитала это по его губам, нежели услышала. Всхлипывания мальчика постепенно перешли в громкий рёв. Заливаясь слезами, он убежал.

Иштар молча отвернулась и уселась за стол. Алла только что вернулась после телефонного разговора и теперь сидела на своём стуле, слегка откинувшись назад.

— Что там? — бесцветным голосом поинтересовалась она.

— Ничего. Просто мальчик играл с кошкой. Ветер насыпал ему в глаза песка.

— А-а, понятно. Слушай, знаешь... он сказал, что не может сегодня.

— Кто?

— Тот парень, с которым я познакомилась.

— Ну, в другой раз...

— Нет, — перебила Алла. — Не будет другого раза. Не бывает другого раза. Сейчас так. Просто нашёл ещё кого-то и... а, не суть!

Алла замолчала.

Иштар смерила её внимательным взглядом. Алла умрёт, не дожив и до тридцати. Исподволь точит её болезнь, медленно убивающая каждого, кто родился или ищет счастья в этом проклятом Городе. Отравленная вода из Реки проникает в стены, и ночами из них сочатся болотные испарения.

Иштар ощутила резкий спазм в груди и закашлялась.

— Тебе нужно выпить воды! — Алла вскочила, подбежала к

раковине и, набрав прямо из-под крана стакан холодной воды, сунула его Иштар. На дне стакана кружилось несколько песчинок. Иштар сделала глоток, и песок просыпался в её горло. Швырнув стакан об стену, она согнулась в ещё более жестоком приступе кашля. Алла принялась что есть силы колотить её по спине ладонью. Удары получались довольно слабые и совершенно бессмысленные.

— Стой-стой, довольно, — Иштар выпрямилась, на глазах у неё выступили слёзы. — Слушай, Алла... Не хочешь пройтись, выпить чего-нибудь?

Прежде чем понять смысл обращённого к ней вопроса, Алла ещё пару раз слабо ударила Иштар по спине и только затем остановилась. Её сероватые, как у всех рождённых в Городе, глаза округлились. Она нерешительно кивнула.

Впоследствии Иштар с каким-то щемящим чувством вспоминала тот день. Начиналось лето, ночи были ещё прохладны, темнело поздно, и песка на улицах было совсем немного... не то, что теперь. Впрочем, песок беспокоил только Иштар — остальные его как будто не замечали. Она с опаской перешагивала через наметённые на мостовых желтоватые холмики, словно боясь чего-то, скрытого под ними. Алла посмотрела на неё с беспокойством.

— Ты в порядке?

— Да, Алла... в полном... — Иштар сосредоточенно смотрела себе под ноги, кожей чувствуя, как небо становится всё чернее.

— Слушай... — Алла осторожно тронула её за рукав. — Почему ты всегда зовёшь меня «Алла»? Мы ведь с тобой давно уже знакомы. В университете, например, меня все Аллочкой зовут. Алла — это как-то... уж очень официально.

— Твоё имя кусает себя за хвост, равно себе и всегда к себе возвращается. Его нельзя изменить, поэтому тебе не стоит бояться смерти.

— К чему это ты? — в голосе Аллы появились нотки тревоги. — Ты что вообще?

— Так... — протянула Иштар. — Пришлось к слову...

— Странная ты... тебя и не поймёшь. У тебя как будто на лбу написано: «не тронь меня». Может, это из-за имени?

— Из-за имени? — Иштар остановилась. Вокруг не было ни единой души. Окна домов, тянущихся вдоль улицы, были темны и безжизненны, как вскрытые археологами тысячелетние могилы. Иштар почувствовала тяжесть в груди. Сердце билось где-то в горле.

— Ну да... просто, знаешь... у всех Кать есть что-то общее. И у Свет, и у Лен... То есть все они, конечно, разные, но всётаки немного друг на друга похожи. А если тебя зовут Иштар, то ты ни на кого не похожа. Понимаешь?

— Ты серьёзно считаешь, что имя может... влиять на судьбу? — уточнила Иштар.

— Ты это к тому, что мы с тобой — будущие учёные и не можем верить в подобное? Но ведь наукой всего не объяснишь. Может, большая часть наших сегодняшних представлений ошибочна? Может, от имени человека зависит больше, чем от его генетического кода... что, если так? Мы ведь, если рассудить по справедливости, не знаем о сути вещей и сотой части! Выстраиваем какие-то иерархии и классификации — все искусственные.

Иштар застыла, удивлённая то ли самой этой мыслью, то ли тем, что высказала её Алла.

Алла тоже остановилась и небрежно разметала ногой песчаный холмик. В песке кто-то шевельнулся — Иштар успела заметить тонкую беспомощную лапку, выпростанную из-под сыпучего песочного покрывала. Не отдавая себе отчёта в том, что делает, Иштар стремительно наклонилась и, рискуя получить по лбу туфлей подруги, осторожно зачерпнула песок ладонью. Когда она выпрямилась, то обнаружила в руке крупную, величиной с ладонь, мохнатую бабочку со смятыми крыльями. Насекомое, отряхиваясь, возилось на её ладони, даже не думая улетать. Алла подошла ближе.

— Ну что ты творишь! — сердито воскликнула она, удивлённо рассматривая бабочку. — Я же могла тебя задеть!

— Знаешь, где-то я читала, что крылья бабочки сделаны из самой нежной и хрупкой материи в мире, — задумчиво проговорила Иштар, не обращая внимания на возмущённые возгласы Аллы. — Только я не могу проверить эти слова, потому что кожа моя практически лишена чувствительности. Я знаю только, что крылья бабочки состоят из хитина, что он очень прочен и нерастворим даже в щелочах. Наверное, это метафора — про крылья...

— Они правда очень нежные, — возразила Алла, осторожно проводя кончиком пальца по краю бабочкиного крыла. — И к тому же очень красивые. Посмотри, какой на них узор — четыре красных глаза с жёлтой окантовкой. Можешь определить её вид?

— Saturnia pyri, ночной павлиний глаз. Здесь они не водятся. Должно быть, улетела у кого-нибудь.

«У китайского мудреца...»

— Может, попробуем вернуть её владельцу?

— Можно попытаться, конечно... дать объявление... «Найдена бабочка»... глупость какая! Мы даже не знаем, как её содержать...

Резкий порыв ветра сорвал бабочку с ладони, и через мгновение крошечная крылатая фигурка растворилась в сумраке. Алла только охнула.

— Ну вот, — не шелохнувшись, пробормотала Иштар. — Духи ночи распорядились иначе. Если она и переживёт лето и осень, то зимой, конечно, замёрзнет...

— Духи ночи, — Алла зябко поёжилась. — Теперь ты уже и духов ночи вспомнила...

«Ночью из подземного мира поднимается львиноголовая демоница Ламашту и бог чумы Намтар. Оседлав и подчинив себе ветер, мчатся они над землёй, и следуют за ними всевозможные духи болезней, призраки и озлобленные души непогребённых умерших, не знающие покоя... духи ночи жаждут крови, и горе тому, кто окажется на их пути — они схватят человека, высосут его кровь до последней капли и оставят валяться на дороге только скелет да сморщенный кокон кожи...»

По спине Иштар пробежал холодок, она молча развернулась и зашагала в сторону дома.

— Эй, мы же вроде собирались... гулять же... — запротестовала Алла. — Ты вообще куда?

— Домой. Я передумала, — грубовато отозвалась Иштар.

Алла не стала задавать лишних вопросов. Едва они переступили порог квартиры, Иштар, поспешно скинув куртку, бросилась в ванную, закрылась на защёлку и включила душ.

Стоя под упругими струями, она прикрыла глаза.

«Все Кати чем-то друг на друга похожи, и все Лены друг на друга похожи, и все Маши, и все Наташи... входи в интернет, набирай в поисковике "тайны имён" и читай сколько угодно. Там есть про каждую, а про Иштар почему-то нет, про Иштар можно прочесть только на глиняных табличках, испещрённых замысловатой клинописью...»

Выйдя из ванной, Иштар добрела до кровати, упала на неё и, едва успев закрыть глаза, провалилась в кромешную темноту. Она не слышала, как вслед за ней в комнату зашла Алла и осторожно укрыла её одеялом.

Иштар часто снилось, что она бредёт в пахнущих пылью потёмках, вытянув перед собою руки, надеясь и одновременно боясь коснуться чего-то, но пальцы её всегда ловили лишь пустоту. Вокруг шелестели голоса, на границе видимого скользили одетые в перья, похожие на птиц тени, но, стоило Иштар попытаться с ними заговорить, как на неё наваливалось удушье, и она просыпалась в холодном поту, судорожно хватаясь за горло. После этих снов оставалось ощущение, что проснулась она не до конца, а всё ещё пребывает в какой-то тягучей полудрёме. «Как бы проснуться по-настоящему?», — спрашивала она себя, неторопливо заваривая кофе и собираясь на новую работу. Кофе не помогал, оседая бесполезной, едва ощутимой горечью на языке.

Иштар казалось, что её уши заткнуты какой-то невидимой ватой, от которой она никак не могла избавиться. Моя голову, она зажимала большим пальцем несколько отверстий душа и пыталась струёй воды попасть в слуховой проход. Она представляла, как вода — прохладная и прозрачная — достигает изборождённой извилинами поверхности её мозга, смывая с неё липкий, похожий на паутину налёт. «Это глупо, Иштар, там барабанная перепонка, слуховой аппарат… височная кость…», думала она, не прекращая своих попыток попасть в ухо. Периодически это ей удавалось, и тогда голову пронзала острая, как портняжное шило, боль.

7

На последнем курсе в программе появился новый предмет — «Современные проблемы биологии». Название его могло, по разумению Иштар, означать что угодно, и даже то, чего ей недоставало на протяжении всех предшествующих лет учёбы. Придя в аудиторию, она села на пустующий первый ряд.

— Здравствуйте, коллеги, — новый лектор оказался рослым мужчиной в синем деловом костюме, больше похожим на бизнесмена, чем на учёного. — Меня зовут Пётр Алексеевич. Я постараюсь рассказать вам о последних достижениях биологической науки в области медицины.

— А о фундаментальных проблемах будете рассказывать? — полюбопытствовал кто-то из студентов.

— Фундаментальные проблемы — это очень интересно, — Пётр Алексеевич устремил внимательный взгляд на сидевшую к нему ближе всех Иштар. — Но мне кажется, что человеку должен быть интересен прежде всего человек и практическое применение биологических знаний в жизни человека. Думаю, вы со мной согласитесь.

Иштар кивнула, и Пётр Алексеевич, не размыкая губ, улыбнулся ей в ответ. В конце лекции он, поблагодарив студентов за внимание, вытащил из кармана пачку гигиенических салфеток и неторопливо протёр руки, после чего выбросил салфетку, предварительно сложив её аккуратным квадратиком.

Впоследствии Иштар не пропускала ни одного занятия, на каждом занимая место в первом ряду, стараясь задать как можно больше вопросов и нередко подолгу беседуя с преподавателем после лекций о новых методах терапии тех или иных заболеваний.

Остальные также слушали «Современные проблемы...» с видимым удовольствием, одна только Алла усаживалась за самый дальний стол и сосредоточенно писала конспект, стараясь не поднимать глаза на преподавателя.

— Терпеть его не могу, — спустя пару недель после начала курса призналась она, когда в перерыве между лекциями отправилась вместе с Иштар перекусить в университетское кафе.

— За что? — удивилась Иштар.

— Не знаю, — Алла пожала плечами. — Какой-то он... что-то в нём не то. То есть, вроде бы всё в порядке, а глаза... такие глаза у него...

— Какие?

— Не знаю... какие-то... не такие... а, в общем, не суть.

— Глаз человека, как известно, — перебила Иштар, — состоит из глазного яблока, содержащего нейросенсорные фоторецепторные клетки, и вспомогательного аппарата, к которому относятся веки, слёзные железы и глазодвигательные мышцы. И чего у него, по-твоему, не хватает?

— Смеёшься? — Алла на миг замерла с надкушенной булочкой в руке. — Ну хорошо, смейся-смейся... уж не знаю, чего у него не хватает... только у него, если серьёзно, нечеловеческие какие-то глаза. Понимаешь?

Иштар флегматично глотнула кофе.

— Паршивый, да?

— Я вкуса не чувствую, — Иштар пожала плечами. — Но это, строго говоря, не кофе, а кофейный напиток. Эрзац-кофе, прямо как в Первую мировую войну, если верить историческим хроникам. Мы ведём войну с природой — на то мы и учёные, верно? Наша задача — создать эрзац-печень, эрзац-кожу, эрзац-глаза — да, почему бы не эрзац-глаза?

— И ещё — эрзац-душу. Иштар, ты бы лучше остереглась говорить такое, а то скажешь что-нибудь, что тебе самой не понравится. Я, кстати, позавчера случайно услышала его беседу с заведующей нашей кафедры. Он хочет взять тебя на работу.

Иштар промолчала. В груди что-то противно ныло — как будто лёгкие медленно сдавливал металлический обруч. Мимо важно прошествовал большой кот песочного цвета и невзначай коснулся её ноги упругим хвостом. Иштар вздрогнула — не почувствовав, но заметив это прикосновение — и, схватив со стола чашку, разом влила в себя ещё горячий напиток, едва не поперхнувшись.

— Иштар, ты что?!

— Всё в порядке.

«Сегодня я видела вас во сне, Пётр Алексеевич. Вы стояли посреди Центральной Площади, прислонившись спиной к гранитной колонне, и казалось, что вы — просто одна из окружающих её скульптурных фигур. Ваше лицо было неподвижно, а ветер кружил маленькие песчаные смерчи у ваших ног. Увидев меня, вы улыбнулись и что-то сказали, но вместо слов из ваших раскрытых губ выпорхнула чёрная рыбка со злыми глазами. Она метнулась ко мне, покрутилась вокруг моей головы и вдруг укусила меня над переносицей — так больно, что я тотчас проснулась».

— Ты согласишься? Пойдёшь к нему? Ведь пойдёшь...

— Пойду. Он занимается как раз тем, что мне нужно. Меня всегда интересовали новые методы... вмешательства в патологические процессы.

— Стволовые клетки, генная терапия, нанотехнологии, — Алла улыбнулась. — Сегодня одно, завтра другое... учёные слишком много значения придают моде.

— Ну да... тушь с блёстками, жёлтый лак, — Иштар покривила губы. — Не издевайся. Я знаю, о чём говорю.

— Ну уж конечно, знаешь... ты у нас всегда всё знаешь. Слушай, Иштар... — Алла сделала небольшой глоток эрзац-кофе. — Я знаю, что у тебя нет друзей и что чужое мнение для тебя ничего не значит... но, всё-таки, мы давно уже знакомы... Я тебя очень прошу — не нужно к нему идти.

— Это почему?

— Просто... не надо. Не надо идти в его лабораторию. Это же коммерческая структура. Там не так, как в НИИ.

— Думаешь, там спрос больше, и я не справлюсь? Может, оно и так... но если мои скромные знания и способности послужат спасению людей — значит, я живу не зря... Понимаешь меня, Алла?

— Понимаю, — Алла невесело улыбнулась. — Чего ж тут непонятного. Только вот ты сама не считаешь свои знания и способности скромными.

— Это плохо?

— Ты как-то рассказывала мне про алхимика, который искал Философский Камень, а получил камень в почку. Вместо Камня — камень, такая вот... награда за все труды.

Впоследствии Иштар неоднократно вспоминала этот разговор. Почему она тогда встала и отправилась в аудиторию, не дождавшись Аллы? Почему молчала потом весь вечер, а поздно ночью, когда соседка улеглась спать, долго, с остервенением мыла голову, до крови царапая ногтями кожу? И вообще, хотелось ли ей этой работы? Обрадовалась ли она, узнав о намерениях будущего начальника? Каждый раз, возвращаясь мысленно к этому эпизоду, Иштар приходила к выводу, что и в тот момент, и много раз после она просто подчинялась воле случая. Течение незримой реки увлекало её за собой, не оставляя времени на раздумья и сомнения.

Защитив диплом, Иштар без колебаний приняла предложение Петра Алексеевича и сняла новую квартиру, от которой было удобнее добираться до работы. Алла исчезла из её жизни, и лишь спустя два или три года кто-то из бывших сокурсников позвонил Иштар и бесцветным голосом сообщил, что недавно Алла умерла в больнице.

— Умерла? От чего?

— Никто не знает.

— То есть... как это?

— Врачи сказали, новая какая-то болезнь...

— А... — Иштар стало трудно дышать. — А были какие-нибудь... особенные симптомы?

«— Скажи мне, что неожиданнее рождения?

— Любовь.

— Что ненадёжнее песка?

— Истина.

— Кто постиг законы хаоса?

— Тот, кто постиг чужую душу.

— Так в чём же величайшая тайна?

— В смерти».

Иштар крепко, до боли в дёснах, сжала зубы. В трубке молчали.

— Я спросила про симптомы… симптомы какие-нибудь необычные наблюдались?

— Вроде, ничего такого, — не сразу отозвалась тишина. — Глаза у неё как-то помутнели… сказали — «катаракта».

— Ясно.

Иштар повесила трубку. На похороны она не поехала, оправдав это своей занятостью. «Но ведь я правда очень занята, — думала она, пытаясь заглушить болезненные уколы совести. — Быть может, если бы в прошлом кто-то работал столь же усердно, Аллу бы тоже удалось вылечить. И потом… она бы меня поняла».

8

В течение нескольких дней после собрания, на котором Пётр Алексеевич велел сотрудникам записывать свои сновидения, в работе Иштар ровным счётом ничего не менялось — каждый день она проводила с Ирой в лаборатории. После разговора о шефе Ира была не слишком многословна, однако надолго её сдержанности не хватило, и в конце концов она решилась выйти за рамки формул вроде «привет» и «передай мне, пожалуйста, вон ту пробирку».

— А я сегодня видела удивительную бабочку, — не отвлекаясь от работы, сообщила Ира тоном ребёнка, игравшего на берегу моря и обнаружившего среди гальки цветной камешек.

— Бабочку? — Иштар повернула голову.

Они сидели перед ламинарным боксом, занимаясь выделением первичной культуры стволовых клеток из кроличьего костного мозга. Работа не слишком трудоёмкая, но скучная и требующая аккуратности.

— Ну да… представляешь, врезалась прямо в лобовое стекло моего «Опеля». Огромная, чуть не с ладонь размером.

— И… что дальше? — Иштар стянула маску и подставила лицо под поток воздуха, льющийся из фильтра.

— Я испугалась… дворники включила… — тон у Иры стал виноватым. — Погубила её…

— А ты… уверена?

— Я её только мельком успела разглядеть. Но у меня память фотографическая. У неё на крыльях было четыре красных глаза с жёлтой окантовкой. Такое раз увидишь — никогда не забудешь. И крылышко одно сохранилось — прилипло к стеклоочистителю. Вот, смотри…

Ира поднялась со стула, стянула с левой руки перчатку и вытащила из кармана халата прозрачную коробочку-планшет, когда-то использовавшуюся для хранения предметных стёкол. В планшете лежало крупное крылышко с большим красным пятном, окружённым ярко жёлтой каймой. У Иштар отчего-то заныло сердце.

— Вот, видишь... — дыхание Иры под медицинской маской было прерывистым. — Красивое, да?

— Да, — согласилась Иштар, рассматривая крылышко. — Очень.

— На обрывок роскошного платья похоже... — продолжала Ира. — Какие в старые времена носили. Слушай, Иштар... знаешь, у меня такое чувство, что я человека случайно убила...

— Перестань, это была только бабочка, — мягко ответила Иштар. — У тебя просто разыгралось воображение. (Она поймала себя на мысли, что бессовестно лжёт).

— Знаешь, они очень отличаются от нас. Это совсем другая, параллельная ветвь эволюции. У них всё наоборот. Вот смотри, у нас — спинной мозг, у них — брюшная нервная цепочка. У нас — внутренний скелет, а у них — внешний. У нас...

— Ну, прекрати, — перебила Иштар, услышав, что Ирин голос начинает дрожать.

— Нет, послушай меня! В этой параллельной ветви эволюции они достигли того же уровня организации, той же эволюционной ступени, что и люди... может быть, они разумные и...

В этот момент дверь приоткрылась, Ира поспешно сунула коробочку обратно в карман и, сев за стол, схватила пипетку. В стерильное помещение заглянул шеф.

«...и у них есть чувства».

— Иштар, будь добра, удели мне после работы полчаса времени, — произнёс он не терпящим возражений голосом и тотчас, не дожидаясь ответа, закрыл дверь.

— Что там у вас с ним за интимные дела? — поинтересовалась Ира. Голос её снова был спокоен, как будто ничего не произошло. Её проворные руки с короткими пальцами ловко управлялись с электронным дозатором и дюжиной баночек, пробирок и культуральных флаконов. Иштар внимательно наблюдала и запоминала каждое её движение.

— Да вроде бы никаких, — удивилась она. — Может, хочет мне какие-то ценные указания дать?

— Ну да, конечно, ценные указания, — даже несмотря на маску, закрывавшую лицо, было заметно, что Ира ухмыляется.

— Ира, почему ты так к нему относишься? Он же хочет людям помочь...

— Ты в этом так уверена? Как ты думаешь, зачем ему спасать кого-то? — помедлив, проговорила Ира. — Он что, знаком со всеми этими людьми — я имею в виду больных, для которых мы разрабатываем новые методы терапии? Ему должно быть до них какое-то дело? Как ты думаешь? Просто исходя из человеческой психологии?

— Но... разве не может человек хотеть помочь другим людям?

— Знаешь, — Ира снова усмехнулась. — Говорят, тот, кто любит всех, в действительности не любит никого.

— Ну так и зачем ему всё это? — холодно спросила Иштар, заранее предчувствуя, что ничего хорошего коллега не скажет.

— У него свои цели, — уклончиво ответила Ира и пожала плечами.

— Мне нет дела до *его* целей, ведь есть главная цель, в сравнении с которой остальные несущественны, — высокомерно парировала Иштар.

— Вот как, главная цель... И ты уверена, что знаешь главную цель, Иштар, и что для Петра Алексеевича она тоже является главной, — голос Иры смягчился, как будто она раскаивалась в сказанном. — Ты... не обижайся, но я о тебе же беспокоюсь... ты слишком идеализируешь шефа. Это всё... твой романтизм.

Она произнесла слово «романтизм» так, будто поставила диагноз, и, нахмурившись, погрузилась в работу. Уже завинчивая крышечки на культуральных флаконах, где в питательной среде бултыхалась ещё не избавленная от эритроцитов юшка (отчего казалось, что во флаконы налита просто кровь), Ира вдруг выпалила:

— Я, кстати, на твоей стороне...

— Спасибо, — не желая вникать, на всякий случай сказала Иштар, взяла флаконы, поставила их друг на друга так, что получилась аккуратная стопочка, и перенесла в инкубатор, где клеткам предстояло размножаться в обогащённой углекислым газом среде.

«В воздухе, которым мы дышим, содержится около двадцати одного процента кислорода и всего три сотых процента углекислого газа, а в инкубаторах, чтобы клетки чувствовали себя хорошо и нормально росли, содержание углекислого газа

— от пяти до семи процентов...» Иштар коснулась пальцами шеи, представив, как воздух непрерывно течёт по дыхательным путям. «Кислород — клеточный яд. Все мы дышим смертью. Возможно, удушье — это не так уж плохо. Доступ кислорода в организм прекращается хотя бы на время. А все уверены в том, что кислород полезен, и пытаются вырваться из Города, чтобы подышать... только, думаю, кислород тут не при чём. Просто воздух чистый. Такой чистый, что иногда от него начинает болеть голова».

Обычно Иштар старалась работать в лаборатории как можно быстрее — ей не нравилось повторять за Ирой простые, стандартные, раз и навсегда определённые действия. «Да тебя и учить-то нечему, — как-то похвалила её Ира. — Всё на лету схватываешь... умничка». Сегодня Иштар выполняла все манипуляции намеренно медленно, подолгу возясь с каждой пробиркой.

— Ты в порядке? Копаешься, как сонная муха... — Ира бросила на неё неодобрительный взгляд.

— Да так... голова что-то болит.

Ира недоверчиво хмыкнула, но расспросов продолжать не стала. Иштар освободилась в самом конце рабочего дня и отправилась в кабинет с надеждой на то, что начальник её не дождался и уехал, но Пётр Алексеевич был на месте.

— Иштар, рад, что ты наконец пришла! — он приветственно махнул рукой.

— Здравствуйте, Пётр Алексеевич.

— Виделись. Присядь, пожалуйста.

Иштар села. Воздух в кабинете был неподвижен. Чтобы не смотреть на шефа, она уставилась на стеклянный шкаф, забитый научными журналами и монографиями. Шеф выбросил в мусорное ведро гигиеническую салфетку, которую мял в пальцах, предварительно сложив её аккуратным квадратиком.

— Ты только начала работать, а уже почти всему научилась. Ирина тебя очень хвалила.

— Спасибо, — Иштар не могла заставить себя посмотреть ему в глаза.

— А ты что думаешь о ней? — неожиданно спросил шеф.

— Я... — Иштар растерялась.

«У неё грязные руки...»

— Я не знаю...

Иштар поглядела на руки начальника, покоившиеся на его коленях. У него были по-женски узкие ладони и длинные белые пальцы с ухоженными ногтями, как у музыканта или хирурга.

«...Отчего одинаково неприятно видеть и немытые, и слишком чистые пальцы?»

— Иштар, я спрашиваю тебя не из любопытства, — в его голосе натянулись металлические струны. — Мне, как начальнику, важно знать твоё личное отношение к каждому в коллективе.

— И к вам тоже?

— Ко мне — в особенности.

— Зачем?

— Иштар, коллектив — это живой организм, — Пётр Алексеевич улыбнулся. — От того, как ты относишься к каждому из своих коллег, зависит результат твоей работы. Или ты бы предпочла работать над чем-то *особенным*?

Иштар наконец посмотрела Петру Алексеевичу в глаза.

— Что бы ты хотела создать, Иштар? — прямо спросил шеф.

Иштар молчала.

«Люди в больнице номер восемнадцать умирают, и я бы хотела вылечить их, но я не знаю, как, и даже не знаю, с какой стороны подступиться к этому. Как же я могу ответить конкретно на вопрос о том, что бы я хотела создать?»

— Ты не знаешь, Иштар? — голос шефа был мягким, даже ласковым. — Ты всё время о чём-то думаешь, но не говоришь. В какой-то момент ты должна наконец выглянуть из своего внутреннего мира во внешний. Тебе известно, почему я попросил всех вас записывать свои сны?

Этой ночью ей снился сон про белого кролика. Только кролик не был облачён в жилет и не вынимал из кармана часов со словами: «Oh dear! Oh dear! I shall be too late!». И ни в какую нору ни по какому полю он от Иштар не убегал. Он сидел в тесной клетке, дно которой было устлано влажной, давно не сменявшейся древесной стружкой. Иштар ощущала запах застарелой мочи и помёта. У кролика было человеческое лицо. Человеческие глаза, человеческий нос и человеческие губы. Иштар стояла перед клеткой и протягивала ему пригоршню сухого корма. Кролик потянулся к ней, взял в рот несколько гранул и принялся обречённо жевать. «Вы больны?» — спросила она кролика. Он широко открыл рот, и Иштар увидела, что у него нет языка.

Проснувшись утром, она первым делом бросилась в душ. Шампунь закончился, и ей пришлось долго тереть голову твёрдым бруском травяного мыла. В волосах обнаружилось несколько намокших стружек. Когда Иштар вылезла из ванной, времени у неё оставалось лишь на то, чтобы спешно одеться и, не позавтракав, бежать на работу.

— Мне в последнее время не снятся сны.

— Вот как, — шеф наклонился немного вперёд, испытующе глядя ей в лицо. — Знаешь, Иштар, многим сейчас перестали сниться сны, и всё больше людей обращается к врачам по поводу новой болезни. Сначала исчезают сны, потом развивается бессонница, со временем человек перестаёт узнавать родных, забывает собственное имя, всё больше замыкается в себе, погружается в полную апатию. Бóльшая часть больных гибнет, но у некоторых сон вроде бы нормализуется, и человек остаётся жить, хотя личность его практически разрушена, в особенности что касается чувственной и эмоциональной сфер. А врачи, Иштар, только руками разводят да пытаются прописывать своим пациентам успокоительные и антипсихотики, от которых никакого толка.

Это очень интересный феномен. Полагаю, это связано с гибелью определённых клеток в мозге, как при болезни Паркинсона или инсульте. И эти потерянные нейроны, Иштар, никогда не восстанавливаются. Все современные исследования в этих областях направлены на то, чтобы как-то восстановить повреждённую нервную ткань, создать новые нервные клетки. Думаю, ты читала немало на эту тему, и мне не нужно лишний раз говорить тебе о том, что пока все попытки наших коллег не увенчались успехом. Ты вообще слушаешь меня? — он щёлкнул пальцами перед её носом и засмеялся, когда она вздрогнула. — То-то же! Ты наверняка думаешь, что моя затея бесперспективна, что сны — это что-то гораздо более сложное, чем другие функции мозга, но как учёный ты должна понимать, что сны — всего лишь продукт человеческого тела.

«Разве? Сон — это специфическое состояние нервной системы с характерными особенностями и циклами мозговой деятельности. С помощью электроэнцефалограммы можно выделить пять фаз сна — и что дальше? Быть может, сны относятся вовсе не к телу, но к душе человеческой… И тогда действительно есть смысл в том, чтобы в качестве терапевтического агента использовать именно костный мозг — концентрированную кровь… кроветворный орган, который с незапамятных времён фанатики приносили в жертву Чёрной Матери, богине Кали… Но что такое душа? Совокупность нервных импульсов? Безумная хаотическая пляска молекул? Бессмертная божественная искра?»

— ...кровь, — тихо произнесла Иштар в ответ.

— Что? — на лице начальника на миг отразилось волнение и он даже немного привстал, но тотчас принял прежнюю позу. — Что ты сказала?

— Сны и кровь взаимосвязаны. Я не знаю, каким образом, но не зря же кровь до сих пор считается вместилищем души, и не зря мозгом называется не только тот орган, которым мы думаем, но и тот, что рождает кровь, — без запинки выпалила Иштар.

Шеф откинулся в кресле, сцепил руки на коленях и посмотрел на неё с холодным одобрением.

— Ты полагаешь, Иштар, что это не просто совпадение терминов?

Иштар кивнула.

— Да, я думаю, что... что термины... — Иштар запнулась. — Что слова...

«...предшествуют предметам. Мозг — это от слова мозгнуть, то есть намокать, это влажное слово, облечённое влажной материей... влага, живая вода, сома, дающая исцеление и бессмертие... Эрешкигаль приказала влить её в уста мёртвой Иштар, и богиня, испив, вернулась в мир живых... нет, это не просто совпадение терминов. Нервную ткань и кровь объединяет неуловимая субстанция, о которой мы ничего не знаем, но эта субстанция и есть тот флогистон, который тщетно искали алхимики, чьей задачей было вовсе не превращение друг в друга химических элементов, как полагают профаны. Эта субстанция — раствор человеческой души».

— Иштар, всё хорошо? — шеф положил ей на плечо руку и слегка сжал.

Воздух в кабинете закончился. У Иштар перехватило дыхание.

«У этого термина есть и другое значение. Мозгнуть — значит разлагаться, гнить... когда мир рушится, актуализируются скрытые смыслы слов, и я могу рассказать вам про этиологию этой новой болезни, над которой ломают головы светила медицины... про этимологию...»

— Иштар, Иштар! — он резко встряхнул её.

«...кровь разлагается... человеческие души гниют и...»

— Иштар!

«...гниль, гниение, меланозис, почернение...»

У Иштар закружилась голова и потемнело в глазах, и тело её, как будто лишившись внутренней опоры, обмякло на стуле.

Как только холодная вода коснулась её лица, Иштар мгновенно очнулась, оттолкнула начальника, ударилась лбом об кран и тотчас осела на пол, держась обеими руками за голову. Шеф выключил воду, затем наклонился и осторожно взял Иштар под локоть.

— Ну-ну, всё в порядке, — его голос звучал успокаивающе, почти нежно. — Ты просто переутомилась. Со всеми бывает.

Он поднял её и обхватил за талию. Иштар показалось, что её прислонили к гранитной глыбе. Он отвёл её обратно в кабинет и усадил на стул.

— Давай-ка посмотрим, что тут у нас.

Иштар всё ещё закрывала лицо руками. Пальцы и ладони её стали горячими и липкими. Пётр Алексеевич сжал её запястья и развёл руки в стороны.

— О-о, — протянул начальник, — да ты себе весь лоб разбила. Прямо над переносицей.

Он отпустил её, выдвинул один из ящиков своего стола, извлёк оттуда пачку влажных салфеток, открыл и протянул Иштар. В ноздри ей ударил запах спирта и парфюмерной отдушки. Она взяла пару салфеток и принялась тщательно вытирать лицо. Шеф внимательно наблюдал.

— Всегда ношу их при себе, — он улыбнулся, — нужная вещь. Ну, уже лучше, давай их сюда.

Он забрал у Иштар пропитанные кровью салфетки, мгновение разглядывал их, словно они представляли для него интерес, затем выбросил в мусор, предварительно сложив квадратиками, и осмотрел лоб своей подчинённой.

— У тебя серьёзная рана, Иштар.

Он протянул руку, как будто намереваясь прикоснуться прямо к зияющему разрыву, но Иштар резко отпрянула.

— Надо бы зашить, по-хорошему.

— Нет! Не трогайте! — Иштар скорчилась на стуле, закрыв голову руками.

— Давай хотя бы пластырем заклеим, — он снова порылся в столе, достал оттуда маленькую аптечку и нашёл в ней упаковку бактерицидного пластыря. — Ну-ка, запрокинь голову.

На этот раз Иштар повиновалась. Шеф снял с пластыря защитную плёнку и аккуратно накрыл им рану. Иштар почувствовала, как его твёрдые пальцы прижимают пропитанную антисептиком ткань к её коже, и поморщилась от неожиданной боли.

— Спасибо.

— Это надо было умудриться — до самой кости. Не хочешь зашивать, а ведь останется шрам. Ну да ладно, как хочешь, в конце концов, — шеф хмыкнул. — На чём мы с тобой остановились?

— На крови, — тихо ответила Иштар. — Вы считаете, что с помощью клеток из костного мозга можно восстановить повреждённую нервную ткань…

— Да, — шеф кивнул, — возможно. По крайней мере, результаты существующих работ показывают, что на это есть надежда.

— А сны?

— Сны, как мне кажется — это *индикатор*, Иштар, — шеф помолчал немного, подбирая точную формулировку. — Сны отражают работу мозга. На основе их содержания, яркости, сложности, наличия или отсутствия, в конце концов, исследователь может судить о состоянии пациента.

— А что, если всё гораздо сложнее… что, если сны — это отражение человеческой души?

— Души? — Пётр Алексеевич как будто растерялся. — Причём тут душа? Иштар, я исследователь, а не священник. Я кое-что знаю о теле и хочу решить существующую проблему, только и всего. Что же касается души, то о ней мне ничего не известно, и я не думаю, что она существует.

«Разве сны видит красная глина? Невозможно разделить тело и душу, невозможно вылечить одно, позабыв о другом…»

— Иштар, мы сможем спасти множество человеческих жизней. Понимаешь? Если мы вместе возьмёмся за это, мы можем войти в историю науки. Я не говорю уже о том, что мы можем немало заработать, создав лекарство от этой болезни. Это само собой разумеется.

— Вы полагаете, что, восстановив нервные клетки, межнейронные связи и что там ещё нужно, вернув людям способность двигаться, говорить, даже решать алгебраические задачи… вы вернёте им сны?

— Да.

Иштар внимательно вгляделась в синеву глаз начальника. Уголки его губ дрогнули, как будто он хотел улыбнуться и в последний момент передумал.

— Иштар, ты рассуждаешь там, где рассуждать не нужно, а нужно только действовать. Ведь это же не абстракции, которыми ты почему-то пытаешься мыслить, а живые люди из плоти и крови.

Он отвернулся на мгновение, чтобы извлечь из ящика очередную пачку влажных салфеток, и принялся вытирать и без того чистые руки, не отрывая взгляда от лица Иштар.

— Поверь мне, Иштар, не всегда обязательно знать предмет в совершенстве, чтобы к нему подступиться. Работайте, работайте — а понимание придёт потом. Тело, на наше счастье, умеет говорить, и мы можем излечить его, душа же, в существование которой ты считаешь необходимым верить, говорить не умеет, поэтому давай не будем её трогать, а то мы с места не сдвинемся.

— Да, действительно, — покорно согласилась Иштар.

— Так тебе было бы интересно принять участие в проекте?

— Да, — Иштар кивнула, — очень.

— Тогда подумай ещё, до завтрашнего утра. Я не требую от тебя мгновенного решения, пойми меня правильно, — он взял руку Иштар и слегка сжал её своими твёрдыми пальцами. — Это потребует от тебя сил и времени, которые не всегда можно полностью компенсировать зарплатой. Но если ты решишь мне помочь, я буду тебе очень благодарен. Я не хочу показаться излишне самоуверенным, но мы могли бы послужить на благо всего человечества, Иштар. Ты понимаешь?

— Да... конечно, на благо человечества... Спасибо, что... спасибо за оказанное доверие.

— Уже поздно, — он кивнул на массивные часы, обхватывавшие его запястье. — Я тебя сильно задержал. Тебя подвезти хотя бы до метро?

— Не нужно, спасибо... спасибо, Пётр Алексеевич.

— Ну, тогда до завтра.

— Да... до завтра, Пётр Алексеевич, — Иштар быстро собралась и вышла из кабинета.

Оказавшись на улице, она сделала несколько глубоких вдохов и, устало прислонившись к стене лабораторного комплекса, уставилась в небо. Тупая пульсирующая боль билась в центре лба. С раскалённого добела вечернего неба равнодушно сыпался песок.

Летняя духота не отступала даже по вечерам, но у Иштар всё равно было ощущение, будто, выйдя из здания, она вынырнула из вязкого болота на свежий воздух. В нескольких метрах от неё колыхалась стена леса. Ветви деревьев шевелились, как живые, хотя никакого ветра не было.

«Пройти через лес, выйти на шоссе, маршрутка-метро, домой — и сразу спать. Быть может, утром решение действительно придёт само — очевидное и ясное...»

Ступая по засыпанной сухой хвоей дороге, Иштар с досадой вспомнила, что «домой и сразу спать» точно не удастся. Во-первых, нужно заглянуть в круглосуточный магазин и купить шампунь — желательно, с эфирным маслом полыни или какого-нибудь цитруса. У них сильный и терпкий аромат, который не даёт въедаться в волосы всяким дневным запахам, наполняющим маршрутки, метро, лабораторию и в особенности — виварий. Во-вторых, надо поискать в Сети материалы по восстановлению нервной ткани — если сегодня шеф предложил ей эту работу, завтра он, скорее всего, вместе с её окончательным решением уже потребует каких-то конкретных предложений.

Лес равнодушно шумел. Иштар ускорила шаг и почти выбежала на пустынное шоссе. К остановке уже подъезжала видавшие виды пыльная маршрутка. Иштар махнула рукой, и машина со скрежетом остановилась. В маршрутке оказалось пусто, и Иштар села вперёд.

— Проезд — тридцать, — механически напомнил водитель.

— Ах, ну да... — Иштар порылась в сумочке и протянула деньги.

За окном замелькали тёмные силуэты деревьев; вдалеке просматривались призрачные и величественные очертания мусорных холмов. Иштар вспомнила, как великий царь Нимрод, человек гигантского роста и необычайной силы, высмеял посланца Аллаха, за что разгневанный бог страшно наказал его — в голову царя проник комар, который на протяжении четырёхсот лет пожирал его мозг, доставляя несчастному невыносимые страдания. Орды эламитов разрушили древний город Ур, и великая цивилизация пала, и пустынные ветра превратили в безликие холмы некогда величественные храмы и дворцы.

Иштар прижалась лбом к стеклу окна. Оно было горячим. Или это горела под пластырем её рана? «Работай, работай — а понимание придёт потом. Можно сделать мир лучше — так Пётр Алексеевич сказал? Нет, как-то по-другому... можно спасти человеческие жизни... много человеческих жизней...»

— Метро! — сообщил водитель.

Иштар вышла из маршрутки в сгущавшийся на улице душный сумрак. Пройдя всего несколько шагов, она наткнулась на какого-то тщедушного юношу. Тот, не удержавшись на ногах, упал, нелепо взмахнув руками. Очки (Иштар успела заметить, что стёкол в них не было — одна только оправа) слетели с его носа и упали на один из песчаных холмиков, наметённых на мостовой ветром. Иштар застыла, наблюдая, как незнакомец беспомощно шарит вокруг себя руками, сидя на размякшем от жары асфальте. Его слишком длинные светлые волосы растрепались, ветер перемешал их с песком.

— Ну что вы стоите, как египетская статуя?! — беззлобно воскликнул он. — Помогите мне найти очки! Вы их видите?!

— Я… — растерялась Иштар.

— Нос мне разбили, — продолжал он, наконец сам обнаружив свои очки и протирая пустую оправу подолом жёлтого джемпера.

— Я задумалась, — призналась Иштар. — Простите.

— А вы бросьте думать обо всяких глупостях и займитесь делом, может, на людей налетать на улице перестанете.

Он улыбнулся, отчего его лицо вдруг показалось измождённым и несчастным. Иштар стало неловко. Уж лучше бы просто отругал.

— Заняться делом? — спросила она машинально.

— Ну да. Делом заняться. Вам, — он перестал улыбаться. — Иначе вы так когда-нибудь в столб войдёте и окажетесь в больнице. Ну, будьте здоровы, — он махнул ей рукой и немного дёрганой походкой зашагал прочь.

«Чудной какой-то… — подумала Иштар, направляясь в противоположную сторону. — А сам-то… его-то глаза где были, когда он со мной столкнулся?»

Доехав до дома, Иштар вспомнила о необходимости купить шампунь. Остаток вечера она провела в душе, смывая с себя впечатления прошедшего дня. Пластырь на лбу размок; Иштар с неприязнью его отлепила. По новой всё ещё открытую рану она решила не заклеивать и дать ей подсохнуть на воздухе.

«Шрам обязательно останется, может, даже келоидный рубец — края-то разошлись… надо было всё-таки зашить… а любопытно было бы найти такое средство, которое проникало бы прямо в кожные поры, всасывалось бы в кровь и могло бы промыть все ткани организма изнутри… если соглашаться с

Петром Алексеевичем, то с помощью такого средства можно было бы вымыть и душу — или как там в его терминологии называется этот орган...»

Лёжа на спине в кровати, Иштар пыталась заснуть, но перед глазами её плыла беспокойная вереница фантасмагорических образов: молодой человек шёл под руку с огромной бабочкой, заботливо поддерживая её под чёрную лапку, покрытую длинными хитиновыми волосками. За спиной у бабочки, подобно шлейфу роскошного платья, развевались две пары сияющих крыльев с красными пятнами в жёлтой окантовке. Следом шла девушка в обнимку с гигантским жуком, чьи надкрылья переливались всеми цветами радуги. Луи Фердинанд Селин в военной форме сидел в шалаше и давил пальцами огромных зелёных гусениц, всякий раз брезгливо при этом морщась.

Иштар зажмурилась и потёрла глаза. Образы исчезли, сменившись другими — мириады белых кроликов на лужайке, посреди которой разверзлась бездонная пропасть. Глупые кролики не замечают опасности и то и дело то один, то другой срывается в чёрный провал. Потом на лужайке появились люди вместе со своими спутниками-насекомыми, только теперь трудно было отличить их друг от друга, потому что у бабочки проявилось женское лицо, у молодого человека над верхней губой вытянулись жучиные усики, а жук, сопровождавший девушку, стал больше напоминать важного господина в костюме. Поначалу они осторожно обходили провал, в котором пропадали кролики, но постепенно лица их стёрлись, краски поблекли, и все они, один за другим, повалились в ту же дыру.

Окончательно убедившись в том, что уснуть не удастся, Иштар потянулась за дневником.

«Ночь — странное время суток. Ночью все ощущения до невозможности обостряются. Всё, видимо, оттого, что в тишине и одиночестве мы наконец можем расслышать тихий голос бытия (*примечание*: уточнить, откуда я знаю это выражение). Ночь — время, когда с нами разговаривает наша память. Люди всегда говорят "мы", "нам", когда им особенно одиноко. Учёные всегда пишут в своих статьях — "мы считаем", и даже в диссертациях и монографиях никогда не встретишь мнения, высказанного от первого лица. Можно подумать, что таким образом исследователь снимает с себя всякую ответственность, прикрываясь безликим научным сообществом, но на самом деле это не так. Все настоящие учёные страшно одиноки — одиночество всего человечества и каждого отдельного человека выпадает в осадок и кристаллизуется под давлением интеллекта и отвлечённых размышлений. Я здесь совсем одна — и всё же я говорю — "мы". Мы слышим голос нашей памяти — действительно, когда память разделена на всех, когда она общая, она уже не так страшна, её можно пережить, с ней можно смириться. В одиночестве же сама мысль об индивидуальной памяти становится непереносимой.

Мне часто вспоминается один день, даже не день — вечер. Несколько лет назад. Стоял январский мороз, и с неба сыпались крупные снежные хлопья. Вокруг было тихо, так же, как сейчас, только тишина была холодная. Впрочем, кажется, такая же душная.

Как будто это происходит прямо сейчас — в эти самые мгновения. На балконе. В тонком сером свитере и джинсах. Обхватив колени руками. Девятый этаж. Во дворе внизу машины смотрят свои пластмассово-стальные сны. Позади — запертая дверь. За дверью, в тёплой комнате — его лицо как будто в тумане — отчётливо помню только синие глаза и тёмные волосы. Он сидит в кресле и не сводит глаз с катоптрической пляски снега за окном. Тоже смотрю на снег. Его кристаллы ранят лицо. Оно всё в крови — кровь течёт по лбу и щекам и замерзает. И лицо становится маской.

Он коллекционирует насекомых, этот человек. Познакомилась с ним случайно, в трамвае. В руках была книга — кажется, Селин, взятый из библиотеки. Незнакомый мужчина с тёмными волосами подошёл и сказал: "Я думал, больше никто не читает. Я тоже люблю книги. Литература — это камертон, с помощью которого человеку следует настраивать свою душу". Всё же это было лучше, чем ничего. В подтверждение своих слов он извлёк из своей сумки небольшой томик. На серой обложке крупными буквами было напечатано название: "Жуки и бабочки. Методы сбора, препарирования и хранения".

— Вы коллекционер?

— Что вы, — он улыбнулся. — Совсем нет. Есть у меня один знакомый коллекционер. Он восхищается этими тварями и говорит, что ничего красивее их Творец за всю вечность не создавал и, пожалуй, создал Он их только потому, что люди Ему удались не слишком хорошо. Мой товарищ содержит их живыми и добавляет в коллекцию только после их естественной смерти. Подумать только — *естественной смерти*! Вам это не кажется смешным?

Это было совсем не смешно.

— Я — не коллекционер, — продолжал он. — Я — исследователь. Меня интересует их устройство, ведь они и правда совершенны, и я намереваюсь сделать большое открытие.

Его слова заинтересовали — захотелось узнать, что за открытие он намеревается совершить. Разговорились. Потом пригласил к себе. У него действительно была прекрасная коллекция, пусть он и отрицал свой интерес к коллекционированию, — великое множество самых разнообразных жуков — от самых крохотных до гигантских, не уместившихся бы и на мужской ладони, и не менее внушительное собрание бабочек. Бабочки... в сравнении с их крыльями и самые блестящие, радужные и перламутровые надкрылья жуков смотрелись скромно. Огромные орнитоптеры с Соломоновых островов, пушистые ночницы из Южной Америки, роскошные морфиды из тропических лесов Амазонки, ядовитые акреиды и скромные брамеи из Африки, чёрно-жёлтые уранииc Мадагаскара и самые красивые — павлиноглазки-сатурнииды... кажется, у него были собраны все виды, не хватало только одной... не могу припомнить, какой именно... всё рассматривала их — засушенных, проколотых булавками, помещённых под стекло. В комнатах было душно, и было трудно дышать. Он показал несколько расправилок с монтированными на них недавно пойманными насекомыми. Наверное, ездил по всему свету, охотясь за редкими экземплярами. ...всё искала глазами ту, которой недоставало, но её нигде не было.

Он много рассказывал про жуков и бабочек — как их правильно ловить, умерщвлять ("...если у тебя нет под рукой эфира, можно опустить банку с пойманными насекомыми на некоторое время в кипящую воду..."), о том, что высушенные образцы нужно обязательно обработать инсектицидом во избежание порчи их личинками кожеедов, о том, как размачивать их затем в эксикаторе ("...на дно насыпь чистый, прокалённый речной песок, смочи водой, а чтобы не завелась плесень, обязательно добавь капельку фенола или спирта..."), и что пользоваться нужно только специальными энтомологическими булавками. Особенно много говорил о том, как следует препарировать насекомых и каковы особенности их анатомического строения. Он прервался и, подумав немного, сказал:

— Вы, я вижу, умная девушка. Вы бы могли разделить моё увлечение.

Отказалась. Быть может, не слишком вежливо.

Схватил за руку, вытащил на балкон, швырнул на пол и хлопнул дверью. Щёлк. Не злой, но любопытный взгляд в спину, преломлённый стеклом. Два или три часа прошло, прежде чем он снова открыл дверь. Не могу сказать, выходил ли он в течение всего этого времени из комнаты, или же безотрывно рассматривал... Рассматривал — как мёртвое насекомое в энтомологической коллекции. Насмотревшись, открыл дверь. Прошла мимо него в прихожую, оделась и вышла на лестницу. Щёлкнул замок. Как-то добралась до дома. В квартире было пусто и холодно — с отоплением в тот день что-то случилось. Несколько часов мыла голову ледяной водой, потом легла спать, наутро проснулась в лихорадке.

Алла пришла около полудня — выглядела она усталой и разочарованной. Она только взглянула на меня и сразу побежала в аптеку. Вернувшись, растворила в горячей воде какой-то порошок и, поставив чашку на тумбочку в изголовье, присела на край кровати.

— Что-то случилось? — спросила я.

— Ничего особенного. Просто ещё одна неудача на любовном фронте.

— Понятно.

Мне вдруг захотелось рассказать ей о происшедшем, но вместо этого я сказала:

— Всё это не имеет к тебе никакого отношения. Когда что-то произошло, оно уже отделилось от тебя и существует само по себе.

— Как это? — не поняла Алла.

— У воспоминаний нет владельцев, вот как, — ответила я, взяла с прикроватной тумбочки чашку и выпила безвкусное лекарство.

— Вот как... — эхом отозвалась Алла. — Это хорошо...

Её это, кажется, успокоило. Она что-то ещё говорила — кажется, что души людей после смерти превращаются в насекомых: женские — в бабочек, а мужские — в блестящих майских жуков, но меня уже потянуло в сон, и вскоре всё вокруг заволокла темнота».

Иштар закрыла дневник. За окнами светало. Она встала из-за стола и принялась не спеша собираться на работу. А что, если всё получится, возьмись она за этот проект... Пётр Алексеевич знает, о чём говорит. Да, если она возьмётся за проект, у неё получится. Не может не получиться. Конечно, она не выносит работы с животными, и ей совершенно не хочется этим заниматься, но если можно вернуть людям сны — а Пётр Алексеевич уверен, что можно! — так вот, если можно вернуть людям сны, значит, по разумению Иштар, можно вернуть им и потерянные души, и чувства, и всё остальное, чему она не может подобрать названия.

«Кроликов нельзя приравнять к людям лишь на основе того, что соотношения размеров их внутренних органов близки к человеческим. Если у них нет души, а у людей — есть, то бессмысленно ставить на них эксперименты; это всё равно что бросать их без дела в бездонную пропасть... А если существует только органика, то между нами и кроликами нет никакой разницы, и ни один кролик не погибнет напрасно, и в каждом эксперименте, даже неудачном, есть смысл».

Иштар наскоро оделась и отправилась на работу. Как бы там ни было, сегодня она должна дать Петру Алексеевичу окончательный ответ, и ответ этот будет утвердительным. Потому что надо с чего-то начинать. Впервые в жизни Иштар так беспокоилась, хотя считается, что, приняв решение, человек уже не волнуется, а просто делает то, что ему должно. Но ведь *решение-то* Иштар приняла уже давно. Окончательное и бесповоротное. Иногда она думала, что это решение пришло к ней вместе с первым совершённым вдохом.

9

Рабочий день начался с чая и пирожных — у кого-то из девушек (то ли у Насти, то ли у Наташи) был день рождения. На заклеенный пластырем лоб Иштар никто не обратил внимания. Ира чуть ли не силком усадила её рядом с собой.

— Давай-давай, присоединяйся! Второй завтрак, между прочим, был ещё в Древнем Риме!

— Просто древние римляне не ужинали, — нашлась Иштар. — А что... Петра Алексеевича нет на месте?

— Ясное дело, нет! — Настя, сидевшая напротив Иштар, хихикнула. Рядом с её чашкой на краю стола лежал толстый глянцевый журнал.

— Разве бы мы тут сидели, если бы шеф был на месте? — продолжала Настя. — Он в клинику поехал. Любит присутствовать на операциях, когда врачи загоняют пациентам в вены разработанные в его лаборатории препараты. Вообще-то, конечно, не дело исследователю торчать в операционной, и врачи не любят, чтобы кто-то путался к них под ногами во время операции. И ладно бы клиника была в двух шагах — так она же в Городе, туда часа два, а то и все три... Но охота, как говорится, пуще неволи.

— Значит, в клинику, — тихо повторила Иштар.

— Восемнадцатая городская больница, — добавила Настя. — Мы с ней давно сотрудничаем. Есть и другие, но в этой проходит большая часть клинических испытаний. Так что он туда постоянно мотается. Как бы о людях заботится.

Настя, словно в подтверждение своих слов, протянула Иштар глянцевый журнал. Иштар попыталась отстраниться — коллеги, заметив её движение, все одновременно ухмыльнулись.

— Да взгляни же, бумага не кусается! — Настя снова захихикала. — Красавец, правда?

Иштар опустила глаза. С обложки журнала улыбался Пётр Алексеевич, под его фотографией большими красными буквами было подписано: «Мы заботимся о людях!»

— О людях он заботится, как же... — тихо проговорила Ира.

— Зато на обложку попал! — воскликнула Настя. — Ради этого стоит и по больницам помотаться. Особенно если в удовольствие. Вот я бы что угодно сделала, чтобы моё фото в журнале напечатали!

Иштар смерила Настю тяжёлым взглядом.

«Тебе-то сны ещё снятся, Анастасия, — Иштар представила, как произносит эти слова шеф — без явного осуждения, но с мягким упрёком, заставляющим подчинённого залиться краской. — А вот какому-нибудь человеку, о чьём существовании ты даже не подозреваешь, уже нет... и его — этого человека — уже не спасти. И это всё только потому, что ты, Анастасия, отлыниваешь от своих прямых обязанностей... это только потому, что вы все думаете только о себе. Быть может, вам бы тоже следовало хотя бы раз съездить в восемнадцатую городскую больницу и посмотреть, что там происходит».

Настя забрала журнал и потупилась, как будто прочитав её мысли.

Обычно коллеги пьют чай в строго отведённое для этого время. Чтобы попасть в чистенькую, общую на весь комплекс кухню из лаборатории, нужно пройти длинный, освещённый лампами дневного света коридор, спуститься на два этажа на лифте и пройти ещё немного. На чаепитие отведено полчаса. Шеф не включает в него время, необходимое для преодоления пути от лаборатории до столовой (около семи минут), — таким образом, перерыв длится целых сорок пять минут, но коллеги Иштар всё равно ропщут. Иштар усмехнулась. «Как только шеф уедет по делам, бегом бегут на кухню ставить чайник. Думают, Пётр Алексеевич — глухой и слепой. Если бы он захотел, то контролировал бы каждый их приход-уход с рабочего места...»

— Расскажешь, как вчера прошла твоя беседа с шефом? — вдруг спросила Ира.

Коллеги разом посерьёзнели. На Иштар уставилось семь пар любопытных глаз. Настя, Наташа, Оля, Таня, Маша, Гриша, Евгений.

— Да... так... — пробормотала Иштар. — Ничего особенного. Говорили об одном новом проекте...

Коллеги напряжённо слушали.

— Новые эксперименты будем ставить? — Ира как будто обрадовалась. — Наконец-то! А то надоело уже — всё одно и то же... И что, он предложил новый проект тебе? Да?

— Да, — Иштар кивнула.

— Ну конечно, кому же ещё? — Ирина радость сменилась раздражением. — Ты же у нас самая умная! Петру Алексеевичу очень повезло, что он тебя нашёл! Таким, как он, везёт, потому что нет в этом мире справедливости!

— Почему ты всё время так о нём говоришь? — не выдержала Иштар. — Что он тебе сделал? Что он *лично тебе* сделал такого, что ты так о нём говоришь?

— О, ничего, ровным счётом ничего... просто мне обидно, что меня в проект даже не посвятили... и никого из присутствующих — тоже. Хоть скажи, это со снами как-то связано? А то мы все записываем...

— Ну да... восстановление нервной ткани, — сдалась Иштар. — Но пока только так... в формате эксперимента...

— Ты не волнуйся, — вдруг сказала Ира. — Никому из нас не придётся кроликов оперировать, только с клетками...

— С чего ты взяла, что я волнуюсь? Что ты пристала, в самом деле?

Иштар было не по себе от Ириных вопросов, а ещё больше — от направленных на неё испытующих взглядов коллег. Иштар только теперь обратила внимание на то, что у всех присутствующих глаза одинакового зеленовато-серого цвета. Все они родились и выросли здесь, в Городе. «И встретила её Эрешкигаль в окружении семи...» Иштар встряхнула головой, пытаясь прогнать непрошеную мысль.

— Ну… я же видела, как ты на них смотрела… Ты ведь вовсе не такая бесчувственная, какой хочешь казаться…

— Ты меня неправильно поняла… я вовсе не хочу казаться…

— Иштар, да ты не огорчайся! Пётр Алексеевич знает, что делает. Кролики же не зря умирают. У нас даже клинические разработки уже есть, и очень удачные. Шеф — негодяй, конечно, но людей-то он спасает — так *получается*. Человек сто на его счету уже точно есть, а это уже кое-что… как только всё это войдёт в широкую медицинскую практику, будет тысяча… тысячи! Так что я бы на твоём месте ему помогла, Иштар, раз уж он сам предлагает. Значит, он тебя очень ценит.

— Ира, прошу тебя, давай не будем об этом. У меня много работы.

— Ты же в данный момент не работаешь.

— В данный момент я думаю.

— Много работая, ты увеличиваешь энтропию вселенной, — Ира наклонилась к самом уху Иштар. — Лучше вот съешь пироженку. Не покупные, Оля сама пекла.

— Надо же, — равнодушно ответила Иштар, взяла пирожное, надкусила и тотчас отложила в сторону. — Я всё равно вкусов не различаю. Что до вселенной… это почему это я её энтропию увеличиваю? Я как раз навожу порядок. Обнаруживаю закономерности клеточных процессов. Ищу невыявленные взаимосвязи…

— Ну да! Будешь теперь на пару с шефом порядок наводить! — Ира презрительно рассмеялась.

— Может быть, мне лучше сидеть до бесконечности с вами, пить чай и болтать о всяких глупостях?! — не выдержала Иштар.

Ей никто не ответил, только семь пар серо-зелёных глаз разом сощурились. Иштар, уже корившая себя за излишнюю эмоциональность, взглянула на коллег.

— Вы не понимаете, — она попыталась вложить в свои слова всю силу убеждения, на которую была способна. — Не понимаете масштабов задачи, которую поставил перед собой Пётр Алексеевич…

— А ты понимаешь? — перебила Ира.

— Ну, так она же у нас самая умная! — вставила Настя.

— Не успела прийти, как сразу всё поняла, — поддержала её Наташа. — И про шефа с его задачами, и про нас, которые этих его задач понять не могут. Что ты ещё про нас знаешь, Иштар?

Теперь коллеги не только смотрели на неё, но и ухмылялись. Ира с деланным равнодушием наливала себе чай.

— Да. Поняла, — отчеканила Иштар. — Всё поняла. Всё и сразу.

Ира застыла с дымящейся чашкой в руке, так и не донеся её до рта. Семь одинаковых ухмылок медленно растворялись в одинаковых лицах.

— Вам бы следовало поверить шефу, — продолжила Иштар. — А не думать, что он вашими руками и страданиями пациентов зарабатывает себе на... земные блага. Все вы жаждете земных благ и даже не пытаетесь оправдать себя какой-либо иной целью, но осуждаете человека, имеющего эту цель, подозревая его в...

Иштар запнулась, пытаясь подобрать подходящее слово.

— ...в неуместной корысти.

Коллеги хором молчали.

— Ну ты даёшь, Иштар, — пробормотала Ира, наконец отпив чая. — Ты любой праздник сумеешь испортить... это была всего лишь шутка. Ты что, шуток не понимаешь?

— Да ладно, — Настя кисло улыбнулась. — Нашему Петру Алексеевичу очень повезло с Иштар. Наверное, если бы он мог, он бы её клонировал.

— Клоны быстрее стареют и умирают раньше оригинала, — Иштар улыбнулась в ответ.

— Ну, ты бы могла увидеть свою смерть со стороны! — Ира усмехнулась. — Тебе, как учёному, это должно быть любопытно! Вот академик Павлов, например, умирая, рассказывал студентам о своих ощущениях. А они всё подробно записывали. Поговаривают — ученики так увлеклись, что не заметили, как их учитель умер, и мёртвый уже Павлов сказал: «Ну вот, коллеги, я и умер. Но заметьте, волосы и ногти у меня продолжают расти...»

Сидящие за столом несколько вымученно, но дружно рассмеялись. Иштар представила, как наблюдает собственную смерть со стороны. Нет — она умирать не хочет. Не хочет спускаться в пустое и гулкое подземелье, где носятся, словно птицы, покрытые перьями души умерших.

«Нельзя показывать им, что я боюсь смерти...»

— Постарайтесь понять, — голос Иштар звучал глухо и оттого показался ей самой чужим. — *Постарайтесь* понять, что современная наука очень сильно отличается от науки прошлых лет. Раньше прикладная наука была служанкой фундаментальных исследований, и к ней относились без всякого почтения. Наука была делом энтузиастов, руководствовавшихся лишь собственным любопытством. Никто не мог представить, как применить получаемые знания на практике, и наука, в том числе биологическая, долгое время была лишь собранием интересных фактов. Мечты о создании лекарств от тяжёлых болезней, как и о полётах на Марс, были только мечтами. Теперь эти мечты осуществились, и никто больше не видит в них никакой романтики. Всё перевернулось с ног на голову, и глубокие фундаментальные исследования процессов, происходящих в живом организме, поставлены теперь на службу только одной цели — спасению или, по крайней мере, улучшению качества человеческой жизни.

Именно поэтому сегодня коммерческие компании вроде нашей стали гораздо эффективнее академических учреждений. Когда существует некий продукт, он неизбежно будет продан, и никто так не заинтересован в продаже своего продукта, как коммерческая структура. Для того, чтобы хорошо продаваться, продукт должен отвечать конкретным задачам, а не просто удовлетворять чьё-то любопытство. С точки зрения фундаментальной науки не так уж важно, что ввести в кровь пациенту — лекарство или яд. И в том, и в другом случае мы получим новое знание, выявим новую закономерность.

Жизнь и смерть равноценны для фундаментальной науки, и лишь наука прикладная — та, которую и наукой-то считают не все, — проводит между жизнью и смертью границу, приписывая им мифическое противостояние... Фундаментальная наука идеальна и бесчеловечна, но прикладная, практическая наука — всегда на стороне человека, она не мыслит иными категориями, кроме человеческих. Именно поэтому сегодня такое значение приобрела медицина, и именно в медицинские исследования вкладывают наибольшие средства. Вот ты, Ира, — Иштар коротко взглянула на Иру; Ирины щёки мгновенно вспыхнули. — Ты полагаешь, что шефу интересна только коммерциализация наших разработок. Но ведь это неизбежно. Коммерциализация неизбежна, это — один из законов прикладной науки. *То, что не продаётся — не существует*. Понимаете? Старые представления о науке как о чём-то в сущности бесполезном для человека, и оттого прекрасном, сохранились, и потому коммерческой науке мало кто доверяет, в то время как за ней — будущее. И Пётр Алексеевич — он делает всё, чтобы миссия нашей науки осуществилась.

Наука... должна менять мир в лучшую сторону. Я понимаю, есть разные точки зрения на этот счёт. Есть, в конце концов, сциентизм и антисциентизм с их аргументацией — убедительной как с одной, так и с другой стороны. Но мы-то с вами стоим на вполне определённой территории. Мы не можем принять иную позицию и... не имеем права... просто сидеть и пить чай, когда от нас зависит... так много.

Коллеги молчали, только Настя сосредоточенно грызла печенье, уставившись в стоявшую перед ней кружку.

«Почему именно сегодня ему вздумалось поехать в больницу?»

— Ладно, — Иштар поднялась. — Мне действительно нужно работать.

— Сама-то веришь в то, что сейчас наговорила? — поинтересовалась Ира, но Иштар не удостоила её ответом.

В конце рабочего дня, который Иштар провела, ни на минуту не отрываясь от чтения статей, в кабинет заглянула начальница отдела кадров.

— Золотко, быстренько к нам, тебе нужно подписать дополнительное соглашеньице по новому проекту!

— По новому проекту? — растерялась Иштар. — Но я... Альбина Сергеевна...

Не зная, как продолжить фразу, Иштар покорно вышла в коридор. Альбина Сергеевна лучезарно улыбалась.

— Пётр Алексеевич позвонил мне час назад. Сказал, что нужно оформить все документы как можно быстрее. Что этот новый проект очень важный, и что без тебя он с места не сдвинется. Он у нас такой внимательный!

— А он сегодня будет?

Они вошли в лифт, и Альбина Сергеевна нажала кнопку с цифрой «2».

— На этот счёт он мне ничего не говорил.

Лифт остановился, и Альбина, взяв Иштар под локоть, слегка потянула её за собой.

Иштар в отделе кадров не нравилось — главным образом, из-за обилия заполненных бессмысленными текстами бумаг.

«Как будто существование человека определяется его паспортными данными, а если кто-то возьмёт и выбросит разом все свои документы, — он и сам в то же мгновение рассыплется песком; клетки его организма тотчас потеряют связи друг с другом, белки денатурируют, минеральные вещества выпадут нерастворимым осадком, влага испарится... И если в книгах надобность исчезла, то потребность в бюрократическом печатном слове не исчезнет никогда — оно как хлеб насущный необходимо людям».

Альбина Сергеевна провела Иштар к своему столу, на котором уже лежали подготовленные документы и поверх них — шариковая ручка.

— Тут всё простенько, золотко.

Иштар пожала плечами и проставила подписи в предусмотрительно отмеченных галочками местах. Сделала она это машинально, обратив только внимание на то, что вместо синей ручки Альбина почему-то подсунула ей красную.

Вернувшись в кабинет, она буквально столкнулась с Петром Алексеевичем, складывавшим в кейс прозрачные папки с какими-то бумагами.

— Здравствуй, Иштар! Я вот за документами заехал... забыл вчера забрать, — на лице его появилась привычная улыбка. — Ну как, всё подписала?

— Здравствуйте, Пётр Алексеевич. Да, я...

— Я понимаю, ты не сказала мне своё окончательное «да», — он тихо, без щелчка закрыл кейс. — Но я в тебе не сомневался и был уверен в твоём положительном решении, поэтому позволил себе несколько ускорить процесс. Ты не в обиде?

— Нет, что вы... — Иштар сделала глубокий вдох, как перед прыжком в воду.

— Отлично! Значит, я в тебе не ошибся. Начни собирать литературу, посвящённую восстановлению нервной ткани, а также новой болезни, о которой мы с тобой говорили.

— Я уже начала... но... Пётр Алексеевич, я только хотела спросить...

— Отлично, что начала! Тогда продолжай! Теперь мне нужно ехать, Иштар, потом побеседуем!

Он взял кейс и быстро, не попрощавшись, вышел.

Иштар села в его кресло и задумалась.

«Почему он сделал так, чтобы я всё подписала без предварительного разговора с ним? Видимо, действительно не сомневался... Да, конечно, причина в этом...»

Она взглянула на часы и принялась собираться домой.

10

К Иштар зачастили ночные кошмары, которые она не записывала, не желая лишний раз воскрешать их на бумаге. Шефу она говорила, что ей ничего не снится, и мучилась потом угрызениями совести.

«В конце концов, все эти сны похожи один на другой. Пустыня и вой ветра, от которого почему-то страшно — так страшно, что хочется бежать, не оглядываясь, куда угодно, только бы не слышать этого жуткого свистящего звука. Барханы, из которых торчат бетонные остовы зданий и скрюченные пальцы арматурин. И вместо неба — воды чудовищно разлившейся Реки... просыпаюсь и вытряхиваю из волос песок — он серый, как пыль, и горький, как полынь — горечь такая сильная, что даже я её чувствую. Приходится больше часа мыть голову, чтобы быть уверенной, что не осталось ни одной песчинки, и каждый раз перестилать кровать. Быть может, эти сны — только предвестники надвигающейся осени, и ничего больше?»

Чтобы избавиться от кошмаров, Иштар старалась спать как можно меньше, приезжала на работу ранним утром и уезжала, лишь когда на небе должны были бы уже проклюнуться звёзды. Она инстинктивно искала спасения в реальности, но нередко ловила себя на мысли, что не умеет заставить себя поверить в незыблемость материального.

«Мир — только скорлупа, смёрзшаяся под действием сквозняка, просачивающегося из бездны. И холод, сковавший меня ещё до рождения, не отпускает меня. Говорят, что всякое дело получается, когда вкладываешь в него душу. Так где же моя душа, чтобы я могла всю её без остатка вложить в наше дело? Где мне её отыскать? Когда у человека нет веры, ему требуются доказательства... если душа существует, в организме человека должно быть нечто, её в себе заключающее. На протяжении веков люди не могли отыскать вместилище души, и всё же верили в её существование, а мы не верим или в лучшем случае сомневаемся, но с помощью современных технологий мы сможем её отыскать... о, как наивно...»

Шрам на лбу Иштар, оставшийся после её неудачного падения в обморок, заживал медленно, как будто нехотя. Он был ярко-красного цвета, чечевицеобразной формы, сильно выступал над поверхностью кожи и был лишён какой бы то ни было чувствительности. Стоя одним вечером перед зеркалом,

Иштар вытянула вперёд руку и коснулась пальцами гладкой поверхности зеркала как раз в том месте, где шрам был у отражения.

«Человек видит сны третьим глазом. Бодрствование — скучнейшее из сновидений. Почему у нас нет крыльев, почему вокруг нас в переливающемся слоистом эфире не плавают кистепёрые рыбы, почему над нашими головами сияют унылые и недостижимые сгустки раскалённого газа, летящие сквозь безжизненные пустые пространства, а не бриллианты, сапфиры и изумруды, вделанные в синий перламутр вращающихся небесных сфер? Почему у нас эти дурацкие, тяжёлые и плотные тела, так быстро приходящие в негодность? *Природа материи — в ограничении*. Я не могу примириться с одушевлённой и разумной материей, потому что она не только ограничена, но ещё и вынуждена осознавать свою ограниченность.

Скоро начнётся гроза. Я чувствую её приближение. Первая гроза за это лето. Горячий поток воздуха устремляется вверх. Тяжёлые облака клубятся... в голове, в груди... и становится тяжело дышать. Воздух сгустился уже до невозможности, а небо всё никак не разродится дождём. Жара не даёт сосредоточиться, как будто плавит всё, даже воздух. Скорей бы зима — зимой Город замёрзнет, и мысли, быть может, прояснятся, и скорлупа мира станет твёрже. В холоде — спасение от холода. Ум и снег имеют нечто общее — их объединяет симметрия. Обладающий развитым умом будет властвовать над льдом, над водою, чья природа — текучая неорганизованная материя.

Лето. Хаос насекомых в сгущённом воздухе. Мечутся — живут один только день. Бабочки-подёнки. Густым ковром устилают землю ажурные хрупкие крылья. Чуют грозу. Люди — и правда, чем-то они сродни рою мошкары. Роятся в горячем потоке. Один только день, а потом наступает зима. Как быстротечен их полёт на фоне искривлённых молний, тяжёлые капли дождя убивают их, ветер подхватывает, обрывает крылья, ломает хрупкие хитиновые покровы... Случайные гости на этом свете. Кто будет скорбеть по ним?

Говорят, где-то на пути к северному полюсу есть заснеженный остров, на котором живут три старухи — три старые карги, оплакивающие горести мира. Посреди острова возвышается скала, в ней — глубокая пещера, где дракон свил своё гнездо. Этот остров был назван Островом Плакальщиц. Проплывая мимо него, путешественнику придётся накрепко заткнуть уши — такой громкий плач, стон и вой разносятся над замёрзшими водами океана. Если же человек услышит этот плач, то навеки покинет его надежда и воля к жизни, и он уже никогда не вернётся к родному очагу. Эти старухи с исковерканными временем лицами не горюют, не скорбят и не сочувствуют несчастьям, но наслаждаются и питаются ими, и смеются, глядя, как осыпаются на землю сухие человеческие скорлупки».

Иштар услышала раскаты грома, доносившиеся с улицы, но гроза была ещё далеко. Скоро первые крупные капли ударятся в окна, и пыль смешается с водой, превратится в жидкую грязь. Когда Иштар была маленькой, она думала, что кто-то бесконечно одинокий живёт на небе, и когда это одиночество делается совсем уж невыносимым, он плачет и от этого бывает дождь. Теперь ей было известно, откуда *на самом деле* берётся дождь. Зеркало поймало первые отблески молний.

Иштар внимательно вгляделась в своё отражение и вдруг с размаху, изо всей силы ударила в его лицо кулаком. Зеркало разбилось, острые стеклянные осколки впились Иштар в кожу, но она не почувствовала боли. Отвернувшись от разбитого зеркала, Иштар побрела в спальню, где упала, не раздеваясь, ничком на кровать. Кровь, сочившаяся из изрезанной стеклом кожи, впитывалась в белые простыни.

11

На очередном собрании шеф терпеливо выслушивал не блиставшие оригинальностью откровения подчинённых, никого не прерывая и сохраняя невозмутимость даже в те моменты, когда сами присутствующие принимались ёрзать на стульях и сдержанно хихикать.

— Мне снилось, — сообщила Оля, — что я пришла на работу... а у всех — хвосты. У Насти — большой такой, рыжий, у Наташи маленький, помпоном, наподобие кроличьего, у Гриши — вроде как у таксы, и всё время вертится...

— А у меня какой был? — вежливо и серьёзно осведомился шеф.

— У вас... у вас, Пётр Алексеевич... — Оля опустила глаза. — Я не рассмотрела...

— А ты, Иштар? Что снилось тебе? — поинтересовался Пётр Алексеевич.

— Мне снился странный сон, — ответила Иштар. — Я оказалась в пустыне, и песок, лёгкий, как пыль, летел над землёй, увлекаемый ветром. Там было множество статуй — какие-то были погружены в песок по колени, другие — по пояс, а некоторые были почти совсем погребены, и наружу торчали только головы. Я подошла к одной из статуй и...

Иштар запнулась. Коллеги смотрели на неё широко распахнутыми глазами. Выражения их лиц были при этом одинаково безразличными.

— И что же было дальше? — подбодрил её Пётр Алексеевич.

— Это оказалась не статуя, а живой человек. У него были отрезаны веки, и потому глаза его оставались постоянно открытыми. Я спросила: «Что со всеми вами случилось?», а он ответил мне: «Глаза — ворота души, и потому они всегда должны быть открытыми. То, что ты видишь, не проклятие, но благословение. Душа чиста, но плоть разжигает её, а разум охлаждает. Всякая мысль страшна, ибо при своём логическом развитии неизбежно приходит к отрицанию самой себя. Всякое чувство в конечном итоге приходит к своей противоположности, изживая и убивая себя. Таким образом, чувства и размышления одинаково опасны для души, а потому мы никогда не закрываем глаз». Я спросила: «Так что же, держа глаза открытыми, вы можете сохранять свои души свободными от чувств и размышлений?», и он ответил: «Да, так и есть. Чувства и размышления дробят душу, лишают её цельности, и человек впадает в смятение и оказывается расколот надвое, боги же всегда едины и равны самим себе. Держа глаза всегда открытыми, мы становимся равными богам». Я подошла к другим статуям, которые тоже оказались людьми, и также посмотрела в их глаза. Пустынный ветер иссушил их и забросал песком, и зрачки их были затянуты плотными белыми плёнками. Так я поняла, что все они, отрезавшие себе веки ради прозрения, стали слепцами.

— Это всё? — Пётр Алексеевич сделал какие-то пометки в своём ежедневнике.

— Всё, — кивнула Иштар.

— Она врёт! — неожиданно выпалила Оля. — Не мог ей присниться такой сон! Она всё выдумала!

— Успокойтесь, Ольга, — строго сказал Пётр Алексеевич. — Думаю, на сегодня достаточно. Все свободны, и удачного всем рабочего дня. А ты, Иштар, — он повернулся к Иштар, — отдай мне, пожалуйста, запись своего сна. Я бы хотел ещё раз прочитать его.

Иштар протянула шефу несколько скреплённых страничек.

Вечером того же дня Иштар и Пётр Алексеевич сидели друг против друга в кабинете. Закрытая дверь делала кабинет похожим на герметичную камеру инкубатора. Шеф низко склонился над записями сновидений Иштар, беззвучно шевеля губами. Часы показывали девять вечера, и здание было погружено в сонную тишину; только где-то вдалеке, приглушённая стенами, раздавалась мерная поступь охранника, делавшего вечерний обход.

Иштар скорее чувствовала, чем слышала, что на улице идёт проливной дождь. «Лес, наверное, сейчас радуется, — подумала она и спохватилась, что в последнее время относится к лесу так, как если бы он представлял собою одушевлённое и разумное существо. — Это неправильно. Лес — всего лишь экосистема... всего лишь часть поверхности земного шара, покрытая деревьями...»

— Очень любопытно, — шеф наконец оторвался от исписанных аккуратным почерком листов (Иштар принципиально не записывала сновидения с помощью компьютера, словно боясь доверить какую-то часть себя полуразумной машине). — Что ты обо всём этом думаешь?

— О чём именно?

— Понимаешь ли, Иштар... — Пётр Алексеевич отложил листки в сторону и слегка наклонился вперёд, упёршись ладонями в колени. — Чьи-то сны похожи на горячечный бред, и в них нет ничего, кроме нагромождения нелепостей, а в чьих-то — в твоих, например, — можно обнаружить завершённые системы образов. При этом осмысленные сны настолько редки, что могут вызывать у остальных некоторое... недоверие. Как так получается? Почему одним снится одно, а другим — принципиально иное? Где пролегает грань между сном как хаотическим набором разрозненных образов, представляющих собой искажённые обрывки дневных воспоминаний, и сном как... самостоятельным сюжетом, если так можно выразиться? Ведь мы не думаем словами, не мыслим фразами и сложносочинёнными предложениями... Но, по всей видимости, есть люди, которые думают именно *так*, и, если заглянуть в их головы, можно обнаружить там связный текст, постепенно возникающий как бы на листе бумаги — чёрным по белому, со знаками препинания, заглавными буквами и красными строками. У большинства мы найдём только бессвязный поток понятных — да и то не всегда — только им самим символов, ассоциаций и расплывчатых образов. Если рассматривать сны как индикатор эффективности работы головного мозга, то сложность и осмысленность твоих снов указывает на правильность моего выбора тебя в качестве ведущего специалиста по нашему проекту. От остальных же, если придерживаться моей гипотезы, можно требовать только технической работы и оставить их головы в покое. Но в какой биохимии кроются эти различия — этого я даже предположить не могу. Может быть, у тебя есть соображения на сей счёт?

— Возможно... — Иштар внимательно посмотрела на шефа и замолчала. Он не торопил с ответом, весь обратившись во внимание.

«А что, если нет никакой органической основы души, потому что вообще нет никакой души? Что тогда? »

— Возможно, характер сновидений связан с содержанием чего-то в организме... чего-то, если так можно сказать, невыразимого в словах и неосязаемого... — осторожно продолжила Иштар.

— Чего-то невыразимого в словах и неосязаемого? — Пётр Алексеевич презрительно скривил губы. — Опять ты со своей... метафизикой, Иштар... Честное слово, ты меня этим ужасно... *разочаровываешь*.

Невесть откуда взявшийся сквозняк лизнул Иштар в лицо.

«Лишённое телесной плотности... просто до предела сгущённое небытие... настолько, что иногда оно становится осязаемым и может быть названо...»

— Нет. Метафизика тут не при чём. Я имею в виду... некую субстанцию.

— Субстанцию? — глаза Петра Алексеевича заблестели. — То есть, нечто материальное?

— Да. Это как с мышечными волокнами. Если их в организме недостаточно, то человек никогда не прыгнет дальше, чем на метр, как бы ему этого не хотелось, а если достаточно...

— И что это за субстанция, по-твоему? — перебил шеф так резко, что Иштар вздрогнула от неожиданности.

— Полагаю, смесь гормонов, нейромедиаторов и каких-то вспомогательных веществ, содержащихся в нервной ткани и секретируемых клетками костного мозга. То есть, я хочу сказать... иными словами... это некая сложная субстанция, которую можно выделить из нервной ткани и из крови, потому что в конечном итоге она попадает именно туда.

— То есть о душе мы уже не говорим? — торопливо уточнил Пётр Алексеевич, как будто боясь услышать не тот ответ, которого он ждал.

— Нет, — Иштар почувствовала, как её грудную клетку что-то медленно сдавливает. — Мы говорим о наборе химических веществ. Его можно выделить и охарактеризовать. Я убеждена...

«Я убеждена... Все наши объяснения мира сводятся к выражению непонятного через непонятное, именованию неименуемого...»

— ...в том, что у души есть органическая основа, — безжалостно закончила Иштар.

Лицо шефа приобрело благодушное выражение, он медленно выпрямился.

— Прекрасно, Иштар! Ты, я вижу, движешься вперёд... Я знал, что могу на тебя положиться. Все приборы, которые есть в лабораториях — в твоём распоряжении, если понадобятся какие-то реактивы, — мы их тотчас приобретём, сколько бы они ни стоили. И, конечно, я готов принять непосредственное участие в твоих... поисках... в любой момент. Кстати, я не спрашивал, — как твоя травма? Она тебя не беспокоит?

— Какая травма? Ах, эта... — Иштар коснулась пальцами шрама на лбу. — Нет, я о ней даже не вспоминаю.

Иштар солгала. Каждый вечер, стоя в душе и одной рукой втирая в волосы шампунь, другой она ощупывала гладкое нечувствительное утолщение кожи над переносицей.

12

Тридцать первого августа ** года они наконец поставили точку в плане экспериментов по новому проекту, который, по мнению Петра Алексеевича, должен был стать революцией в медицине. Лето тем временем корчилось в последних конвульсиях, песок уносился прочь из Города, освобождая место желтеющим листьям, уже готовым сорваться с древесных ветвей, и ветер дул в спину Иштар всё настойчивее.

Часть вторая

Осень

Но время от времени
я всё же рассказываю ему свои сны,
должен же он хоть что-нибудь расчленять.

Томас Манн, «Волшебная гора»

1

Дожди покрыли лицо Города грязными разводами. Реки, напитавшись болотной водой, сначала непомерно разбухли, а затем прорвались и выплеснули на улицы своё содержимое. Небо улеглось серым брюхом на крыши зданий. Машины вязли в дорогах, и водители, томившиеся в плену многокилометровых пробок, завидовали прохожим, с трудом бредущим по колено в мутной воде. Люди пусть медленно, но всё же двигались. Они закутывались в несколько слоёв одежды, но мелкая морось, непрерывно сыпавшая со всех сторон, быстро превращала любую ткань в тяжёлый влажный кокон, обволакивавший тело. Деревья тянули голые узловатые ветви к серым лохмотьям туч, свисавшим с верхних этажей домов. Весь Город казался трупом морского чудовища, выброшенного на берег.

Каждый день Иштар просыпалась в пять утра под надрывное верещание будильника, резко садилась на кровати и некоторое время отрешённо вглядывалась в стену, пытаясь сбросить с себя марево сна. Минуты растягивались, подобно жидкости в капиллярной трубке. Иштар откидывала в сторону одеяло и, ёжась от холода, бежала в ванную, где горячая вода и душистое мыло частично возвращали её в реальность.

Смывая с волос шампунь, Иштар подумала о том, что в начале рабочего дня, как обычно, нужно будет отчитаться перед Петром Алексеевичем по достигнутым результатам, а потом столько всего успеть, что, пожалуй, освободится она только затемно.

«Результаты... да какие у нас результаты? Мы видим восстановление повреждённой нервной ткани в ответ на введение клеток, полученных из костного мозга, но как мы можем судить о восстановлении психики, личности, если у животных либо нет ни того, ни другого, либо мы просто не имеем необходимых критериев оценки. Мы делаем что-то неправильно, в наши теоретические построения вкралась ошибка, и эту ошибку нужно выявить, пока не поздно. Возможно, ошибка — в выбранном методе лечения. Возможно, в самой модели. Если это так, то боль, которую мы причиняем, бессмысленна... Если бы мы только могли выяснить, снятся ли животным сны... если бы мы могли сравнить их сны с нашими... тогда, возможно, мы бы могли сказать... Ответ на этот вопрос разрешил бы многие наши проблемы и, возможно, направил бы нас по иному пути...

Мы слишком мало знаем, мы похожи на слепцов, ощупывающих слона. Всё мы оцениваем со своей, человеческой точки зрения, полагая, что устройство нашего мышления подходит к устройству окружающей действительности, как ключ к замку. А что, если это не так? Что, если разум не сближает человека с бытием, но, наоборот, отчуждает его? Старая, старая мысль... Мы приписываем миру структуру и логику, накладываем на него трафарет своих представлений, но что, если части мира разрознены и вовсе лишены смысла — что тогда? Не может ли объектом изучения человека в таком случае быть только человек? Имеем ли мы в таком случае право считать, будто владеем какими-то методами оценки мира, можем ли мы делать какие-то выводы... Быть может, мы, люди науки, в действительности — фанатики, живущие в замкнутом мире своих допущений и идеализаций? Мы ведём войну против природы, руководствуясь доктриной науки, а природа сопротивляется нам, не желая подчиняться, и скоро она избавится от нас, исторгнув из своего тела, как занозу...»

Иштар вздохнула и принялась за приготовление нехитрого, состоявшего из пары бутербродов завтрака.

Она бросила в чашку пакетик с чаем, залила водой, привычно отметила, что опять забыла её вскипятить, выловила из чашки намокший пакетик и отправила его в мусорное ведро.

«Шеф считает, что, рассуждая о душе, я смешиваю науку с богословием, и нельзя забывать о том, что учёный имеет дело только с органикой. Бого-словием... Науку нельзя смешивать с богословием, тут вы правы, Пётр Алексеевич, наука сама по себе должна быть Бого-словием, именно вот так, раздельно, Словом Божиим. Мир изменился после гибели древнего бога; он не рассыпался тотчас, но гниёт по сей день, медленно разлагается, сохраняя внешне вид ещё вполне благопристойный. Жить в нём — всё равно, что идти по тонкой корке льда, затянувшей воды океана хаоса — один неверный шаг, и канешь в чёрную полынью. И если наука — единственное, что осталось у этого рассыпающегося мира, то ей не остаётся ничего, кроме как использовать свою последнюю возможность — нет, не заменить собою Бога, в этом она уже не раз терпела поражение, — но воскресить Его, создав лекарство от смерти, эрзац-душу... Говорят, кофе из цикория обладает вкусом, похожим на вкус настоящего кофе, но лишён тонизирующего эффекта. Мы не можем больше надеяться на протезы, мы должны создать нечто *настоящее* — если мы хотим победить смерть, нам нужна живая вода.

Но вы, Пётр Алексеевич, не можете допустить, что есть что-то, кроме косной материи. *Мы, наделённые жалкими пятью чувствами, притворяемся, будто в силах постичь бесконечно сложный космос*. Наука наделяет нас новыми органами чувств — благодаря ей мы начинаем различать то, что ранее было нам недоступно — но на каждом этапе её развития учёные почему-то уверены, что этого достаточно, что они уже достигли предела понимания окружающего мира, что больше в этом мире и понимать-то нечего, хотя в то же время они постоянно твердят о своём стремлении к познанию. Можно ли стремиться к познанию, говорить об ущербности собственных представлений, клеймя ересью любое принципиально новое утверждение? Впрочем, существует ли что-нибудь принципиально новое... Наука — странное соединение движения и стагнации, и её инертность, защищающая её от загрязнения сомнительными фактами и ложными теориями, может в один прекрасный день сыграть с ней злую шутку. Так что науке действительно придётся стать Бого-словием, взять наконец на себя ответственность за объяснение всего, или исчезнуть вовсе... в свете эпидемиологической ситуации очень вероятно, что исчезнет она вместе с человечеством».

Позавтракав, Иштар облачилась в привычные джинсы и свитер, накинула лёгкий плащ и вышла в кружащуюся мириадами водяных капель темноту улицы. Она спустилась в полупустое метро, проехала девять остановок, поднялась на поверхность, села в серую от грязи маршрутку и долго ехала по разлетавшейся мутными брызгами трассе мимо спальных районов и громоздившихся вдалеке бесформенных мусорных куч. Иштар смотрела в окно, представляя, что там — за тонкой гранью стекла — в действительности ничего нет, только клубящееся и пульсирующее ничто, которое она сама — одним только мановением мысли — может преобразить в нечто, если только захочет.

Освободившись из плена маршрутки, Иштар вдохнула резковатый, дразнящий запах леса, которому осень пошла только на пользу. Вечнозелёные сосны налились силой, и каждая хвоинка была как будто наполнена внутренним светом. Иштар свернула с дороги и пошла напрямик через лес. Влажный мох приятно пружинил под ногами. Но вот деревья расступились, и на фоне небесного сумрака показалось похожее на гигантский неповоротливый корабль здание лабораторного комплекса. Иштар сделала глубокий вдох и, чуть задержав дыхание, ступила на неожиданно твёрдый асфальт.

В начале дня Пётр Алексеевич послал Иру и Иштар в архив — разбирать старые бумаги. Иштар это решение сильно удивило, однако она не успела задать шефу вопросов — отдав распоряжение, он тотчас уехал. «Как всегда», — прокомментировала его поступок Ира.

«Вместе наводить порядок — хуже не придумаешь, — досадовала про себя Иштар. — Руки заняты, а головы свободны, и уж тут волей-неволей разговоришься... и чужие мысли выплеснутся в твои, как вино из чужого бокала...»

Архив представлял собой огромную, полную пыли комнату с кафельным полом, вдоль стен которой тянулись стеллажи, заставленные бесчисленными канцелярскими папками. Войдя, Иштар поморщилась.

«*Время очень не любит, когда его убивают*».

Она молча взяла в руки первую стопку папок и застыла, не зная, что делать с ними дальше.

— Давай их сюда, — Ира забрала папки и сложила их на стоявший посреди комнаты стул. — Смотри, тут всё вперемежку. Нам нужно рассортировать бумаги по разным лабораторным подразделениям, и всё, что старше двух лет, выбросить.

— Ну?! — нетерпеливо воскликнула Иштар.

— Ты что злишься?

Ира растерянно уставилась на Иштар и часто-часто заморгала, как будто в оба глаза ей одновременно попало по соринке.

— Почему выбросить? — усилием воли Иштар взяла себя в руки.

«Глупость какая-то... С этим могли бы справиться лаборанты, — почему он послал сюда двух научных сотрудников?»

— Так шеф сказал. Ты же слышала. Или опять витала в облаках и всё пропустила мимо ушей?

— Так сказал шеф... понятно, — упавшим голосом повторила Иштар.

— Слушай, Иштар, — в голосе Иры зазвучали нотки сочувствия, — я всё понимаю. Я понимаю, что тебе это не нравится. Но он такой... такой... человек.

«Это же планы экспериментов... результаты... вся жизнь лабораторного комплекса...»

— Почему так?

— Иштар, — Ира недобро улыбнулась, — ты знаешь, что такое побег от прошлого?

— Побег от прошлого? — эхом повторила Иштар.

— Ну да. Это когда человеку хочется убить всех, кто знал его в детстве. Шучу, шучу, ну не смотри на меня так. Никто никого убивать не собирается — по крайней мере, не теперь. Просто в последние два года Пётр Алексеевич ничем по-настоящему не интересуется, кроме восстановления нервной ткани, а от всего остального он предпочёл бы избавиться. Он это особенно не афиширует, конечно, всё-таки он руководит всем комплексом, а не только нашей лабораторией... но я же вижу, на что он тратит большую часть своего времени и где, в конце концов, у него кабинет — верно? Он же не у биохимиков сидит и не у генетиков, а у нас... а мы чем занимаемся?

— Чем мы занимаемся? — Иштар снимала с полок всё новые папки и передавала их Ире, которая проворно их открывала, высыпала на стол бумаги и быстро сортировала их на подлежащие уничтожению и те, которым суждено было продолжить своё архивное бытие.

«Я бы сама хотела знать, чем мы занимаемся. Я бы хотела быть уверенной, что понимаю Петра Алексеевича, что мы с ним идём одним путём к одной цели. Совсем недавно он поручил мне проект, а сегодня отправил в архив. Возможно, он просто решил занять мои руки, чтобы дать отдохнуть моей голове. И Иру послал вместе со мной с этой же целью — ведь в присутствии собеседника трудно погрузиться в собственные мысли... Возможно, моё возмущение безосновательно, и мне следует всецело положиться на шефа, приняв рабочую гипотезу, что он всегда знает лучше, чем я.

Всё так усложнилось... Я не знаю, по правде, с чего начать мои поиски, хотя шеф предоставил мне полную свободу действий. Легко сказать — *субстанция*! Мы даже не можем предположить, сколько в ней компонентов. Есть простой путь — использовать клетки костного мозга, оказывающие весьма скромные эффекты и вряд ли способные решить нашу задачу, хоть шеф в них и верит, и есть сложный... есть очень сложный путь. Нельзя идти простым путём, и шеф не может этого не понимать. Он прекрасно это понимает, иначе бы он не интересовался так глубоко снами, их структурой и содержанием, его бы интересовала в лучшем случае способность мозга генерировать сны сами по себе — как некие мыслеобразы, не более того...

Он не может не видеть, что методы, на которые все возлагают столько надежд, вряд ли эти надежды оправдают. Я допускаю, что шеф не раз приходил в своих размышлениях к тем же выводам, что и я, но отбрасывал их, поскольку они входили в конфликт со всем его научным воспитанием… да, воспитание — это очень удачный термин. Знание даёт нам свободу, но в то же время всякое знание подавляет, заставляет себе соответствовать, неумолимо отсекая всё, что выходит за его пределы. Пётр Алексеевич всю жизнь провёл в академической среде — сначала родители, потом университет, теперь… нет ничего удивительного в том, что он не всегда понимает, что я хочу ему сказать, но со временем, несомненно… он поймёт.

Господи, как же здесь пыльно. Пыль — свидетельство неотвратимого разрушения вещей, непрерывного нарастания энтропии реальности. Весь мир осыпается в хаос… В плотно запертом помещении за две недели оседает порядка двенадцати тысяч пылевых частиц на один квадратный сантиметр горизонтальной поверхности… Если бы кто-нибудь мог сказать, что происходит с этими частицами дальше, могут ли они снова превратиться в вещи?

В космосе — космическая пыль. Это вещество, сконденсировавшееся на мельчайших частицах графита или силиката, которые рождаются в атмосферах холодных звёзд-гигантов и в расширяющихся газовых оболочках сверхновых. Космическая пыль образует сгущения, поглощающие и рассеивающие свет звёзд… Она копится с начала времён, сохраняя память Вселенной. Когда космической пыли станет слишком много, прошлое победит настоящее, и свет навсегда померкнет.

Пыль — почти синоним прошлого… пыль — это и есть прошлое. Чтобы избавиться от прошлого, достаточно просто хорошенько протереть пыль. Больше ничего делать не нужно. Просто взять влажную тряпку и собрать всю-всю-всю пыль, особенно в тех закоулках, которые скрыты от глаз и где пыль обычно скапливается большими серыми комками…

Собрать пыль… выбросить старые вещи… но разве можно поступить так же с записями ценных мыслей, с отчётами по экспериментам, со всеми этими запылёнными документами, содержащими в себе труд десятков исследователей? Не может быть, чтобы Пётр Алексеевич считал всё это бесполезным хламом… разве что он настолько одержим нашим новым проектом, который должен превратить всё, что было раньше, в не заслуживающие внимания анахронизмы. Но знание накапливается постепенно. В современной науке невозможно, не накопив критической массы данных, сделать принципиальное обобщение.

Или это просто в человеческой природе — стремление всё за собою сжигать, вместе с пылью выбрасывать бесценные свидетельства, разбивать статуи старых богов, а потом на месте сожжённых капищ строить новые храмы, давать богам новые имена и ваять новые статуи, придавая им черты тех, что ещё вчера с презрением были брошены в геенну огненную, заново открывать и переписывать забытые законы... Человек — res bina, двойственная вещь, разрываемая внутренними противоречиями, не способная прийти к гармонии, противоположность алхимического Ребиса, андрогина, истинного единства и обретения центра...»

Иштар наугад раскрыла одну из папок. Там оказалась подшивка научных публикаций лаборатории за последние пять лет. Все статьи были посвящены восстановлению поврежденной сердечной мышцы с помощью стволовых клеток.

«Сердце его больше не интересует, только мозг, он избавляется от сердца и выбрасывает его в мусор. Он не может допустить мысли о том, что сердце и мозг объединены общим началом, а, когда он допустит эту мысль, что неизбежно случится, ему снова придётся вернуться к сердцу... Воистину, двойственность природы — неотъемлемая черта всякого, кто принадлежит к роду людскому, и глупо пытаться объяснить себе каждое решение Петра Алексеевича. Я, быть может, потому не могу до конца понять его, что он гораздо *человечнее* меня».

— Опять ты там над чем-то задумалась! Смотри сюда!

— Что?

Ира протянула Иштар несколько папок. На корешке той, что лежала сверху, было аккуратно выведено: «Гемолиз у больных с психическими расстройствами».

— Здесь всё про изменения крови у больных с заболеваниями нервной системы. На эту тему как бы... не очень прилично говорить в научном обществе, но ты же любишь всякие смелые теории...

— В нашей лаборатории проводили такие исследования? — сердце Иштар забилось чаще.

— Любопытно, правда? — Ира улыбнулась. — Я так и думала, что тебя это заинтересует. Я тут уже несколько лет, мы таких исследований не проводили. Это кто-то из сотрудников давным-давно собирал тематические статьи.

Иштар раскрыла папку и прочитала вслух первое попавшееся резюме:

«Сыворотка крови больных некоторыми психическими заболеваниями вызывает более активное разрушение эритроцитов в инкубационной среде, чем сыворотка крови здоровых людей. Кроме того, было установлено, что при этом происходит характерное изменение внешнего вида красных кровяных телец: нарушается их форма, окраска цитоплазмы становится бледнее...»

— Можно я возьму их?

— Конечно, — Ира пожала плечами. — Им уже больше двух лет, так что всё равно на выброс. Хотя, конечно, это против правил. Шеф же ясно сказал — выбросить. Я привыкла соблюдать пра-ви-ла, так что... — она внимательно посмотрела на Иштар. — В данном случае я их нарушу... по твоей просьбе. Ты... шефу не говори.

— Почему? — удивилась Иштар.

— Ну я же сказала — я нарушаю правила. Я не хочу неприятностей, Иштар. Если ты сделаешь какие-то выводы из этих материалов — на здоровье, делись ими с Петром Алексеевичем, только не надо сообщать ему, что...

— Я поняла.

— Поняла, да? — в голосе Иры послышалось явное облегчение.

Иштар молча отложила найденные Ирой папки на край стола.

— Кто-то, значит, их собирал? А кто именно? Ты ведь знаешь. Знаешь, да?

— Ну да, знаю, — нехотя отозвалась Ира. — Но что тебе даст его имя? Он у нас больше не работает.

— Нет? Но я бы могла найти его и расспросить... эта тема для меня очень важна, понимаешь?

— Нет, не могла бы! — Ира, похоже, рассердилась. — Не могла бы ты его найти и расспросить! Его нет больше, понятно? Он умер.

— Умер? То есть как это? Как это — умер?

— А вот так. Заболел и умер. Что непонятного?! Отстань вообще.

Иштар почувствовала себя виноватой. Она молча положила перед Ирой ещё десяток пухлых папок.

— Хватит уже, — примирительно сказала Ира. — И так весь стол завален. Слушай, Иштар, не бери ты всё это в голову...

я это так... бывает, понимаешь? Мне тоже не нравится, что нас отправили в архив. У меня тоже полно работы, ещё отчёт ежемесячный нужно сегодня писать. Это... это я поэтому... так... У Петра Алексеевича просто очень много планов. Он возлагает большие надежды на проект... и на тебя, раз уж он поручил тебе основную работу. Возможно, всё, кроме этого проекта, он считает теперь несущественным, и решил от этого избавиться... сбросить, так сказать, балласт.

— Да, но... я понимаю, что все разработки по этим проектам, — Иштар махнула рукой в сторону полок, — завершены. Но всё-таки здесь — исходные данные, опубликованные статьи, выводы... Они могут ещё понадобиться. Вдруг возникнут какие-то дополнительные вопросы? И вот такие... то, что ты нашла — это может оказаться очень важным.

— Да, то, что мы нашли — *может* оказаться очень важным, — отозвалась Ира, — если *ты* с этим разберёшься.

— Что? — Иштар оторопела. — Ты это специально, да? Специально подсунула мне эти статьи, потому что сама бы в них не разобралась?

На скулах у Иры выступили красные пятна.

— А что в этом такого? Ну, даже если и так... Слушай, шеф не вернётся ко всем этим исследованиям, даже если у пациентов, принимавших разработанные в этих проектах препараты, отрастут хвосты и лишние головы, — в голосе Иры зазвучала уверенность. — Это всё теперь — балласт. Пётр Алексеевич хочет двигаться вперёд и только вперёд, не оглядываясь... понимаешь? Такой уж у него характер.

«Вот ведь лгунья... не могла просто взять эти папки и принести мне, разыграла настоящий спектакль... по всей видимости, сама и уговорила Петра Алексеевича послать нас вдвоём. А он всего лишь хотел, чтобы она выбросила старый хлам».

— Да, конечно, понимаю, — Иштар кивнула. — Это я как раз прекрасно понимаю. Нельзя оглядываться назад... если всё время возвращаться в прошлое, можно там и остаться. Возможно, учёный и должен двигаться только вперёд, не оглядываясь? — Иштар внимательно посмотрела на коллегу.

— Воспоминания нужны человеку, — возразила Ира. — Без воспоминаний человек — как бы и не человек вовсе. Там же всё — эмоции, переживания, чувства... но в том-то и штука. Потому он так не любит прошлое, наш Пётр Алексеевич, и он бы точно ответил на твой вопрос утвердительно. Он же считает, что для учёного главное — свести эмоциональную составляющую работы к минимуму, а лучше — совсем на нет. Ты только на него посмотри. Делает вид, будто всегда спокоен. А что в действительности?

— Опять ты за своё...

— А где я не права? Ты бы лучше правде в глаза посмотрела, — Ира пожала плечами. — Я тебе добра желаю. А ты только и знаешь, что идти за ним... спустись наконец на землю. Знаешь, мне кто-то говорил, что альбатрос — очень красивая птица, когда он летит по небу, но, стоит альбатросу спуститься на твёрдую почву, как он начнёт неуклюже ковылять, и от его красоты и величия не останется и следа. Он переваливается с боку на бок, и его белоснежные крылья волочатся по грязи...

Ира посмотрела Иштар в глаза, ожидая реакции, но Иштар молчала.

— Я хочу сказать, все мы ходим по земле, — осторожно продолжила Ира. — И в этом нет ничего такого... и можно вполне сносно шагать по земле, хотя, конечно, это исключает полёты по воздуху... но ведь всё равно между воздухом и землёй нет никакой связи, понимаешь? Что толку от альбатроса, который где-то там летает, если, едва оказавшись среди людей, он становится так смешон и нелеп? Вместо того, чтобы им восхищаться, люди будут показывать на него пальцами и надрываться от смеха. Понимаешь?

Иштар в задумчивости разглядывала корешки папок, затем рассеянно провела рукой по голове и тотчас спохватилась, что пыль с её пальцев могла перейти на волосы. От этой мысли её слегка затошнило и захотелось прямо сейчас оказаться под душем.

— Иштар! Я же к тебе обращаюсь!

— Что?

— Ну, ты же сидишь с ним в одном кабинете!

— Что с того?

Иштар осенила неожиданная догадка, она оторвалась от разглядывания папок и внимательно всмотрелась в некрасивое Ирино лицо.

«Ты была с ним. Прямо здесь, на этом пыльном столе, среди теней прошлого — он входил в тебя, а ты кричала, кричала не от удовольствия, а от боли, потому что оттуда сыпался мелкий горячий песок, сыпался прямо на красноватый кафель пола, а он не замечал этого и толчками входил в тебя всё глубже, наваливаясь на тебя всем телом, прижимая тебя к металлической поверхности стола. У архива очень толстые стены, и никто не мог тебя услышать, но на всякий случай он всё равно схватил тебя за горло и сдавил своими длинными пальцами все твои вены, артерии и нервы, — не изо всей своей силы, и всё же этого было достаточно для того, чтобы ты замолчала, чтобы ты поняла, как сильно он тебя ненавидит, как сильно хочется ему убить тебя, и не убивает он тебя только потому, что ты ещё нужна ему, а потому... потому...»

— Я об эмоциях! — пояснила Ира. — Он не настоящий учёный, он только делает вид, что его методы строго научны и что он не руководствуется в своей работе ничем личным. У него же полно сумасшедших идей, верно? Идей, интересных ему одному и которые ни один исследователь в здравом уме и трезвой памяти никогда бы не поддержал. Ты же наверняка в курсе! Скажешь, нет?

Видение стояло у Иштар перед глазами, не желая отступать.

«Ты приходишь сюда каждый день в одно и то же время в надежде встретить его. Вы никогда ни о чём не договариваетесь. Он вообще не говорит с тобой о тебе. Не спрашивает о твоих чувствах и не сообщает о своих, но его-то чувства, впрочем, тебе хорошо известны... Ты тоже ненавидишь его, но в то же время не можешь уйти от него, хотя редкие свидания не причиняют тебе ничего, кроме боли. Когда он покидает тебя, ты ощущаешь себя выброшенной на помойку тряпичной куклой, набитой песком. Песок тонкой струйкой высыпается из тебя, и вот на столе лежит уже только лишённая содержания оболочка. Ты пытаешься плакать, но в твоём теле нет ни капли влаги. Ты клянёшься себе больше никогда не позволить ему войти в тебя, но на следующий день ты снова...»

Ира, словно прочитав её мысли, отвернулась.

— Только безумные идеи и двигают науку вперёд. Разве нет?

— Вашими идеями вымощена дорога в ад, — со злостью перебила её Ира. — Наука в конце концов и вправду погубит человечество, если за ней будут стоять такие... такие...

— Какие — *такие*? — возмутилась Иштар. — Что в нас не так? Быть может, есть доля истины в том, что всякая одержимость — вернее, одержимость всякой идеей, до добра не доводит, как бы ни была хороша эта идея сама по себе. История знает немало примеров того, как люди, мечтавшие помочь окружающим, гибли, став жертвами своих фантазий. Доктор Уильям Старк, живший в восемнадцатом веке в Лондоне и испытывавший на себе различные диеты, так подорвал своё здоровье, что умер в двадцать девять лет, так и не сообщив человечеству ничего существенного. Но разве нет примеров обратного? Разве их не больше? Женевский врач Жан Понто, создавший сыворотку против яда гадюки, ввёл её себе и позволил трём змеям укусить себя — он выжил и спас своим открытием немало других жизней. Хирург Вернер Форсман, разрабатывавший новые хирургические приёмы, ввёл через локтевую вену катетер в правое предсердие собственного сердца. Это случилось в тысяча девятьсот двадцать девятом году. Он оперировал себя сам, оставаясь при этом в полном сознании — возможно, он и был безумен, но своей работой он открыл новую эру в медицине. Или ты имеешь в виду тех, кто пытался изменить ход истории, тех, кто покушался на общественное устройство, кто вторгался в области политики, куда учёному лучше не заглядывать? Тебе известно, что мы не имеем ничего общего с этими людьми, а потому наши идеи не могут оказать никакого разрушительного действия на общество. Однако мне и правда близки те, кто жертвовал собой ради достижения благородных целей. Разве не спасли они в своё время человечество от напастей, уготованных роду людскому? Разве Пётр Алексеевич, посвятивший себя поискам лекарства от новой болезни, не следует их пути? По этому же пути шли Луи Пастер и Роберт Кох, и многие другие... Ты же будешь отрицать это лишь потому, что шеф причинил тебе боль — возможно, у него были на то свои причины, которых тебе также не понять. Быть может, ты сама вынудила его к этому, специально или неосознанно. Боль ослепляет, Ира. В боли нет истины, она только заставляет лгать. Тебе больно, и потому твоему мнению нельзя доверять. Ты и сама, понимая это, не должна позволять себе заблуждаться.

В ответ на её пространное объяснение Ира только покачала головой и улыбнулась.

— Наука в конце концов спасёт человечество, — уверенно добавила Иштар.

— Это тебе шеф сказал, да? Про спасение человечества? Ты сама подумай, Иштар... ты — часть человечества, нравится тебе это или нет. Как же часть может взять и спасти целое? Дай-ка мне вон те бумаги с верхней полки, пожалуйста...

Иштар послушно подошла к стене, встала на цыпочки и сняла с полки несколько увесистых папок.

— Чтобы получить над чем-то власть, нужно быть вне, а не внутри, понимаешь? — Ира забрала из рук Иштар папки и осторожно смахнула с них пыль. — Теория систем говорит нам о том, что сложность управляющих систем должна превышать сложность систем управляемых. Так что нужно быть вне человечества, чтобы его спасти. И при этом нужно очень твёрдо стоять на земле, а не... витать в облаках. Понимаешь? Нужно быть очень близко и в то же время — вне.

Иштар промолчала.

Разбирая бумаги, они обнаружили ещё несколько папок, подписанных тем же почерком, что и «Гемолиз у больных с психическими расстройствами». Иштар отложила их в сторону, а в конце дня унесла с собой. Впрочем, вечером того же дня заняться изучением их содержания ей не удалось — голова её кружилась, и во всех суставах ощущалась болезненная ломота.

«Халдеи верили, что бог Бел велел отрубить себе голову, чтобы кровь его смешалась с глиной и из этих кровавых комков вышли люди. О, человек, лишь в своём неуёмном тщеславии мог ты вообразить, что приходишься родственником бессмертным! Полно тебе, люди были сотворены так: боги, напившись допьяна на пиру, принялись лепить из влажной глины уродцев, вот и получились у них люди и животные, а, когда эти твари слишком расшумелись, Ану, властелин небес, разгневался и наслал на них первый потоп, а дочь его Иштар так смеялась, наблюдая за извивающимися в предсмертных конвульсиях созданиями, что упала со священной горы и подвернула ногу... Но хуже всех, однако, пришлось Нергалу, повелителю мира мёртвых, ведь все, кого погубил потоп, отправились в его владения, и у входа в преисподнюю случилась серьёзная давка и сумятица, а Нергал, как известно, шума не выносит...»

Жар захлёстывал её тяжёлыми солёными волнами, покачивал, густо обволакивая тело, тянул в мутную глубину. Иштар уже казалось, что она вот-вот утонет, когда море выбросило её на усыпанный пёстрой галькой берег.

Она с трудом села и осмотрелась. Окружающий мир являл собою соединение бескрайнего тёмного пространства моря и бесконечной однообразной суши, разделённых зыбкой линией прибоя. Вдалеке Иштар заметила маленькую, неторопливо бредущую вдоль берега фигуру, закутанную в белые одежды. Иштар поднялась на ноги и тоже зашагала вдоль берега. Ей показалось, что прошло несколько часов, прежде чем она приблизилась к незнакомцу настолько, что смогла разглядеть его. Это оказался высокий молодой человек с фарфоровым лицом, обрамлённым длинными иссиня-чёрными волосами. Заметив Иштар, он приветственно помахал ей рукой, как старой знакомой. Они поравнялись.

— Здравствуйте, — Иштар вежливо улыбнулась. — Вы не скажете, что это за место?

— Второй день творения. (Голос у него оказался неожиданно низкий, но приятный). *И рече Бог: да будет твердь посреди воды: и да будет разлучающи посреде воды и воды: и бысть тако.*

— А вы... — Иштар похолодела.

— Нет, что ты, — он пренебрежительно взмахнул рукой, и Иштар заметила на пальце его перстень с чёрным камнем. — Я был задолго до того, кто отделил воду от воды — что бы это ни значило.

— Зачем я здесь?

— Не нужно искать во всём смысл, Иштар. Тебя принесло море.

Он стремительно наклонился, подхватил с земли округлый белый камешек и, поднеся его к уху Иштар, слегка встряхнул. Иштар услышала тихий, едва различимый стук.

— Вот, взгляни, — он взял свою находку двумя пальцами и повернул так, что Иштар увидела в камешке небольшое овальное отверстие с гладкими, отшлифованными морем краями. Иштар заглянула в отверстие. Внутри камешек был полый, и в этом пустом пространстве лежала двустворчатая раковина.

— Возьми.

Осторожно взяв камешек, Иштар с силой встряхнула его. Раковина тихонько стукнулась о каменные стенки, но наружу не выпала.

— Как она туда попала?

— Когда моллюск был маленький, он забрался в эту крохотную пещеру, думая, что в ней он будет надёжно защищён от всех невзгод и опасностей, — незнакомец немного помолчал, как будто размышляя, стоит ли рассказывать дальше. — Но время шло, раковина его росла, и вскоре он оказался навсегда заточён в своём убежище. Потом моллюск умер.

— Грустная история.

— Не более грустная, чем все истории, свершающиеся под небесами. Разве вы, люди, не заточаете сами себя в пещере невежества, ошибочно полагая, будто ваша добровольная слепота защитит вас от невзгод? Разве не вы к месту и не к месту любите повторять, что многое знание умножает печали?

— Но я...

Всё поплыло перед глазами Иштар, контуры мира смазались, сделались нечёткими, земля под ногами потеряла твёрдость, сдав позиции морю, и Иштар снова провалилась в жаркие солёные волны.

2

Иштар поспешила выйти на работу, ещё окончательно не выздоровев, но шеф строго-настрого запретил ей даже заглядывать в лаборатории. «Если ты чихнёшь в культуру клеток или в пробирку с каким-нибудь реактивом, Иштар, — тут Пётр Алексеевич смерил её неприязненным взглядом, — то мы получим кон-та-ми-на-ци-ю. А нам требуется полная стериль-но-сть. Тебе понятно? Пра-ви-ла. Я бы предпочёл, чтобы ты отправилась домой, однако, если хочешь, можешь остаться — но только в кабинете». С этими словами шеф ушёл, оставив Иштар за её рабочим столом.

«Основную часть клеток, в данный момент не требующихся для экспериментов, помещают в раствор криопротектора и замораживают. Криопротектор нужен для того, чтобы при замораживании в клетках не образовывалось кристаллов льда, которые неизбежно бы разрушили фосфолипидные мембраны. Процедура замораживания очень проста. Суспензию клеток с криопротектором разливают по небольшим ампулам либо помещают в специальные пакеты, которые затем погружают в жидкий азот. Температура жидкого азота — минус сто девяносто шесть градусов, до абсолютного ноля — ещё семьдесят семь и пятнадцать сотых... очень холодно, хотя к абсолютному нолю не применимо понятие "холод". Он лежит где-то за гранью наших представлений о температуре. В точке абсолютного ноля замерзает даже время. Оно замирает, поражённое структурой кристаллических решёток, утратив меру своего хода — ведь время, в сущности, есть только мера движения материи, мера её постоянного изменения и рассеяния в хаос под действием неумолимой энтропии. В точке абсолютного ноля время исчезает и, сколько бы не продлилось это застывшее состояние, его можно исчислить лишь исчезающее кратким мгновением, временем, равным *нолю*, оно как бы не существует, не принадлежит никакой действительности, мы никогда не сможем сказать — наступало ли оно когда-нибудь вообще.

Возможно, наш мир постоянно проходит через точку абсолютного ноля, *возможно*, в нём с некоторой периодичностью происходят внутренние остановки, которые мы не можем заметить, потому что вместе с исчезновением времени — вместе с его *прерыванием* — пропадает и всякая опора для нашей аргументации. Мир в моменты этих остановок необратимо изменяется, происходит как бы его перелом, очищение — в одну минуту течения физического времени можно вставить таким образом несколько тысячелетий, несколько миллионов, миллиардов лет... Так можно признать правдивость любого космогонического мифа, ибо мир мог быть создан не только за семь дней, но и за семь минут, и с таким же успехом — за семь секунд, за семь миллисекунд и даже за семь аттосекунд человеческого времени, потому как в эти семь аттосекунд можно упрятать семь вечностей.

Всего каких-то семьдесят семь и пятнадцать сотых градуса — и можно приподнять занавес самой великой тайны вселенной, заглянуть в абсолют, который человек может представить лишь в виде абстракции, скромного помощника в решении математических и физических задач, чего-то вроде мнимой единицы. И в то же время, невозможно представить, как мог бы существовать наш мир в отсутствии абсолюта, как мог бы он сохранять свою целостность, если бы не было всех этих абстракций. Страшно сказать, но наша осязаемая, грубая, кажущаяся такой понятной реальность покоится только на абстракциях... здания на зыбучих песках...»

Вечером, когда все разъехались по домам, и в лабораторном комплексе остался лишь давно привыкший к её ночным бдениям охранник, Иштар спустилась на первый этаж, в криохранилище, где стояли высокие, почти в человеческий рост, контейнеры с жидким азотом.

Закрыв за собой тяжёлую герметичную дверь, Иштар прислонилась к стене. Её немного знобило. В криохранилище царила тишина, только датчик кислорода на стене время от времени тихонько попискивал. «Дышать разрешено». Пик-пик.

«Азот ни с чем не реагирует. Не горит. В нормальных условиях не образует окислов. Не имеет цвета и запаха. Дыхание в атмосфере азота невозможно. В тысяча семьсот восемьдесят седьмом году Антуан Лавуазье, исходя из этих свойств азота, дал ему имя: по-гречески "asotos" значит "безжизненный".

Зависимость современного человека от азота, стремление всё замораживать, обездвиживать молекулы... следствие той же душевной болезни, что вызывает бессонницу. Азот вытесняет кислород из воздуха, вытесняет жизнь… мы не заметили, как азот постепенно вытеснил уже весь кислород из нашего воздуха, окутав Землю прозрачным облаком. Огонь, принесённый людям в незапамятные времена Прометеем и в течение тысячелетий согревавший человеческие души, угас в бескислородной среде. Der Stickstoff — удушающая субстанция».

Пик-пик.

Очередной писк датчика заставил Иштар очнуться.

Она подошла к одному из контейнеров и пробежалась пальцами по кнопкам кодового замка. Послышался тихий щелчок. Крышка слегка приподнялась, из образовавшейся щели поползли усики молочно-белого тумана. Иштар ухватилась за крышку и с силой потянула вверх. Раздалось шипение; из контейнера повалили густые клубы пара, тяжело переваливавшиеся через край и опускавшиеся к самому полу. Края открывшегося отверстия мгновенно покрылись инеем — из атмосферы вымораживалась вода. Было слышно, как ледяная жидкость внутри контейнера кипит при соприкосновении с воздухом.

Иштар отступила назад, пережидая, пока температура над поверхностью азота не опустится достаточно, чтобы поверхность его успокоилась. Сотрудники лабораторий нередко развлекались тем, что, набрав в термос немного азота, приносили его наверх и, пока шеф не видел, выливали на пол. Стеклянистая жидкость разлеталась множеством тугих округлых капель, принимавшихся с шипением метаться по полу. Если удавалось догнать такую каплю и наступить на неё, то с коротким «пффф» она исчезала, и лишь тончайший шлейф тумана ещё мгновение напоминал о её существовании.

Иштар посмотрела на датчик кислорода. Лампочка на нём горела зелёным, но показания свидетельствовали о скорой смене цвета на красный.

Она снова подошла к контейнеру и заглянула в него. Жидкость внутри больше не кипела, над ней лениво клубился пар. Иштар закатала правый рукав до локтя и опустила руку в эту сумеречную муть, стараясь не коснуться самого содержимого. Холод — ощутимый, но вполне переносимый — облизал кожу. Иштар приблизила ладонь к самой поверхности сжиженного газа, почувствовала лёгкое покалывание, некоторое время подержала руку над азотом, после чего медленно вытащила её и осмотрела. На коже не осталось никаких следов — кажется, она была даже не намного более холодной, чем обычно.

«Это обман. На самом деле, всё не так просто».

Закатав рукав до плеча, Иштар резким движением погрузила руку прямо в бесцветную жидкость. Азот яростно закипел, соприкоснувшись с кожей, и из контейнера с шипением вырвался столб пара. Сжав зубы и ухватившись за обледеневший край левой рукой, Иштар подтянулась и опустила правую ещё глубже — так, что беснующаяся, шипящая, исходящая паром граница оказалась у самого её локтя.

«Пора понять! Вам и без того слишком многое объясняют! В этом-то и беда! Постарайтесь же понять! Сделайте над собой усилие! Понимание приходит с болью! Слышите?! Боль и понимание — это — одно — и — то — же! Без боли понимания не будет! Постарайтесь уяснить это! Всё рушится! На ваших глазах! Хотя бы теперь! Откройте их! Вы — идиотка!»

Чьи-то руки схватили её за плечи и оттолкнули от контейнера.

От неожиданности Иштар не удержалась на ногах и упала ничком на пол. Нападавший рухнул на неё.

«Пик-пик-пик», — отчаянно заверещал датчик.

Иштар наконец удалось повернуться и посмотреть в мутно-зеленоватые глаза своей спасительницы.

— Ира!

Ира резво вскочила на ноги и ткнула пальцем в орущий датчик. Тот умолк. Потом она таким же стремительным движением захлопнула контейнер. Крышка стукнулась об край, с неприятным хрустом раздавив наросшие на нём кристаллы льда.

Ира деловито щёлкнула выключателем, расположенным прямо позади контейнера, и послышалось ровное гудение вентиляции.

— Ну? — она смерила Иштар укоризненным взглядом. — Вытяжку включить не догадалась?

Иштар молча рассматривала свою правую руку. На вид с ней всё было в порядке, только кожа как будто стала ещё белее и немного онемела, пальцы были сведены и двигались с трудом.

«Как из пластмассы...»

— Не отвалится, — Ира подошла ближе, — меньше секунды прошло. Он едва коснулся тебя — большей-то частью испарился.

— Меньше секунды? — растерянно повторила Иштар.

— Ну да, — Ира усмехнулась. — А тебе показалось, что несколько минут, верно?

— Откуда ты…

«Чтобы заглушить свою боль, ты приходишь сюда. Открываешь контейнер… только перед этим ты не забываешь включить вентиляцию, что очень разумно — ты ведь совсем не хочешь задохнуться, хотя до этого вряд ли может дойти, это почти невероятно, но ты просто очень любишь соблюдать правила, потому что "так положено", так сказано в регламенте, который подписан *им*, и ты не можешь ослушаться.

Ты склоняешься над поверхностью азота и делаешь глубокий вдох. Через некоторое время тебе кажется, что твою голову заполняет клубящийся пар, а перед глазами уже нет ничего, кроме холодного тумана, лениво растекающегося над обсидиановой гладью. Память притупляется вместе с болью, ты делаешь ещё один вдох и выпрямляешься. Ты не хочешь, чтобы завтра тебя нашли здесь нырнувшей в контейнер, чтобы тебя взяли за плечи и попытались вытащить, но извлекли бы наружу только твоё тело, а замёрзшая голова с глухим стуком упала бы на дно опустевшего контейнера и, возможно, раскололась бы… ведь в крови у тебя нет криопротектора, Ира, и кристаллы льда разорвали бы каждую клетку твоей кожи, твоих сосудов и твоего мозга».

— В такие моменты время перестаёт существовать, — Ира смотрела куда-то сквозь Иштар. — Или, напротив, его становится слишком много…

Иштар поднялась на ноги. Она впервые заметила, что Ира ниже её почти на полголовы, и что лоб её как бы рассечён надвое глубокой складкой.

— Ты за мной следила?

— Ну да, я от тебя ожидала чего-то подобного…

— Я не ищу лекарства от боли! — перебила Иштар. — Я в любом случае знаю о ней слишком мало!

Ира воззрилась на неё так, словно увидела привидение.

— Что?!

— Ничего. Я это так. Так, просто, — Иштар опустила глаза. — Это был просто эксперимент…

— Пётр Алексеевич такой эксперимент бы не одобрил. Вряд ли бы ему понравилось, если бы у тебя отвалилась рука, верно? Ведь это же в каком-то смысле и *его* рука. Может быть, уже больше его, чем твоя, а, Иштар?

Иштар пропустила Ирину колкость мимо ушей.

— Да, пожалуй. Пожалуй, что не одобрил бы.

— Да ладно… откуда бы ему узнать? — Ира вдруг улыбнулась неожиданно тепло. — Меня-то тут не было. И я ничего не видела. И тебя тут тоже не было.

Иштар остолбенела, уставившись на Иру. Что-то внутри неё болезненно шевельнулось, она попыталась сосредоточиться на этом неуловимом ощущении, однако оно тотчас пропало.

«Холод пробуждает. Нет, неверно. Холод убивает. Холод разрушает кровь. А ты спасла меня — спасла, схватив за плечи своими грязными пальцами...»

Сквозняк вполз через приоткрытую дверь, скользнул по её ногам и утёк в вентиляцию.

— Ну, что ты стоишь? — Ира, похоже, начала сердиться. — Иди уже...

Иштар механически, словно заводная кукла, развернулась на каблуках и вышла из помещения. Ира некоторое время смотрела ей вслед, а, когда Иштар скрылась за поворотом коридора, вернулась к контейнеру, вслепую набрала код на замке и подняла тяжёлую крышку.

Иштар вышла из дверей лабораторного комплекса и зашагала через лес. Когда она случайно задевала плечом протянувшиеся над дорогой ветви, деревья стряхивали ей на макушку россыпи крупных капель.

«Жизнь, как жидкость, стремится заполнить всякий объём. В сущности, жизнь и есть — жидкость. Быть живым — значит течь и струиться...»

Она запрокинула голову. Деревья одобрительно покачивали кронами.

«Жизнь исчезает, лишаясь влаги. Города умирают, засыпанные песком, который приносят сухие ветры, рождающиеся над пустынями».

Иштар подошла к одной из ветвей и с силой встряхнула её. Сверху шумно просыпался небольшой ливень. Иштар подставила под него голову, и холодная влага, пропитав волосы, потекла ей за шиворот. Она потрясла ветку ещё, потом провела правой рукой по волосам и неожиданно для самой себя рассмеялась. Рука совсем онемела и была как будто чужой.

3

Иштар снился сон. Река раздалась, напитавшись осенней моросью, и гнилые мутные потоки выплеснулись на улицы, поднялись до самых верхних этажей домой, превратив весь Город в болото. Местами водная гладь сильно заросла, так что образовались обманчиво плотные островки, состоящие из тины, мха и болотных трав; из некоторых таких островков уже повылезли жаждущие сумеречного света чахлые деревца.

Иштар стояла на каминной трубе дома, в котором снимала квартиру. У её ног лениво колыхалась густая чёрная жижа. Ветра не было, только из дымохода тёк слабый сквозняк. Иштар мысленно спросила себя, откуда взяться сквозняку в доме, все коридоры, комнаты и лестничные пролёты которого заполнены водой? Или могло случиться так, что дом остался *пустым*? Она услышала тихий плеск и обернулась. К ней подплывала лодка. Человек, сидевший в ней, сделал приглашающий жест, и Иштар безотчётно шагнула ему навстречу. Сквозняк последний раз коснулся её щиколотки и как будто с сожалением втянулся обратно в трубу.

Ступая на борт, Иштар с удивлением обнаружила, что лодка даже не качнулась. Усевшись, Иштар поняла, в чём дело: лодка — вся, целиком — была выточена из камня. Иштар внимательно всмотрелась в его тщательно отполированную, поблёскивающую слюдяными вкраплениями поверхность.

«Чёрный гранит... На главной площади Города установлена колонна из розового гранита, но мне известно, что внутри неё спрятана вторая колонна из чёрного гранита, намертво вросшая разветвлённым, похожим на уродливого человечка корнем в эту проклятую землю».

— *Мой чёлн — без руля, он плывёт под ветром, дующим в самых нижних пределах смерти*, — вместо приветствия заявил хозяин лодки.

Иштар сразу узнала его — это был тот самый мужчина в жёлтом джемпере и очках без стёкол, с которым она столкнулась в один из самых жарких дней лета.

— Здравствуйте, — сказала Иштар.

«Ведь я нахожусь не во сне — не на границе реальности с потусторонним, — но в загробном мире».

Он промолчал. Иштар опустила глаза и принялась изучать внутренности лодки. Куски изгнившей верёвки, ошмётки какой-то материи, сухие рыбьи кости и повсюду — рыбья чешуя самых разных цветов и оттенков: красная, зелёная, золотая... Чешуйки огромные — каждая едва ли уместится на её ладони.

— Я их не ловлю, — предвосхитив вопрос Иштар, сказал её спутник. — Они сами падают. С неба.

— А потом?

— Потом умирают и становятся песком.

Они некоторое время помолчали, слушая тяжёлый плеск вёсел. Воздух над болотом был затхлый; Иштар было трудно дышать.

— Извините меня, — он сокрушённо покачал головой. — Я ничего не могу для вас сделать. Я даже не могу увезти вас отсюда. У болот нет берегов — вам это известно?

— У болот нет берегов, — эхом повторила Иштар.

Бывает так, что во сне клонит в сон, и Иштар, усевшись на дно лодки, прямо в россыпь сверкающей рыбьей чешуи, впала в дрёму. Ей снилось, что она сама стала рыбой, плывущей в прозрачном эфире. Её руки и ноги превратились в причудливые плавники, и на спине у неё тоже вырос плавник — такой длинный, что тянулся за ней полупрозрачным шлейфом. Лёгкие исчезли, сменившись жабрами, и больше она не ощущала привычного стеснения в груди. Дышалось легко, и она разомкнула губы, прикрытые перламутровыми роговыми пластинками, и в её горло устремился поток чистейшей влаги. Она попыталась засмеяться, но строение её гортани не позволяло издавать человеческих звуков, и вместо этого она только ещё ши-ре раскрыла рот. Смех взорвался в её голове огромным бриллиантовым шаром.

Она проснулась и увидела над собой худощавое лицо своего спутника.

— Вы видели сон?

— Да.

— А животные не видят снов.

— Совсем не видят? — Иштар привстала, облокотившись о борт лодки. — Вы это точно знаете?

— Точно. Но вы-то должны получить доказательства. В вашем плотном и грубом мире никак нельзя без доказательств. Почему-то вы думаете, что доказательства могут вам что-то гарантировать.

— Вы надо мной смеётесь, — раздражённо заметила Иштар.

Он промолчал и вернулся к бесполезной работе вёслами.

Краем глаза Иштар заметила своё отражение в воде и не узнала себя. Её лицо было неестественно искажено: черты расплылись, вместо глаз и рта виднелись чёрные провалы.

— Не верьте ей, — сказал хозяин лодки.

— Кому?

— Реальности. Она всё врёт. Всё выворачивает наизнанку. В грёзах больше правды. *То, что в телесном мире смешно, в духовном возможно.*

— Вы говорите сумбурно, я вас не понимаю.

— Ну, знаете ли, — в его голосе тоже зазвучали нотки раздражения, — во сне всегда так. Если вам так нужна логика, можете прочесть ещё десяток-другой научных статей. Знаете, за что в предложении отвечает синтаксис?

— За логику.

— Вот именно, — сказал он таким тоном, будто читал Иштар лекцию. — А за логикой что? За логикой — пустота... за всем этим прозрачным синтаксисом. И оттуда, из этой пустоты — сквозит.

— Сквозит?

— Ещё как! У меня, к примеру, постоянная простуда!

Он несколько раз демонстративно шмыгнул носом.

— Если вас это так заботит — кролики правда совсем не видят снов, я вовсе над вами не смеюсь, — он налёг на вёсла, и лодка немного ускорила свой бесцельный ход. — Сны видят только люди, и то — не все, верно? Вы ведь — оттуда...

— Откуда?

— Да из реальности же! Вам было дано такое имя, а вы им не пользуетесь!

— Я... — в голове Иштар всё перепуталось, и она уже не находила в себе сил возразить ему.

— Не пользуетесь ни своим именем, ни своими знаниями, — менторским тоном повторил её собеседник. — Занимаетесь вместо этого всякими *глупостями*.

— Чем же мне, по-вашему, следует заняться?! — Иштар разозлилась.

В это мгновение небо раскололось с пронзительным дребезжащим визгом, и она уже не могла услышать, что он кричал ей в ответ.

Будильник верещал добрых пять минут, прежде чем Иштар открыла глаза и села на кровати. В комнате было нестерпимо холодно. За окном в колышущихся сумерках угрюмо моросил не то дождь, не то снег. Иштар дотронулась до лба и тотчас отдёрнула руку — в кончиках пальцев непривычно пульсировала тупая боль.

— Чёрт! — вслух произнесла Иштар и вздрогнула, услышав собственный голос — хриплый и как будто чужой.

Соскочив с кровати, она подбежала к выключателю на стене, зажгла свет и приблизила правую кисть к глазам. На подушечках пальцев виднелись небольшие пузыри, наполненные кровянистым содержимым. Ногти угрожающе посинели.

«Видимо, погрузив руку в контейнер, я коснулась металлической стенки...»

Она пошевелила пальцами, и боль немного усилилась — дёргающая, как будто пальцы кусал маленький злобный зверёк.

Сварив утренний кофе, Иштар внимательно вгляделась в его черноту, в порыве необъяснимого отвращения схватила дымящуюся турку, опрокинула её содержимое в раковину и принялась торопливо собираться на работу.

4

Пётр Алексеевич стоял спиной к кабинету, так что его внушительная фигура практически полностью загораживала дверной проём.

— Ты что-то совсем рано сегодня, — вместо приветствия произнёс шеф, поднимая глаза на вошедшую Иштар.

— Разве?

— Сейчас четыре.

— Четыре утра?

— Вот именно. Что ты делаешь на работе в четыре часа утра?

— Мне не спалось, — коротко объяснила Иштар.

Шеф развернулся, зашёл в кабинет и уселся за стол, но компьютер включать не спешил, вместо этого внимательно наблюдая за Иштар. Его глаза были такими же кристально ясными, как обычно.

— Вот как. Значит, тебе не спалось, — шеф говорил с нажимом, как будто в чём-то её обвиняя. — А сны тебе снились?

— В этот раз не снились.

— В последнее время я только это от тебя и слышу.

Он сощурился, и его красивое лицо приобрело зловещее выражение. Иштар медленно опустилась в своё кресло.

— Что же я могу поделать, Пётр Алексеевич? Разве я в этом виновата?

— Нет, ну что ты, Иштар, я тебя ни в чём не обвиняю, — теперь его голос звучал очень мягко, почти вкрадчиво. — Мне и в голову не могло прийти ничего подобного. Конечно, ты ни в чём не виновата. Совершенно ни в чём.

«Виновата-виновата, — говорят его глаза. — Мы-то тебя насквозь видим, мы-то знаем, что ты обманываешь нас, обманываешь своего начальника, нарушаешь условия контракта и дополнительного соглашения. Ты ведь не хочешь никому помочь, Иштар, ты бесчувственная, ты спишь наяву и не находишь в себе сил проснуться. В этом перевёрнутом мире ты, чьё имя означает саму любовь, не способна сделать ничего хорошего, ты даже себя не можешь спасти...»

— Может быть, ты плохо себя чувствуешь? Может быть, ты *заболела*, Иштар?

— Я? Нет, я... я в порядке, Пётр Алексеевич. Правда.

— Ты не сердишься на меня за то, что я отослал тебя на днях в архив? Я понимаю, что подобная работа не для тебя, но мне хотелось, чтобы вы с Ириной подольше пообщались. Мне кажется, между вами существует некоторое недопонимание, которое могло бы исчезнуть при более близком общении.

— Нет, я нисколько не сержусь, что вы. Это было, пожалуй, даже полезно.

«Мы нашли кое-что интересное в архиве несколько дней назад, кое-что очень важное, и оно обязательно поможет нам продвинуться в наших исследованиях. Я не могу сказать вам теперь, но скоро я разберусь с этими записями и расскажу о результате. Это было очень правильно, что вы послали нас туда — какие бы причины за этим не стояли. Иногда стремление достичь некой цели диктует нам поступки, которые мы не можем рационально объяснить, и, совершив их, мы уже post factum подбираем к ним мотивы. Одержимые своим стремлением, мы можем *случайно* обнаруживать вещи, даже о возможности существования которых не подозревали. Возможно, в действительности вас совсем не интересуют мои отношения с Ирой, и вы дали мне столь странное задание, вовсе не руководствуясь сознанием — иными словами, *просто так*, а теперь испытываете вину и хотите исправить положение».

Это размышление, показавшееся Иштар вполне здравым, окончательно её успокоило.

— Если какое-то недопонимание и было, сейчас всё отлично, — Иштар улыбнулась. — У нас с Ириной полное взаимопонимание. Думаю, мы сможем... многое сделать вместе.

— Ясно, — шеф не улыбнулся в ответ и жёстко добавил: — Это просто замечательно.

Иштар кивнула, машинально провела правой рукой по волосам и закусила губу из-за тотчас проснувшейся боли в пальцах.

Синие глаза Петра Алексеевича широко распахнулись, но в них не отразилось ничего, кроме холодного интереса исследователя. Он подался вперёд и ловко поймал своими твёрдыми пальцами запястье Иштар.

— Итак, что это такое? — осведомился он строго, как учитель, воспитывающий способного, но непослушного ученика.

— Случайно коснулась криоконтейнера.

— Вот как? Случайно? *Случайно* коснулась криоконтейнера? — он произносил каждое слово так, словно вбивал гвозди в неподатливую деревяшку.

Иштар почувствовала, как лёгкие её начали сжиматься, постепенно становясь плотными и тяжёлыми. Она сделала пару судорожных вдохов, но крохотные пузырьки альвеол ни в какую не желали расправляться, словно грудную клетку с каждым вдохом всё туже сдавливал в своих кольцах невидимый удав.

«Если дышать азотом, кровь станет вязкой, как болотная вода, а внутренности высохнут и превратятся в песок...»

Пол под её ногами с тихим шорохом рассыпался.

«Каким же всё-таки жалким делает человека ложь... А если бы боги умели лгать? О, боги, несомненно, умеют лгать, иначе откуда бы вообще взяться лжи, но может ли в таком случае ложь унижать, может ли она быть подвергнута осуждению... а что, если то Слово, сказанное *вначале*, тоже было ложью?»

Иштар в раздражении встряхнула головой. Ей не нравились эти мысли, не нравилось то, что она говорила и думала, как будто загипнотизированная взглядом шефа.

«Я не должна ему лгать. Он просто зол на меня, и оттого... оттого он так себя ведёт. Но почему... почему вы так поступаете с Ириной, Пётр Алексеевич? Разве она заслужила подобной... жестокости? И если заслужила — то чем? В чём она провинилась?»

— Я *специально* сунула руку в бочку с жидким азотом, не надев термоизолирующей перчатки, — выпалила Иштар, высвобождая кисть и сжимая её в кулак.

— Спе-ци-а-ль-но? — шеф оторопел. — Но ради чего, позволь полюбопытствовать?

Его взгляд не отрывался от кровянистых волдырей на кончиках её пальцев.

— Мне было интересно. Я хотела узнать, что будет... не в теории, а на практике — что со мной будет, если я испытаю сильную боль. Я понимаю, это кажется вам ненормальным, но...

— Нет, отчего же, — шеф перебил её и понимающе усмехнулся. — Нет, Иштар, я вполне могу признать разумность подобного поступка. Алхимики пили ртуть и пробовали на вкус мышьяк, так почему бы современному учёному не сунуть руку в жидкий азот?

— Вы шутите?

— Отнюдь нет, — выражение его лица подтверждало, что он действительно не шутит. — Я совершенно серьёзно, Иштар. Если я хочу, чтобы из нашей совместной работы что-то получилось — а я действительно хочу, чтобы у нас что-то получилось, чтобы у нас с тобой *всё* получилось, — так вот, если я этого хочу, то я должен добиться полного доверия между нами, а для этого я просто обязан попытаться понять мотивы твоих поступков, какими бы безрассудными они мне на первый взгляд не казались. Понимаешь меня?

— Да... я понимаю, — Иштар в задумчивости опустила взгляд.

— Иштар, — он наклонился к ней, и его дыхание охладило её лоб.

— Иштар, — он говорил почти шёпотом, — ты сильно во мне ошибаешься. Уверен, тебе пришлось слышать обо мне немало нелицеприятного.

— Почему вы так думаете?

— Про всякого начальника говорят за спиной неприятные вещи, — уклончиво ответил шеф, — даже если этот начальник делает всё, чтобы его подчинённым было хорошо. Но речь ведь не об этом. Я достаточно опытен, чтобы спокойно относиться к пересудам, но мне важно *твоё* мнение. Вернее, мне очень важно, чтобы ты не сомневалась в моих намерениях.

— Я не сомневаюсь, — Иштар слегка отстранилась.

— Нет, я вижу, ты сомневаешься.

Он снова взял её за обмороженную руку и принялся задумчиво поглаживать её пальцы. Туго натянутая омертвевшая кожа отвечала неприятным покалыванием. Иштар поморщилась.

— Думаю, их надо проколоть, — шеф мягко улыбнулся, отпустил её руку и вышел из кабинета.

Вернулся он очень скоро, неся в руке одноразовый шприц и тюбик мази с антибиотиком.

— Давай сюда, — скомандовал он, и Иштар протянула ему руку.

Пётр Алексеевич ловко распаковал шприц и, придержав кисть Иштар, точным движением всадил иглу шприца в подушечку её указательного пальца.

Иштар стиснула зубы — больно не было, но отчего-то было ужасно гадко. Сквозняк лизал её ноги.

Шприц медленно наполнялся густой бордовой жидкостью. Когда волдырь исчез, Пётр Алексеевич вынул шприц и тотчас воткнул иглу в кончик среднего пальца Иштар, проделал ту же нехитрую процедуру и занялся безымянным. Иштар зажмурилась. Вся рука пульсировала противной тягучей болью, шедшей как будто изнутри.

«Теперь мизинец».

Ноги Иштар отчаянно мёрзли.

«Кровь моя... гниёт... гниль, гниение, putrefaction, melanosis, почернение... вот то-то и оно...»

— Пётр Алексеевич...

— Что? — он бросил шприц в мусорное ведро, встал и направился к раковине.

— Пётр Алексеевич, вы не знаете, откуда сквозняк?

— Я не чувствую никакого сквозняка, — шеф пожал плечами. — Лучше вот смажь пальцы, — он кивнул на тюбик, оставленный на столе, — а я пока руки помою.

Иштар тщательно вымазала кончики пальцев резко пахнущим средством.

«Как это он не чувствует сквозняка? Вот же сквозняк — дует прямо по ногам, и ещё как сильно — как будто с улицы... но ведь этого не может быть, мы в глубине здания, здесь неоткуда взяться сквозняку... или только потому, что шеф *знает*, что сквозняку взяться просто *неоткуда*, он его и не чувствует?»

5

До поздней ночи Иштар сидела за письменным столом в глубокой задумчивости, глядя на лежавший перед ней чистый лист бумаги и рассеянно крутя в забинтованных по настоянию шефа пальцах шариковую ручку. Наконец она разделила лист вертикальной линией, в левой его части размашисто написала «кролики», в правой — «кровь».

— Вот что мы имеем, — медленно проговорила Иштар, — ...две большие взаимосвязанные задачи, которые необходимо решить.

Под словом «кролики» Иштар написала помельче слово «сны» и с нажимом вывела знак вопроса. Под словом «кровь» она дописала в три строчки — «*субстанция*» и «области мозга, ответственные за сновидения», а затем соединила все три стрелками. Подумав, ниже Иштар добавила ещё две строчки — «костный мозг» и «стволовые клетки», проведя от них толстые линии к «крови».

«— Скажи мне, что страшнее забвения?

— Незнание.

— Что ненадёжнее воздуха?

— Убеждения.

— Кто постиг законы творения?

— Тот, кто постиг Бога.

— И в чём же величайшая тайна?

— В имени».

6

Ира, облачённая в медицинский костюм, маску и шапочку, была занята пересевом клеток — заливала в чашки Петри и культуральные флаконы протеолитический фермент, заставлявший клетки открепиться от пластикового дна и повиснуть мутной взвесью в толще питательной среды, после чего собирала суспензию пипеткой и переносила в другие флаконы и чашки, чтобы клеткам стало просторнее и они снова начали активно делиться. Иштар наблюдала. Сегодня у неё не было никаких дел в лаборатории; она явилась сюда исключительно ради разговора с Ирой с глазу на глаз.

«Быть может, мы сможем сделать работу вместе, Ира... я займусь проблемой гемолиза, а ты — проблемой снов... Ты согласишься? Ведь зачем-то ты последовала за мной в криохранилище... и зачем-то ты спасла мою правую руку».

Иштар провела большим пальцем, не пострадавшим от азота, по кончикам остальных, аккуратно заклеенных бактерицидным пластырем, но ничего не ощутила.

— Они всегда должны расти в монослое, то есть в толщину их слой всегда должен составлять только одну клетку, — назидательно произнесла Ира заготовленную заранее фразу. — Когда они начинают друг на друга лезть, им плохо... Чтобы под действием фермента клетки побыстрее открепились от пластика, флакон следует поднять и аккуратно, но энергично постучать по его стенкам пальцем, вот так...

Она приподняла флакон и постучала по нему пальцем.

— У тебя был какой-то вопрос, Иштар?

— Гм... да, — Иштар невольно улыбнулась.

— Как рука твоя после азота, ничего?

— Нормально. Как думаешь, можем мы проверить как-нибудь, снятся ли нашим кроликам сны?

— Вот оно что! — Ира оторвалась от чашек. — Так тебя Пётр Алексеевич прислал. А я было подумала, что ты сама...

— Я сама, — перебила Иштар, — это ведь и мой проект тоже...

— Иштар, это *его* проект, — Ира нахмурилась. — Это *он* его придумал, а ты — просто исполнитель.

— Это *наш* проект, Ира... не важно, кто его придумал — важно, что мы можем сделать для его осуществления, а для этого мы должны сделать всё, от нас зависящее. Мы не можем быть просто исполнителями... это слишком важно, слишком много от этого зависит, чтобы мы могли позволить себе быть *просто* исполнителями...

— Красиво сказано! — Ира усмехнулась. — Ты проявляешь слишком много инициативы, Иштар, и ему это может не понравиться. Или, что будет ещё хуже, ему это может слишком понравиться. Да, если ему это понравится, будет только хуже.

— Шеф не такой, Ирина.

— Да, конечно, не такой, — Ира фыркнула. — Ты же знаешь, что его идея со стволовыми клетками — просто дань моде, потому что он попросту не знает, с какой стороны подойти к проблеме...

— Дань моде? — машинально повторила Иштар.

— Ты знаешь, что есть способы гораздо эффективнее, — Ира, сощурившись, взглянула на Иштар. — Не смотри на меня так, я не знаю этих способов, даже не догадываюсь о них. Я не настолько умна, а вот ты... ты можешь их найти, и шеф это знает, и он ждёт, когда же ты соберёшь все кусочки пазла, и тогда...

— Да хватит уже! — снова перебила Иштар. — Перестань, в конце концов! Какие ещё кусочки пазла?

— Не сердись, — примирительно отозвалась Ира. — Я не хотела тебя задеть. Так тебя интересует, снятся ли нашим кроликам сны?

— Да.

— Ну... сновидения являются к нам в период быстрого сна, это тебе и без меня известно, — задумчиво начала Ира, — и во время быстрого сна у человека наблюдаются активные движения глазных яблок. Так что с человеком всё довольно просто — и без специальной аппаратуры можно понять, что ему снится сон, а, если разбудить его в один из периодов быстрого сна, то можно услышать и подробный пересказ сновидения. Если не уверена, можно посмотреть электроэнцефалограмму — в период быстрого сна она характеризуется низкоамплитудной быстрой активностью, во многом схожей с электроэнцефалограммой человека в состоянии активного бодрствования.

— Мы о кроликах, — заметила Иштар. — У кроликов, потвоему, всё так же, как у человека?

— Не мешай, я думаю, — холодно отозвалась Ира. — Ты мне задала вопрос, я пытаюсь на него ответить, а будешь торопить — вообще ничего не скажу. Сами там с шефом разбирайтесь.

Она некоторое время выжидающе помолчала, но Иштар ничего ей не ответила, и Ира продолжила.

— Так, что у нас ещё... частота сердечных сокращений, частота дыхания, расслабленис мускулатуры, изменения активности определённых структур мозга — тут лучше позитронно-эмиссионной томографии и функциональной магнитно-резонансной томографии, кажется, ничего ещё не придумали, хотя их используют не так часто...

— Есть ещё диффузионная томография с высокой угловой разрешающей способностью, позволяющая визуализировать нейральные сети, — вставила Иштар.

— Да много чего есть, — с лёгким раздражением бросила Ира. — К тому моменту, как мы закончим наш разговор, ещё что-нибудь изобретут. Один и тот же процесс можно изучать с разных сторон — с разной... *разрешающей способностью*. С разными допущениями, разными вероятностями ошибок. Это же методы. Методы в современной науке шагают впереди понимания сущности тех или иных феноменов. Сначала мы собираем огромное количество фактического материала, а потом пытаемся его осмыслить. А он... не хочет осмысляться... он со-про-тив-ля-ет-ся!

Ира коротко рассмеялась.

— Что ещё-то, кроме изменения активности структур мозга?

— Изменения секреции гормонов и нейромедиаторов.

— Точно! Изменения секреции гормонов и нейромедиаторов, — повторила Ира, словно пробуя эти слова на вкус. — Ну, обычно сон исследуют, ограничиваясь регистрацией электрической активности мозга с помощью электроэнцефалограммы, а также снимая электроокулограмму и электромиограмму.

Иштар усмехнулась.

«Ира, ты, определённо, занималась этим вопросом раньше, хотя шеф ни о чём таком тебя не просил... ты сама проявляешь слишком много инициативы, в то же время предостерегая от проявления инициативы меня... от чего ты хочешь меня защитить? Или... во что ты хочешь меня втянуть?»

— Если прибавить к этому оценку динамики секреции некоторых веществ, можно получить исчерпывающую картину... наверное... — Ира помедлила, — норадреналина и дофамина, например, и кортикостероидов... и ещё соматотропного гормона...

— Ира! — резко перебила Иштар.

— А?! — Ира вздрогнула и чуть было не выронила пипетку.

— Какие структуры мозга отвечают за быстрый сон со сновидениями?

— Это что, экзамен? Ну, дорсолатеральная область покрышки моста, каудальное ретикулярное ядро и голубое пятно, — без запинки выпалила Ира обиженным тоном.

«Так ты знаешь! Значит, тебе тоже важен этот проект, ты тоже считаешь его *своим*, как и я... но что в этом такого плохого, что ты не хотела в этом признаться и предостерегала от этого меня?»

— Думаю, если провести все тесты, которые применяются для исследования сна человека, мы сможем выяснить, снятся ли сны кроликам, — подытожила Ира. — Но и без всяких тестов и исследований ясно, что кроликам не могут сниться сны, аналогичные снам человека.

— Почему?

«Зачем я спрашиваю? Ведь я знаю ответ».

— Потому что у кроликов нет души, — отрезала Ира.

Они некоторое время помолчали, но в их молчании больше не было напряжения. Иштар смотрела, как Ира работает, как доливает в чашки и флаконы рубиново-красную питательную среду, слегка их покачивает, чтобы суспензия клеток равномерно распределилась, и аккуратно отставляет в сторону.

— А что это, по-твоему? — спросила Иштар.

— Душа? — Ира пожала плечами. — Понятия не имею.

— Но ты в неё веришь.

— Вот именно, что верю, — Ира ухмыльнулась под маской.— Ты же не сказала, что я о ней *знаю*. Знать — одно дело, а верить — совсем другое. Во что-то же верить надо. Так что верю. Что мне ещё остаётся делать?

«Что ненадёжнее льда? Что ненадёжнее песка? Что ненадёжнее воздуха?»

— Пётр Алексеевич вот не верит.

— Он ни во что не верит. Он так устроен, что может только знать. Зря ты пытаешься что-то ему доказать, Иштар. Глупостями занимаешься. На результат работы это никак не повлияет.

— Я только хочу убедиться наверняка... Если они ничего не видят — если во сне их не посещают *видения*, то мы не можем считать их подходящим модельным объектом. В конце концов, сны — это главное. Нам нужно вернуть сны, а не просто восстановить нервную ткань. А мы даже не знаем...

— Иштар! — в глубине усталых, смотрящих куда-то вовнутрь глаз Иры мелькнуло нечто, заставившее Иштар вздрогнуть. — Шеф не такой, как ты, и не такой, как ты думаешь. Неужели ты не способна этого понять?! Ведь ты у нас — самая умная, Иштар! Ты за день планируешь эксперимент, над которым все сотрудники лаборатории думали бы недели две. Почему же ты не способна понять такой простой, такой очевидной вещи?!

Иштар, не отвечая, развернулась и вышла из лаборатории, вопреки правилам техники безопасности широко распахнув дверь и с силой захлопнув её за собой.

«Проклятая кукла, — крутилось в голове Иштар, когда она стремительно шагала по коридору, забыв снять стерильный медицинский костюм и шапочку, — проклятая тряпичная кукла, набитая песком. И с чего мне только в голову взбрело поделиться с тобой? Ты не способна ничего понять, ты можешь только сеять сомнения... Да к тому же ты — лгунья! И потому всех обвиняешь во лжи, извращая и переворачивая с ног на голову чужие идеи. К чёрту тебя... к чёрту вас всех...»

К вечеру дорогу от лабораторного комплекса к шоссе так развезло, что, выйдя с работы, Иштар решила идти напрямик через лес, разбухший от дождя.

Торопливо ступая по хлюпающему ковру из болотного мха, она невесело усмехнулась. Ссора с Ирой оставила неприятный осадок, никак не желавший уходить.

«Мы почти поняли друг друга... почти поняли...»

Иштар не успела закончить своей мысли, потому как в этот самый миг лоб её как будто раскололся надвое от резкой боли, а из глаз посыпались искры. Растерянно попятившись, она плашмя упала в мягкий мох.

Над ней склонился худощавый человек в жёлтом джемпере и больших очках без стёкол.

— Я же вас предупреждал, что вы так когда-нибудь в столб войдёте и попадёте в больницу.

— Откуда-здесь-это-дерево? — медленно проговорила Иштар.

— Действительно, откуда в лесу взяться дереву?! Как вам не стыдно? — он привычным движением поправил очки и укоризненно покачал головой.

— Помогите, пожалуйста.

Он наклонился, но, когда Иштар попыталась схватиться за его руку, её пальцы легко прошли сквозь его ладонь. Улыбнувшись, он провёл рукой по её лицу, и она не ощутила ничего, кроме слабого сквозняка.

— Увы, ничего не могу для вас сделать.

— Это вы всё подстроили? — рассердилась Иштар.

— Что? — видение, похоже, обиделось. — Очень мне нужно подстраивать вам гадости... я вообще-то, повторюсь, предупреждал вас... но способствовать этому — увольте...

— Издеваетесь?

— Что вы! И в мыслях подобного не имел! Но, честное слово, вы сами себя погубите — без посторонней помощи. Посмотрите...

Он сделал шаг в сторону, и Иштар увидела ель, на которую её угораздило налететь. В паре метров над землёй мощный ствол раздваивался. С верхних ветвей до земли свисала густая «борода» лишайника.

Призрак постучал костяшками бесплотных пальцев по стволу, и тот загудел, словно был полым.

— Лес отравлен, вот здесь и растёт чёрт знает что... и никакой метафизики.

— Свалка?

— Свалка, — он кивнул. — Свалка по всей земле, и никаких новых людей вы из этой глины не слепите — всё занесено песком. Песок смешался с глиной, понимаете?

Иштар села, поджав под себя ноги. В голове ещё звенело.

— В преддверии хаоса ход времён нарушается. В глине

покоятся до поры зародыши возрождения... Глина, Иштар, — это плоть земли, камень — её кости, а песок — её прах. Глина — это будущее, а песок — это прошлое. Глина влажная, и частицы её связаны друг с другом, потому глина способна рождать, а песок сух, и даже в соединении с водой он останется лишь песком и никогда не станет глиной, потому как частицы его разрознены. И если глина высохнет и рассыплется в пыль, всё же вода может вернуть ей прежние свойства, но если песок загрязнил глину — глина уже никогда не станет живой. Остерегайтесь песка.

— Остерегаться песка, — повторила Иштар, будто заучивала урок.

— Песок погубил немало богов. Песок — это смерть, — он снова поправил очки. — А вы должны победить смерть. Вы просто обязаны... понимаете?

— Да. Я понимаю.

Он вытянул руку и положил полупрозрачную ладонь на её лоб. Иштар не ощутила прикосновения, но ей стало спокойнее.

— Ну вот. Так-то лучше. Не думайте о том, что сказал бы ваш начальник относительно вашего предназначения, Иштар, если бы вы с ним поделились. Вы сами всё прекрасно знаете. Пытаясь соединить рациональное и то, что кажется... лишь *кажется* вам иррациональным, вы пытаетесь отвести иррациональному скромную роль второго плана. Но как учёный вы должны понимать, что бытие неизмеримо больше того, что мы знаем и что мы способны рационально осмыслить.

— Кто-то говорил мне, что незнание — это пещера, в которой человек скрывается от невзгод, — ответила Иштар.

Она вспомнила человека, встретившегося ей на берегу моря. Он стоял, закутавшись в белые одежды, словно никак не мог избавиться от мучившего его холода, скрестив руки на груди, у самой кромки прибоя, вперив немигающий взор в солнечный диск, погружающийся в волны. Ветер играл чёрными прядями его волос. За спиною его на коленях, склонив благоговейно голову, замерло ужасное существо, чьё тело было как будто лишено кожи и походило на груду разлагающейся плоти, изрытой гноящимися язвами. Не было у этого существа ни глаз, ни ушей, ни ноздрей — только огромный рот, полный острых зубов, зиял посреди того, что должно было бы называться лицом; зато было у него бесчисленное множество рук, в которых так и мелькали веретёна. Но вот на одном из веретён порвалась нить, и чудовище без сожаления отбросило его в сторону, и, вытянув освободившуюся руку, ухватило край развевавшихся одежд стоявшего на берегу и поднесло белоснежную ткань к своему жуткому рту, и поцеловало. Иштар ждала, что прекрасное лицо юноши исказится гримасой отвращения, но оно оставалось таким же бесстрастным, как прежде. «Не гневайся на меня, мой господин, и позволь мне говорить», — сказало чудовище, и, когда тот едва заметно кивнул, продолжало: «Ты, господин мой, в конце времён разрубаешь своим мечом ткань бытия, дабы из пустоты, из того, что люди Востока называют *му*, возникли новые боги и был сотворён новый мир. Ты один стоишь вне мира, но и за пределами ничто, ты один не подвластен судьбе, и нет той нити, что я спрял бы для тебя, одного тебя не могу я постичь, в твои думы не могу я проникнуть, и закрыта для меня твоя душа, как та раковина, что покоится на дне океана и хранит в себе чудесную жемчужину. Поговаривают, будто тот, кто сумеет завладеть той жемчужиной, обретёт власть над собственной судьбой, и немало великих героев отправлялось на дно океана, и ныряли они в ядовитые воды, привязав к щиколоткам тяжёлые камни — но лишь их трупы, безглазые и раздувшиеся от гнилостных испарений, выбрасывал океан на каменистый свой берег. Тщетны усилия смертных и богов, ведь нет никакой раковины, нет никакой жемчужины — верно, какой-то шутник, увидев однажды мерцание твоей души, выдумал их и пустил губительный слух...» Умолкло чудовище, и юноша, не оборачиваясь, сказал: «Мне известны твои заботы и известно, какой вопрос томит тебя, но произнеси его вслух — и ты получишь ответ». «Ответь мне, мой господин, — тихо проговорил тот, кто прял нити судеб. — Ответь мне... вправду ли нет той раковины, вправду ли нет той жемчужины, и отчего тогда полны яда воды океана?» «Пожалуй, и вправду нет той жемчужины, что лежит на дне океана, сокрытая в удивительной сияющей раковине, — отвечал ему юноша, — а всё же именно жемчужина эта источает горчайший яд, что отравляет священные воды, ибо нет страшнее яда, чем яд опустошённой души, и лучше бы вовсе без глаз остаться тому, кто отчаялся — всякий, на кого он взглянет, обречён лишиться рассудка и жизни. Оттого судьбе лучше быть слепой — немало горя сеет она, будучи незрячей, но во сто крат была бы она более жестокой, имей она зрение, и нестерпимо было бы ей видеть всякий проблеск счастья, и стремилась бы она его тотчас погасить, и невыносима была бы для неё всякая улыбка, и её жаждала бы она стереть, и стереть самую память о ней. *И где бы ни нашла судьба глину, тотчас смешает она ту глину с песком*. Получил ли ты ответ на свой вопрос, Намтар?» Ещё ниже склонился Намтар, и коснулся лбом прибрежного песка, и сказал: «Я получил ответ на свой вопрос, могущественный Иркалла, властитель земли, откуда нет возврата».

— Кто-то говорил вам? И вы даже не помните, кто это был? — призрак усмехнулся. — Для учёного у вас довольно слабая память.

Иштар промолчала.

— У того, кто с вами говорил, нет ничего, кроме времени, однако время его бесконечно. У вас времени очень мало, его почти нет, а потому вам не удастся скрыться в этой пещере, Иштар... вы можете не говорить мне, но вы прекрасно помните, что ждёт тех, кто пытается это сделать. Не правда ли, человек — несчастное создание, вынужденное выбирать между крохотной темницей и безграничными и безразличными к нему просторами бытия... и всюду его ждёт неминуемая гибель.

— Какая в таком случае разница между слепотой и зрением?

— Ровным счётом никакой, — он мягко улыбнулся. — Вопрос только в возможности выбора.

Иштар встряхнула головой. Её собеседник стал совершенно прозрачным — его контуры были едва различимы на фоне чёрных стволов деревьев.

— Моё время тоже истекает, Иштар. Только вы знаете, как вам следует поступать — я могу только что-то подсказать вам, предостеречь вас, но не более. Как бы ни хотел я вам помочь — это не в моей власти. У меня, честно говоря, и власти-то никакой нет — так, по мелочи, привидеться во сне или наяву — это я могу, это немудрено в наше время, когда сон и явь смешались и трудно разобрать, где что. Будет жаль, если вы погибнете, так ничего и не поняв.

Его уже не было видно, но голос, становившийся всё больше похожим на шум леса, ещё некоторое время звучал у Иштар в ушах.

7

«Согласно многим космогоническим мифам, — записала Иштар в дневнике, — бытие рождается из мирового океана. Индусы называли его Варуной, отделившим космос от хаоса, шумеры — Абзу или Абсу, олицетворявшим одновременно и творение, и сам хаос. В Ветхом Завете написано туманно: "Земля же была безвидна и пуста, и тьма над бездною, и Дух Божий носился над водою" (Быт.1:2), однако, как известно, в Библии многое почерпнуто из шумерских преданий, и можно допустить, что речь здесь также идёт о мировом океане Абзу, который одновременно является бездной, однако библейское сказание начинается уже после момента выделения из вод тверди, хотя мотив создания тверди Богом и повторяется позже. Мы, исследователи материи, далеки от толкований мифов, а потому я не рискну слишком погружаться в рассуждения об этом предмете, не то мне пришлось бы, например, упомянуть сказания орочей, веривших, что "сначала всюду была вода", и вспомнить миф о бурятской Эхе-Бурхан — праматери всех богов, слепившей сушу из ила, взятого со дна океана, не упустить из вида синтоистскую космогонию и ещё множество других, в то время как меня интересует совсем другое. Здесь я отмечу лишь, что у некоторых народов (например, у хантов и манси) мировой океан заменён мировым болотом, жидкой землёй (отль-ях).

Интересно вот что — *почему* именно океан? Почему именно из океана, из воды, из болота, в конце концов, возникло бытие, почему не из воздуха, не из огня и не из земли? Несомненно, у исследователей есть на этот счёт свои соображения. Можно даже предположить, что древние люди знали, что именно из океана вышла жизнь, возможно, они, подобно некоторым современным биологам, разделяли теорию зарождения жизни из коацерватных капель — сложных комплексов органических молекул, плававших в "первичном супе". Можно списать всё на ассоциации — действительно, океан из всей окружавшей человека природы больше всего подходил на роль колыбели жизни. Можно назвать воды мирового океана "амниотическими" и предположить, что рождение бытия было действительно "рождением" — в самом прямом смысле этого слова, то есть процессом, аналогичным рождению человека.

Однако присутствие в мировых водах высшего существа, способствующего сотворению мира, или даже некоего духа, очевидно, ранее выделившегося из океана и носившегося впоследствии над породившей его водою, наталкивает меня на, возможно, абсурдную мысль, что мировой океан был "наполнен" не просто солёной водой — такой, какую мы привыкли видеть в обычном земном океане, — то есть водой не зеленовато-голубого, небесного цвета, но рубиново-красной».

Закрыв дневник, Иштар взглянула на лежащую на столе стопку папок, найденных в архиве, взяла верхнюю и, раскрыв её, погрузилась в чтение. Через несколько часов глаза её сами собой закрылись, и она уснула, уронив голову на статьи и листы с записями.

***

В зрачки Иштар врезался мертвенный свет четырёх люминесцентных ламп, и она поспешно зажмурилась. Через некоторое время она снова приоткрыла глаза — на этот раз очень осторожно, пытаясь постепенно привыкнуть к свету. Наконец ей это удалось, и она, скосив взгляд, увидела прикроватный монитор и часть белой стены. Она поймала себя на мысли, что в действительности, открыв глаза в первый раз, ничего не ощутила и зажмурилась скорее по привычке, чем по необходимости.

Она с трудом приподняла голову и увидела своё нагое тело, такое же белое, как стена, беспомощно распластанное на металлическом столе. Из центра её груди выходила толстая прозрачная трубка, заполненная густой красной жидкостью. Тошнота подкатила к горлу Иштар, и она, напрягая все силы ставших как будто ватными мышц, опёрлась на локти и приподнялась ещё немного.

Несколькими сантиметрами выше мечевидного отростка грудины зияла язва с гладкими, уже затянувшимися фибриновой плёнкой краями, в которой терялся конец трубки. Иштар всматривалась в эту бордово-чёрную дыру, и та становилась всё шире, всё глубже, её края как будто обугливались, покрывались землёй; вот с них уже посыпался песок, и язва стала пропастью, из которой вытянулся извитой кровавый шнур, уходящий в тело Иштар, а она балансировала на краю, слыша, как в недосягаемой глубине шумит густой и горячий поток.

— Её состояние стабильно? — раздался прямо над ухом Иштар знакомый голос.

«Пётр Алексеевич?»

Она попыталась обернуться, но тело ей не повиновалось. Она снова лежала пластом, словно придавленная огромной тяжестью. Её затылок был крепко прижат к металлической поверхности стола.

— Наблюдается снижение активности лобных и затылочных долей мозга и плавное падение температуры тела.

Перед глазами Иштар всё поплыло, поле зрения медленно затягивала белёсая муть, распространявшаяся от периферии к центру.

— С начала эксперимента температура понизилась на ноль целых девять десятых градуса и продолжает падать.

Второй голос был женским и совершенно безжизненным, хотя в нём тоже звучали какие-то знакомые ноты. Иштар попыталась сосредоточиться, но на месте имени говорившей в её памяти была пустота.

— Сколько времени осталось до конца эксперимента? — это снова был голос шефа.

— Восемнадцать часов, если она столько проживёт.

Иштар хотела закричать, но не смогла даже разомкнуть губы.

«Пётр Алексеевич, помогите мне!»

— Нужно, чтобы прожила, — тон мужского голоса изменился, теперь он приказывал. — Нужно, чтобы она осталась жива после завершения эксперимента. Мне необходима информация, которую она сможет нам сообщить.

— Но тело не может жить без крови, — возразил женский голос. — К тому же...

— Так найдите, чем заменить её кровь! — грубо перебил мужской. — Насыпьте в её сосуды песка!

Иштар услышала его удаляющиеся шаги и громкий стук захлопнувшейся двери.

Женщина наклонилась к самому уху Иштар и сбивчиво прошептала: «Спасайся, спасайся, он заберёт всю твою кровь». Она хотела сказать что-то ещё, но в это мгновение зазвонил мобильный телефон.

— Алло, здравствуйте, — Иштар услышала собственный голос.

Лёжа на сбитой кровати, она сжимала телефон в онемевшей после сна руке.

— Иштар, привет! Это Ира!

— Ира? Я... Что случилось? Сколько сейчас времени?

Иштар посмотрела на часы, стоявшие на прикроватной тумбочке. Флуоресцирующий экран показывал два часа ночи.

— Извини, — голос Иры звучал взволнованно, но раскаяния в нём не было. — Извини, что разбудила тебя. Нам нужно поговорить. Можешь сейчас приехать на работу?

«Нет, это очень хорошо, что ты меня разбудила, спасибо, Ира».

— Сейчас?

— Пока *его* нет, — шёпотом пояснила Ира.

— Я не очень понимаю, Ирина… — Иштар чувствовала, что ей обязательно нужно встать и отправиться в лабораторию, что этот звонок — не Ирина блажь и что коллега действительно хочет поделиться чем-то очень важным.

— Я сейчас приеду, — добавила Иштар, не дожидаясь ответа. — Буду где-то через час.

— Спасибо, — сухо поблагодарила Ира и отключилась.

Иштар наскоро собралась, вышла на безлюдную улицу и остановила проезжавшее мимо такси.

С низкого, как кухонный потолок, неба моросил дождь.

«Ночью Город *приближается* к своему настоящему обличью, поскольку истинный Город — вовсе никакой не город, это жидкая земля, отль-ях».

Иштар улыбнулась, откинулась на сиденье машины и взглянула в усыпанное мелкими бусинами капель окно. За окном в туманном мареве проносились расплывчатые силуэты зданий, при свете дня наполненных жизнью, ночью же похожих на древние руины.

«…чей голос я слышала во сне?»

Она вновь попыталась разыскать нужный образ и имя в памяти, но обнаружила лишь бледный след, как будто нарочно кем-то затёртый образ, чьи смутно знакомые черты колебались, словно отражение на воде.

«Этот голос был изменён, он звучал так, как если бы принадлежал мертвецу… я, должно быть, слышала его, когда его обладательница была жива… но…»

— Разве могут мёртвые говорить? — вслух произнесла Иштар.

— Что? — удивился водитель.

— Нет-нет, ничего, — поспешно отозвалась Иштар.

«Конечно, мёртвые могут говорить — именно через сон они говорят с живыми. Из страны Кигаль, из земли Эрцету, из края, откуда нет возврата, взывают они к живым, когда тем требуется их совет и помощь. Так сон становится связующим звеном не только между миром живых и миром мёртвых, но и между прошлым и настоящим, настоящим и будущим, ибо мёртвым дано видеть грядущее и делиться своими знаниями с живыми. Так мёртвые учат живых.

Говорят, погребённые по всем правилам мертвецы переправляются через чёрную реку на лодке, которой правит демон Хумут-Табал. Бывает так, что человек, пребывающий в мире живых, затоскует по усопшему и позовёт его, или же если сам усопший пожелает во что бы то ни стало поговорить с живым. Тогда приходит душа усопшего на берег чёрной реки и зовёт Хумут-Табала. Долго приходится звать, ибо у демона много работы — каждый миг в скорбном подлунном мире кого-то хоронят и оплакивают. Наконец подплывает лодка к берегу.

— Зачем ты звала меня?! — громогласно вопрошает демон. — Или ты забыла, что из земли Иригаль нет возврата?! Или позабыла ты, что до скончания вечности не выйти тебе из чертогов Эрры, из сумрачного царства Нергала?!

— Что понапрасну ругаешься? — отвечает душа. — Поешь лучше хлеба, что я тебе принесла.

С этими словами зачерпывает душа жидкой глины у берега и протягивает демону. Отведав глины, Хумут-Табал несколько смягчается.

— Зачем нарушаешь ты покой владений царицы Эрешкигаль, мятежная душа? — говорит он. — Разве ты не знаешь, что лишь в одну сторону текут воды чёрной реки, и никто не может пересечь их в обоих направлениях, кроме меня? Или замучила тебя тоска по оставленным на той стороне? Но так заведено — смерть разлучает навеки, и уж тебе не суждено их увидеть, ибо если ты встретишь их здесь, когда придёт их час — то не сможешь узнать.

— Не сердись, демон, — отвечает душа, — выпей лучше вина, что я тебе принесла.

С этими словами зачерпывает душа чёрной речной воды и протягивает демону. Испив воды, Хумут-Табал говорит:

— Ты дала мне хлеба и вина, и моя работа уже не кажется мне столь изнурительной. Чего же ты хочешь взамен?

— Позволь мне поговорить с тем, кому нужна моя помощь, — просит душа.

— Пусть будет по-твоему! — восклицает демон, сгребает душу своей когтистой лапищей и тащит в лодку.

Оттолкнувшись веслом от берега, направляет он лодку на самую середину Реки, где бурлят и кружатся бездонные водовороты.

— Поспеши! — говорит демон. — Даю тебе мгновение, что продлится ровно один сон для того, с кем ты хочешь говорить!

Он хватает душу за волосы и погружает её в беснующуюся воду, и видит душа, что воды реки — кровь, что опоясывает река весь мир, замыкаясь в кольцо, и в то же время является пуповиной, связывающей в единое целое небеса и землю, соединяя мир верхний и мир нижний. И река несёт в себе душу мира, и, пока струится кровь, сфера бытия остаётся единой и неделимой, окружённая водами океана Абзу. Из них берёт река своё начало, в них же впадает.

Видение это длится лишь миг, после чего душа оказывается во сне того, кому нужен её совет или предостережение, и тут уж нельзя ей замешкаться, ведь очень скоро истечёт её время, и Хумут-Табал вернёт её туда, где ей надлежит пребывать до скончания вечности».

Иштар снова бросила взгляд в окно — за пеленой моросящего дождя виднелись мусорные холмы.

Выйдя из машины, она почти бегом миновала погружённый в сырость и мрак лес и остановилась перед похожим на корабль зданием лабораторного комплекса.

В окне Ириного кабинета горел свет.

Иштар приложила к магнитному замку на двери пропуск — мгновение, необходимое для срабатывания замка, показалось ей нестерпимо долгим.

«Даю тебе мгновение, что продлится ровно один сон!»

Она встряхнула головой.

«*А может ли человек, будучи ещё живым, говорить из мира мёртвых?* Если во сне можно увидеть будущее… если время — не вектор, берущий начало в бездонном колодце прошлого, но туго закрученная спираль, чьи кольца соприкасаются друг с другом, и во сне душа может путешествовать во времени, как ей заблагорассудится? Ведь существует и такая модель… да, всё уже давно придумано, и кажется, что современному человеку остаётся только выбирать концепции, которые ему больше подходят, или взбунтоваться и отвергнуть вообще все концепции — впрочем, это тоже не ново… Но если река крови и река времени едины, если река эта изобилует излучинами, если у неё есть второе дно, если кружатся в ней стремительные водовороты… если нет никаких векторов, кругов и спиралей, если движение это слишком сложно и разнонаправлено, и может даже производить впечатление хаотического… не может ли тогда душа, погрузившись в эти коварные воды, не только без труда перемещаться в прошлом, настоящем и будущем, но также и пребывать в нескольких временных точках одновременно; кружиться, вращаться, сжиматься и растягиваться, повинуясь прихотливым течениям?»

Иштар поднялась на лифте до третьего этажа и теперь быстро шагала по ярко освещённым коридорам.

«Сон и кровь, кровь и сон... где, в какой биохимии искать то, что их объединяет? У людей с психическими расстройствами и нарушениями сна изменяется кровь — это раз. Надо изучить до конца все материалы, что мы нашли в архиве... возможно, в них я найду какой-то ключ... интересно, кто их собрал и с какой целью? Найти самое важное, самое коренное отличие крови человека от крови животных... если животные не видят снов... это два...»

Дойдя до кабинета Иры, она решительно постучала.

Дверь распахнулась. На пороге стояла Ира — щёки её горели лихорадочным румянцем.

— Ты? — выдохнула она. — Слава богу, я боялась, что это... что ты не приедешь.

— Я же обещала.

Иштар вошла, заставив Иру отступить на пару шагов, пропуская её.

— Садись, я уже принесла тебе стул, — Ира кивнула на второе офисное кресло, стоявшее рядом с её рабочим местом.

Кабинет был достаточно просторным — видимо, раньше он служил для работы двум сотрудникам, но теперь Ира занимала его в одиночку. О порядке она не слишком заботилась — если не сказать, что не заботилась вовсе. На большом столе, занимавшем полкабинета, валялось несколько исписанных шариковых ручек и просто стержней, вынутых из корпуса и покрытых слоем высохших чернил; до потолка возвышались стопки учебников и практических руководств, посвящённых работе с клетками, трансплантации клеточного материала при различных патологиях и моделям заболеваний на животных. Из книг торчали веера закладок.

Ира села напротив Иштар, выпрямила спину, сложила непривычно чисто вымытые руки на коленях и, сделав глубокий вдох, как перед прыжком в воду, медленно произнесла:

— Пётр Алексеевич считает, что мы должны продолжать эксперименты на кроликах.

Иштар это было прекрасно известно, но она не стала перебивать коллегу, терпеливо ожидая, что та скажет дальше. Помолчав, Ира продолжила:

— Несколько лет назад он сам их оперировал, а теперь у него целый штат хирургов, работающих с животными. Хотя он и сейчас нередко присутствует на операциях — думаю, ему это просто нравится.

Иштар вспомнила пальцы шефа, прижимающие к её разбитому лбу бактерицидный пластырь, и невольно поморщилась.

— Пётр Алексеевич всё ждёт чего-то, а я знаю, и ты, Иштар, знаешь, что таким способом мы никогда не добьёмся желаемого результата. А ведь он хочет большего, чем просто восстановление повреждённой в эксперименте нервной ткани... но если кролики не видят снов...

Ира внимательно посмотрела на Иштар, но та хранила молчание и лишь напряжённо ждала её дальнейших рассуждений.

— Что мы знаем о нервной ткани? Нервная ткань является функционально ведущей тканью нервной системы, — Ира выговаривала каждое слово нарочито чётко, как будто отвечала билет на экзамене. — Она состоит из нейронов, или собственно нервных клеток, обладающих способностью к выработке и проведению нервных импульсов, и клеток нейроглии, выполняющих ряд вспомогательных функций и обеспечивающих деятельность нейронов. Собственно, всё, если не вдаваться в подробности. У кролика, у человека, у мыши, у таракана, у медузы, в конце концов, есть нервная система с нервными клетками, генерирующими и проводящими нервные импульсы. Нам известно, как устроены контакты между нервными клетками, какие там действуют белки, какие нейромедиаторы служат посредниками при передаче информации... но сути этого процесса мы никогда не понимали и не понимаем теперь. Если я возьму все действующие в нервной системе человека компоненты и смешаю их в пробирке, или если я выделю нервные клетки человека и посажу их в чашку Петри — смогу ли я таким образом смоделировать процессы, происходящие в живом мозге? Нет. Ты знаешь, что нет, но *почему* нет — этого ты мне не скажешь. Конечно, можно привести какое-то логическое объяснение — но оно всегда будет содержать в себе некоторую недосказанность. Потому что между взаимодействием нейротрансмиттера со своим специфическим рецептором и формированием чувства или образа — такая пропасть, что современный учёный, стоящий на одном её краю, не видит другого её края, а потому даже теоретически не может предположить, что эту пропасть можно перепрыгнуть или даже выстроить над нею мост.

Ира разомкнула руки и немного откинулась в кресле.

— Вот, например, про печень мы всё знаем. Печень — что у человека, что у кролика — добросовестно занимается очисткой крови от всяких токсинов, не сочиняет никаких историй и не видит ничего необычного, пока мы спим. А нервная система — случай особый. Наука пытается использовать в её отношении привычные методы, применимые ко всем остальным тканями и органам, и раз за разом терпит поражение... возможно, пока мы не откажемся от стереотипов, мы так и будем топтаться на месте... а я не хочу топтаться на месте, потому и позвонила тебе сегодня среди ночи. Кроме тебя, мне не с кем обсудить эту... проблему.

— Ведь для тебя это всего лишь работа, Ирина, — Иштар пожала плечами. — Ты не обязана делать того, на что ты, как я вижу, решилась. Ты хочешь... проверить, верно? Хочешь провести все необходимые тесты, которые дадут тебе окончательный ответ насчёт животных?

— Да, — голос Иры зазвучал неожиданно жёстко. — И для меня это не всего лишь работа. Для меня это важно, Иштар, а без тебя я никогда не справлюсь.

Иштар увидела, как напряглись короткие Ирины пальцы, сжимавшие ручки кресла.

— Давай просто... поможем друг другу, — румянец на щеках Иры стал ещё ярче, её обычно мутноватые глаза заблестели. — Мы можем довести этот проект до конца.

— Собственно, я сама хотела предложить тебе это... но не знала, как... — Иштар немного смутилась. — И ещё... что скажет на это шеф?

— Разве он не будет этому рад? — Ира усмехнулась. — Разве это не то, чего хочет и он тоже? Он не откажется от своих методов, поскольку это может повредить его репутации, но он хотел бы... чтобы это за него сделал кто-то другой, а затем уже post factum — после *свершённого* — сообщил ему. Разве не он отправил нас обеих в архив, где ты нашла подборки статей по гемолизу, которые так тебя заинтересовали?

Иштар хмуро уставилась в пол.

— Ведь он хочет победить эту новую болезнь, верно? — голос Иры звучал глухо, как из-под земли. — Хочет не просто восстанавливать нервную ткань, но и её высшие функции... функции, выходящие за пределы привычных представлений о материи, верно? Не смотри на меня так, Иштар, основная часть агентурной информации содержится в свободном доступе — в открытой печати и интернете, и требовалось приложить совсем немного усилий, чтобы сделать верные выводы. Шеф не мог не заинтересоваться тем, что волнует весь научный мир. Его интерес к снам... к нервной ткани...

— Ира, — мягко перебила Иштар. — Зачем всё это *тебе*?

«Ира стоит перед шефом. Шеф сидит в своём кресле, но благодаря росту взгляд его направлен прямо в центры Ириных зрачков.

— Ирина, нужно разобрать архив, там скопилось слишком много балласта, — он улыбается, но слова его звучат как приказ.

— Я не справлюсь одна, Пётр Алексеевич.

— Вот как?

"Ты смеешь мне возражать?!", — читает Ира по выражению его лица.

— У меня... очень много работы. Дайте мне в помощь Иштар. Вместе мы сделаем это за день, — говорит Ира.

Он поднимается с кресла и встаёт перед ней, широко расставив ноги и заложив руки за спину, огромный и твёрдый, как гранитная колонна.

— У Иштар тоже много работы, Ирина.

— Дайте мне в помощь Иштар, — упрямо повторяет Ира.

Шеф смотрит на неё с подозрением и неодобрительно качает головой.

— Почему именно Иштар? Я могу дать тебе в помощь кого угодно из лаборантов, если ты так хочешь.

"Смотри мне в глаза, Ирина, ты что-то задумала — я чувствую, я знаю, ты не проведёшь меня, лучше признайся, ты ведь не хочешь, чтобы я снова причинил тебе боль?"

— Мы с Иштар... подруги, — с трудом выдавливает из себя Ира.

Его губы снова складываются в улыбку.

— Хорошо, Ирина. Пусть будет по-твоему. Тем более, если вы подруги. Я всегда забочусь о комфорте моих сотрудников. Так?

— Так, — Ира коротко кивает. — Спасибо, Пётр Алексеевич.

Она разворачивается и поспешно выходит, пока он не передумал, а он сидит, покачиваясь в кресле, и смотрит ей вслед. Он решает сказать Иштар, что отправил их с Ирой в архив для того, чтобы наладить их отношения. Он сделает вид, что инициатива исходила от него, а не от Ирины, потому что инициатива всегда должна исходить от него. Он прекрасно понимает, что Иштар недолюбливает Ирину, и его тревожит желание Ирины подружиться с Иштар — пока он не знает, чем вызвана эта тревога, но он обязательно с этим разберётся. Он не привык оставлять в своей жизни открытых вопросов».

— Иштар, мне важен этот проект... я хочу помочь...

— Кто собирал те статьи? — прямо спросила Иштар. — Ты ведь знаешь. Ты специально мне их дала — я уже начала их читать, и их содержание всё больше удивляет меня. Многие так и не были опубликованы, там не указаны авторы... но кто-то занимался этими вопросами до нас, и Пётр Алексеевич был не первым, кому пришла в голову идея лечения от потери снов... Тот человек пытался разобраться в природе заболевания, и разобрался бы, если бы не бросил свою работу пылиться в архиве. Кто это был, Ира?

Она пыталась прочесть ответ в глазах коллеги, но в них плескалась лишь серо-зелёная болотная муть.

— Он не бросал свою работу, я же говорила — он умер, но материалы он собирал до последнего дня... Это я сложила их в архив... — Ира вздохнула. — Какая теперь разница? Его больше нет, и не нужно об этом. Ты прочитаешь и поймёшь в этом больше моего, — она обхватила себя за плечи, как будто ей вдруг стало холодно. — Сильный тут сквозняк, да?

— Да, — Иштар кивнула. — Очень сильный.

— Везде сквозняк. Мы наглухо закрываем все двери, но в Городе такой воздух... движется сам по себе. Понимаешь, Иштар? Воздух движется сам по себе.

Иштар кивнула.

— Это я давно заметила, — продолжала Ира, — но никто мне не верил. Мне вообще не верят, когда я что-то говорю... Когда я поделилась с одним человеком своим наблюдением, он спросил меня: «Так что же, воздух здесь — живой?», а я ответила ему, что нет, не живой, он как раз мёртвый, но тем не менее у него есть воля и он движется...

«Древние верили, что душа содержится в дыхании или в крови. В сущности, они отождествляли кровь и дыхание, и многие столетия спустя строгая наука подтвердила правоту их веры, ибо кровь служит дыханию, неся тканям организма живительный и в то же время — смертельно опасный кислород».

— Ты ведь нездешняя? Не в Городе родилась, верно? Как ты вообще здесь оказалась?

— Ветер принёс! — неожиданно для самой себя выпалила Иштар.

Ира уставилась на Иштар так, словно увидела привидение, и вдруг громко расхохоталась, запрокинув голову. Иштар засмеялась в ответ.

— Вот... как... ветер, значит, принёс... — глаза Иры увлажнились, и она смахнула навернувшиеся от смеха слёзы. — Да, пожалуй, тебе только наукой заниматься, Иштар! Я не шучу,

— поспешно добавила она, увидев, что Иштар нахмурилась. — Нет, не шучу. Пётр Алексеевич никогда не поверит в эфирное или астральное тело, но это ведь всего лишь термины, как...

— Как флогистон, — подсказала Иштар.

— Да, верно, как флогистон или как vis vitalis или как élan vital, просто термины, обозначающие нечто пока неизученное, не прояснённое, скажем так. Конечно, учёному не пристало оперировать ими, но... раз уж мы влезли на чужую территорию... мы же пользуемся термином «стволовые клетки», хотя толком не можем дать им определения...

Она снова рассмеялась.

— Да, раз мы вторгаемся в чуждую нам область, мы должны подчиниться правилам, установленным в этой области. На протяжении почти двух десятилетий лучшие умы пытаются справиться с обрушившейся на человечество бедой, но все научные методы оказываются бессильными перед омертвением крови и исчезновением снов. Учёные никогда не признают существования души...

— ...и никто из тех, кто верит в существование души, никогда не признает, что душу можно загнать в обычный шприц, а затем сделать внутривенную инъекцию. И никому никогда не придёт в голову, что душа в её биохимическом воплощении может выглядеть как... яичный белок, например, — по-своему закончила её мысль Иштар, отчего Ира воззрилась на неё с бесконечным изумлением.

— А именно это нам и придётся сделать, — добавила Иштар. — Отказаться от привычных методов и получить... субстанцию души. Как бы это ни называлось.

— И откуда ты хочешь её получить?

Ира мельком взглянула на часы.

— Из крови, — быстро ответила Иштар. — И из нервной ткани. И, раз ты сама предложила заняться нервной тканью, то я возьму на себя кровь.

— Из крови и из нервной ткани, — медленно повторила Ира, как будто пробуя эти слова на вкус, и устало прикрыла глаза.

— Определённые области мозга, связанные со снами... Думаю, там и происходит выработка нужных нам веществ. Они должны выделяться в кровь. Это только предположение, — Иштар почувствовала, что ей тоже становится холодно, и непроизвольно поёжилась. — Его нужно проверить. Для начала мы выясним, видят ли кролики сны...

— У нас будет всё необходимое оборудование, — перебила её Ира, снова бросив взгляд на часы. — Я уже всё заказала...

— Заказала? Но шеф говорил, что он готов помочь мне в моих поисках... что он бы мог купить всё необходимое оборудование и реактивы... а теперь получается, я его... я буду делать всё за его спиной...

— Либо ты работаешь со мной, либо с шефом, — отрезала Ира. — Да, я уже всё заказала. Поставим всё на складе реактивов в подвале. Томограф, конечно, огромный, но там хватит места, если сдвинуть пару шкафов. Рабочие всё установят ночью, когда никого нет. Настроить аппаратуру мы с тобой сумеем. В подвал шеф никогда не заглядывает. А остальным нет дела.

Иштар посмотрела на Иру с уважением.

— Мы вместе напишем план экспериментов, — продолжала Ира, — и оценим результаты. Но нам ещё нужен доброволец...

— Я согласна, — поспешно заверила её Иштар. — Сны снятся мне каждую ночь. Мы можем провести несколько ночей на работе... ты снимешь все необходимые показания.

— Ты... — Ира поёрзала в кресле. — Ты мне доверишься?

— Доверюсь. Но всё же... ты уверена, что не стоит посвящать Петра Алексеевича...

— Иштар! — перебила Ира. — Если ты ещё раз заикнёшься об этом, моё предложение отменяется!

— Ладно-ладно, — Иштар для большей убедительности кивнула. — Тогда мне пора идти, если ты не хочешь, чтобы шеф застал нас за этим разговором.

Ира напряжённо молчала, что-то обдумывая.

— Потом мы разберёмся с кровью, — добавила Иштар. — И у нас будет всё, чтобы сдвинуться наконец с мёртвой точки.

Она поднялась, открыла дверь и повернулась уже к Ире спиной, когда та тихо окликнула её.

— Иштар...

— Что?

— Спасибо тебе...

Иштар пожала плечами и вышла.

8

Иштар не могла сказать, сколько ей пришлось спать в последующие несколько ночей. Они с Ирой приезжали на работу в час, в два ночи и обсуждали тесты, которые предстояло провести на кроликах и на самой Иштар, вызвавшейся «добровольцем». Ира действительно заказала всё необходимое оборудование — в том числе и самый современный электроэнцефалограф, позволявший снимать показания не только у человека, но и у большинства экспериментальных животных — в том числе кроликов. В первую же ночь испытаний прибора Ира заставила Иштар лечь на узкую койку, поставленную возле энцефалографа, попросила немного подождать и исчезла за дверью. Через некоторое время она вернулась, неся в руках крупного белого кролика.

— А это зачем? — удивилась Иштар.

— Я у вас одновременно показания сниму, — пояснила Ира и усадила кролика на грудь Иштар. Зверёк не выказывал желания убежать и сидел смирно.

— Ты его придержи немного, — попросила Ира и, когда Иштар крепко прижала к себе кролика — странно спокойного, словно чувствовавшего, что ему не грозит никакая опасность, нацепила ему на голову смешную сетчатую шапочку с отходящим от неё пучком электродов.

— Теперь ты.

Иштар приподняла голову, и Ира надела шапочку и ей.

— Сейчас я введу вам обоим снотворное, поспите где-то полчаса, а я посмотрю, как считываются показания.

Иштар не ответила, и Ира, сочтя её молчание знаком согласия, ввела ей в вену иглу заранее приготовленного шприца. Иштар провалилась в тёплую густую тьму.

В последующие ночи эта процедура стала стандартной. Ира в течение двух-трёх часов снимала показания у спящей Иштар и одного-двух кроликов, после чего возвращала животное в виварий. Ранним утром Ира с Иштар расходились, чтобы их не застал шеф, покидали лабораторный комплекс и бродили порознь на улице под моросящим дождём, пока к зданию не начинали подтягиваться сотрудники. Тогда, также порознь, Ира и Иштар возвращались на свои рабочие места.

Гуляя по влажному лесу и дожидаясь, когда между деревьями мелькнёт проезжающий по дороге синий «Лэнд Ровер» шефа, Иштар чувствовала себя ужасно глупо. Лёгкие её болезненно сжимались, принимая в себя холодный осенний воздух, к которому уже примешивалось дыхание грядущей зимы, и отчего-то снова тягучей саднящей болью напоминал о себе шрам на лбу.

«В Писании сказано: “нет ничего тайного, что не сделалось бы явным, ни сокровенного, что не сделалось бы известным и не обнаружилось бы”. Тут следовало бы добавить, что нет ничего тайного и сокровенного в делах между людьми, чего бы не хотела сохранить в секрете не только сведущая, но и несведущая сторона. Тайна подобна взаимному соглашению двоих, обоюдной игре, в которой один говорит: “Позволь мне скрыть от тебя то-то и то-то”, а второй отвечает: “Так и быть, я закрою глаза и не стану открывать их до поры, если ты будешь со своей стороны прилагать все усилия, чтобы скрыть то, что должно быть скрыто”. Так знание ложится бременем на сведущего, до наступления нужного часа освобождающего от этого бремени того, кто изо всех сил зажмуривает глаза и старается остаться несведущим. Когда же тайна раскрывается, тот, от кого нечто скрывали, разражается праведным гневом — но сердится он скорее не по сути сокрытого, и даже не оттого, что от него вообще что-то скрыли, но скорее оттого, что ему в конце концов пришлось разделить со скрывавшим тайное, ставшее явным, а, значит, и ответственность за него.

Пётр Алексеевич хотел бы, чтобы мы достигли своей цели, и внутренне он, должно быть, одобряет нашу работу, оставаясь относительно неё в неведении и сознательно не давая ходу своим подозрениям, которые не могут у него не возникнуть. В то же время, стоит ему узнать о нашей затее, как ему тотчас придётся запретить нам двигаться дальше. Так человек, испробовавший все средства, обращается к кому-то, чьи методы кажутся ему более чем сомнительными, и просит его о помощи, поспешно добавляя: “Но я не желаю знать, каким образом ты достигнешь желаемого, даже и не вздумай рассказать мне об этом!” И нельзя не понять его и в то же время не проникнуться к нему благодарностью, ведь уже само его молчаливое потворство требует от него известной решимости. Пусть Ирина и не понимает этого…»

Иштар остановилась и провела ладонью по влажным из-за дождя волосам.

«Он и сейчас нередко присутствует на операциях — думаю, ему это просто нравится…»

— Нет, этого не может быть, — произнесла она вслух.

— Чего не может быть?

Иштар вздрогнула, услышав знакомый голос. Она стояла на самой кромке леса, одной ногой на тонком ковре из мха, другой — на шоссе. Худой мужчина в жёлтом джемпере неторопливо шагал ей навстречу. Сквозь него, шурша колёсами по мокрому асфальту, пронеслась машина — судя по её траектории, водитель не заметил ничего необычного.

— Вы всегда так уверенны, Иштар... Скажите, для вас что-нибудь вообще является *тайной*?

«Откуда он узнал? Откуда он всё всегда узнаёт?»

Он подошёл совсем близко и остановился от неё на расстоянии вытянутой руки.

— Я всего лишь хочу помочь.

— Зачем? Для чего это вам? Зачем вы меня преследуете? Я не специально тогда толкнула вас!

— Известна ли вам та простая истина, Иштар, — медленно проговорил он, не обращая никакого внимания на её слова, — что, пытаясь избежать чего-то дурного, чаще всего человек делает всё, чтобы это дурное с ним в конце концов случилось?

— Какое это имеет отношение ко мне?

— А это уж вы сами должны понять, — лицо его стало строгим, как у преподавателя, экзаменующего бестолкового студента. — Этого я вам при всём желании сказать не могу.

— Вы же говорите, что хотите помочь, — Иштар оглянулась на дорогу. — Так скажите же хоть раз что-нибудь прямо!

— Не беспокойтесь, он скоро приедет... Я бы хотел говорить прямо, но язык снов и видений туманен. Таковы правила, Иштар, не я их придумал. Я же уже говорил вам...

— Да кто вы в конце концов такой?!

Он помолчал несколько мгновений, после чего, приняв театральную позу, продекламировал с сильным акцентом:

— «*Ich bin ein Teil von jener Kraft, die stets das Böse will und stets das Gute schafft*»*.

— Я серьёзно!

— Я — Дух Города, — он пожал плечами. — Я думал, вы сами догадаетесь. Дух болот, что были здесь до того, как в эти места пришли люди. Я, признаться, никогда не любил людей, но со временем можно свыкнуться с чем угодно. Можете считать, что я в ответственности за здешних обитателей... что с вами?! Вам трудно дышать?

---

* «Часть вечной силы я, / Всегда желавшей зла, творившей лишь благое» (Иоганн Вольфганг фон Гёте, «Фауст», перевод Н.А. Холодковского).

Иштар, побледнев, схватилась за горло и покачнулась, но в следующее мгновение совладала с собой. Лёгкие болели так, словно были наполнены битым стеклом.

— Нет, ничего, это лесной воздух... он слишком холодный и в нём слишком много кислорода... наверное, дело в этом...

«Der Stickstoff — удушающая субстанция...»

— Язык снов, Иштар — это язык мифа, а язык мифа — всегда язык тайны. Имя же тайны — удушье.

— Удушье?

«Так в чём же величайшая тайна?»

— Разгадайте тайну, и сфинкс отпустит вас.

«Ну конечно, как я могла сразу не догадаться... Сфинкс — злое дитя Цифея и Ехидны, страж врат философии, охраняющий Философский Камень. Его имя происходит от "сжимать" и "удушать", и шумеры, в чьих летописях впервые упоминается сфинкс — Шеду — считали его воплощением злобы и коварства, а древние греки, гораздо позднее перенявшие эту традицию у египтян и давшие чудовищу известное всем имя — предвестником болезней и смерти...»

— Вот видите, — он улыбнулся. — Вы сами всё знаете... *всё, что от человека сокрыто, он скрывает от себя сам*. Не скрывайте от себя правду, Иштар. Вы — единственная, кто её знает... и я не могу сделать за вас то, что можете сделать только вы сами...

Очертания фигуры его начали расплываться, смешиваясь с мириадами круживших в воздухе капель тумана.

— У меня нет времени, Иштар... Он тянет меня за волосы — пора просыпаться...

— Постойте! — воскликнула Иштар, протягивая к нему руки, но осязая лишь пустоту. — Не уходите так быстро! Скажите мне...

— Реку сторожат сфинксы, Иштар, два гранитных сфинкса на берегу чёрной реки... Поговорите с ними... возможно, они скажут вам... только...

— Что? Что «только»?! — она уже почти не слышала его.

— Не ходите к ним наяву, наяву они безгласны... ступайте к ним во сне... только во сне они обретают язык... но даже если вам удастся получить от них ответы... не полагайтесь слишком на их слова...

***

Иштар стояла на обочине шоссе, обхватив себя за плечи. Дождь усиливался.

9

«Ночью сфинксы выглядят совсем иначе, чем днём. Их циклопические фигуры, высеченные из плотной темноты, возвышаются на фоне беззвёздного неба. У сфинксов женские лица, но их длинные бороды во множестве завитков спускаются почти до самой земли. Левая грудь у каждого сфинкса — женская, а правая — мужская. У сфинксов львиные тела, однако ноги у них — бычьи, и огромные их раздвоенные копыта вросли в зыбкий речной берег, лишённый каменной облицовки. Головы их венчают причудливые продолговатые уборы, на спинах вздымаются покрытые чёрными перьями крылья, змеиные хвосты обвивают их задние ноги.

Они молчат, плотно сомкнув каменные губы, и слепые их глаза смотрят сквозь меня.

— Ответьте мне, Шеду! — кричу я изо всех сил, но едва ли мои слова достигают ушей застывших гигантов.

Я кричу долго, то упрашивая, то угрожая, но не получаю ответа. Опустив взгляд, я вижу, как колышутся водоросли в набегающих на берег волнах, и ветер касается моих ног, холодит руки и освежает лицо.

— Хоть ты помоги мне, что ты блуждаешь без дела между мирами... — говорю ему я.

Ветер, как будто только и ждавший, когда к нему обратятся, подхватывает меня и возносит вверх, и через мгновение я уже стою перед самым лицом одного из сфинксов, опираясь только на хрустальную пустоту.

— Открой глаза и говори со мной, — приказываю я.

Глаза сфинкса открываются, и в каждом кружатся водовороты, бурлит и кипит густая багряная влага.

— Кто посмел потревожить меня? — спрашивает сфинкс голосом, который мог бы с равной вероятностью принадлежать как мужчине, так и женщине.

— Перед тобою Иштар, что мёртвая и спящая лежит под песками пустыни и хочет проснуться. Я хочу спросить тебя...

— Постой, сначала я спрошу тебя кое о чём, — перебивает сфинкс. — Или ты забыла правила за те тысячелетия, что пронеслись тенью мгновения? Если ты мне ответишь, то и я дам ответы тебе, но если не сможешь ответить, то никогда уже не проснёшься.

— Спрашивай, — говорю ему я.

— Ответь мне, что это такое: утром оно сладкое, как корень солодки, днём — пресное, как хлеб, а на закате — горькое, как мёд, что собирают пчёлы царицы Эрешкигаль?

— Это просто, — отвечаю я, сама удивляясь тотчас пришедшему на ум ответу. — Это любовь. На рассвете своём она сладка, как корень солодки, и исцеляет душу и тело, со временем она становится пресной, но и насущной, как хлеб, но горе тем, кто доживёт до заката своей любви, ибо тогда становится она горькой и ядовитой, как мёд, что собирают пчёлы на полях земли, откуда нет возврата.

— Что ж, ты правильно ответила на мой вопрос, — говорит сфинкс, и нет в его голосе ни радости, ни огорчения. — Можешь спрашивать меня, о чём тебе угодно.

— Ответь мне, Шеду, что мне следует сделать, чтобы не умереть, но воскреснуть, скажи, как мне поступить, чтобы избегнуть врат преисподней и вернуть миру утраченную душу?

Некоторое время сфинкс молчит, и внезапно разражается громким хохотом. Ему вторит и второй, и чёрные слёзы текут по их женским лицам, обрамлённым мужскими бородами.

— И за этим ты пришла ко мне, Иштар? — спрашивает он, отсмеявшись. — Разве не известно тебе, что в доме судьбы решает Намтар, что суждено каждому человеку и каждому богу, и, уж поверь мне, ничего хорошего не может придумать повелитель чумы и других хворей, владыка неприкаянных душ. Но воля человеческая и воля божественная вступают в противоборство с судьбой, и может статься так, что человек или божество сами переписывают свою судьбу, а судьба не слишком противится, ведь в сущности она всегда неизменна — рано ли, поздно ли, всякий отправляется в царство смерти, что раскинулось по ту сторону Реки…

Я взглянула вниз — туда, где мерно несёт свои воды Река, чей противоположный берег скрыт в клубящейся черноте ночи.

— Ты уходишь от ответа! Ведь я не хочу отправляться туда, — я указываю на запад, в сторону царства смерти, — и хочу знать, как мне избежать этого.

— Нельзя избежать того, что предначертано тебе в конце пути, но будет ли путь извилистым или гладким, радостным или печальным — это решать тебе, — туманно отвечает Шеду, и брат его или сестра согласно кивает каменной головой. — Всякий, кто жаждет преображения духа, должен быть готов к смерти и воскрешению, но пусть мысль о воскрешении не утешает его, ибо воскрешение не отменяет смерти. В землю, откуда никогда не возвращаются, уходит один, а выходит другой, уходит человек, а выходит божество, уходит божество, а возвращается — смертный, и человек обретает себя в божестве, а божество — в человеке, и так выполняется закон вращения — закон, движущий всем мирозданием. *То, что вверху, подобно тому, что внизу, то, что внизу, подобно тому, что наверху, дабы свершилось Чудо Единого*. Судьба твоя заключена в имени, ты вышла из чрева блудницы, ибо имя твоё было уготовано тебе задолго до твоего рождения. Но всё же единая судьба, начертанная душе во всех её воплощениях, в каждом из воплощений преломляется, и ты можешь пройти через врата преисподней — ибо ты *должна* пройти через них — невредимой. Однако же подсказать тебе верного способа мы не можем, ибо Шеду знают вопросы, но не знают ответов. Ответы дают те, кто приходят к Шеду за советом, и мы можем только понять, правилен ли ответ или же он ошибочен. Такими были мы сотворены, ибо тайна заключена не в нас, но вне нас, и, зная тайну, мы не в силах её разгадать. Мы — лишь изваяния, охраняющие берег Реки, и мы знаем многое о судьбе, но у нас самих нет судеб, ибо какая может быть судьба у мёртвого камня, лишённого души?

— Так зачем же приходят к вам, если вы ничего не знаете?!

— Люди и боги приходят к нам за тем, что зовётся надеждой, — помедлив, отвечает сфинкс. — Ибо мы уста времени и судьбы, и нам известен закон, единый для всех. Мы говорим тебе — впереди тебя ждут испытания, но как тебе выдержать их — откуда нам знать, ведь не нам они уготованы... И судьба твоя пробудится, став твоим именем. Чего же ещё ты хочешь, чтобы мы тебе рассказали?

Я чувствую, что пустота под моими ногами держит меня уже не так хорошо.

— А если я брошу вызов своей судьбе? — решаюсь я на последний вопрос. — Если я откажусь от своего имени, если не пожелаю спускаться в преисподнюю?

— Тогда ты умрёшь, чтобы никогда не воскреснуть, — отвечает сфинкс. — И ты знаешь, Иштар, что станет тогда с миром.

В это самое мгновение пустота подо мной расступается, и я падаю. Шеду опускают головы, и водовороты их глаз неотвратимо надвигаются на меня — они всё ближе, и я не различаю уже ничего, кроме кружащейся в безмолвии черноты, дыхание моё прерывается, и воды Реки смыкаются надо мною».

Иштар проснулась. В обожжённой азотом руке тупо пульсировала боль. Поднявшись, Иштар медленно засобиралась на работу.

— Ты выглядишь усталой, Иштар, — заявил Пётр Алексеевич, едва переступив порог кабинета.

Она обернулась, услышав его голос. Шеф уже сел в кресло и пристально смотрел на неё, как всегда улыбаясь, но взгляд его синих глаз был холоден.

— Со мной всё в порядке, Пётр Алексеевич, — отвечая ему, Иштар и сама чувствовала, что голос её звучит устало и неубедительно.

— Может быть, причина в холоде, Иштар?

— В холоде?

— Скоро зима. Перед наступлением зимы всем очень хочется спать. А ты, Иштар, слишком много работаешь. Тебе бы следовало больше отдыхать.

— Я сплю достаточно, — поспешно (может быть, слишком поспешно) заверила его Иштар.

— Я разве говорил о том, что тебе бы следовало больше спать? Сон — это пассивный отдых. Во сне можно и замёрзнуть. Академик Павлов считал, что лучший отдых — это смена рода деятельности. Ты в последнее время в основном читаешь статьи либо сидишь в лаборатории. Думаю, тебе нужно познакомиться с более активным видом научной деятельности.

— С более активным? Что вы имеете в виду?

— Иштар, мы работаем с животными. Работа экспериментатора — если он действительно хочет, чтобы результаты его деятельности нашли своё применение в клинике, — это неизбежно работа с животными. Операции. Собственно эксперимент. Ты следишь за моей мыслью?

Иштар встряхнула головой, чтобы сосредоточиться, но Пётр Алексеевич расценил её жест по-своему.

— Ты не согласна? Ты полагаешь, что мы можем получить какие-то стоящие результаты, только работая на культурах клеток и возясь с выделением из них белков? Даже если мы откроем какие-то фундаментальные законы, имея дело с одной только биохимией, мы никогда не сможем оценить их практическое приложение, не работая на животных. Это ты, я надеюсь, понимаешь, Иштар?

— Я никогда не спорила с этим, Пётр Алексеевич, но…

«Жаль, что мы ещё не завершили нашей с Ирой работы… тогда бы я смогла ответить вам…»

— Тебе нужно посмотреть на операции, Иштар. Думаю, не стоит откладывать — можно сделать это сегодня же.

— Но…

— Ты не хочешь? — его губы, всё ещё улыбавшиеся, едва заметно скривились. — Тебе это *не интересно*?

— Но сегодня… эксперимент заканчивается… сегодня не делают никаких операций, сегодня кроликов убивают.

— Не убивают, — шеф поморщился, как от кислого. — Используй корректные термины, Иштар. Сегодня первую группу животных выводят из эксперимента. Завтра — вторую. Послезавтра — третью. Тебе понятно? *Выводят из эксперимента*.

Иштар кивнула.

— Повтори, что я сейчас сказал, — в голосе его появились резкие ноты, улыбка совсем исчезла.

— Нет, — Иштар бросила взгляд в зияющий дверной проём: они были на работе одни, коллеги должны были прийти не раньше чем через час.

— Что ты сказала?

Иштар взглянула на бледное лицо начальника.

— Нет. Я не повторю сейчас то, что вы сказали. Я просто назвала вещи своими именами. Или мы их не убиваем? Скажите, что мы их не убиваем.

«Почему всегда нужно использовать *корректные* термины, почему нужно писать статьи, говорить, думать *корректно*, даже если эта корректность только запутывает и стирает смыслы?»

— Я должен тебе что-то сказать? — изумился Пётр Алексеевич. — Это *я* должен тебе что-то сказать?

— Мы их убиваем.

— Мы. Выводим. Их. Из. Эксперимента, — отчеканил шеф. — Повтори.

— Мы убиваем их. Убиваем, — гнула своё Иштар.

— Иштар, послушай меня!

— Мы их убиваем. Убиваем! И люди в больнице номер восемнадцать, и во всех больницах — умирают! — усилием воли она остановила себя и продолжала торопливо, но уже спокойнее:

— Они умирают, уходят из жизни, но в современном мире они превращаются не в мертвецов, которых оплакивают, и даже не в пепел — они становятся статистикой смертности и больше ничем — чёрными цифрами на белых листах клинических отчётов и статей. И если мы видим только статистику, то и сражаемся мы только со статистикой, с чёрными числами на белых листах, но не с омертвевшей кровью, не с белёсыми плёнками, затягивающими зрачки... И если мы выводим животных из эксперимента — да, *выводим из эксперимента*, а не убиваем — то не важно, сколько их погибнет, потому что это — тоже статистика, и больше ничего. Это только статистика, которая не имеет отношения ни к жизни, ни к смерти!

— Хочешь сказать, я оперирую только цифрами и терминами, и больше ничем? Скажи ещё, что я бессердечный...

— Нет, я не это имела в виду!

— Что, ну *что* ты имела в виду? — в нарочито тихом голосе шефа, грозя вырваться наружу, клокотало бешенство.

— Я... я не хотела вас обидеть, просто эти термины... корректные термины — они некорректны...

Иштар впервые в жизни чувствовала себя настолько взволнованной.

— Иштар, — шеф по-прежнему говорил очень тихо, слегка подавшись вперёд и сжав тонкими пальцами подлокотники кресла. — Иштар, ты *должна* повторить. Я *требую* этого от тебя. Ты понимаешь? Ты не имеешь права так себя вести. Ты — учёный.

— Но вы не правы, — Иштар незаметно для себя тоже немного наклонилась вперёд, так что их лица сблизились. — Именно потому, что я учёный, я имею право отстаивать кажущуюся мне правильной точку зрения. Я могу вам *логически* объяснить, почему вы не правы, но я не могу повторить того, что считаю неверным, пусть даже вы просите.

— Иштар, — он снова и снова произносил её имя, как будто пытаясь связать именем её волю и подчинить себе. — Иштар, я не прошу. Я настаиваю. Я требую. Я *приказываю* тебе. Повтори то, что я тебе сказал.

— Вы не можете мне приказывать. Учёным не приказывают.

— И тем не менее, Иштар...

— Нет.

— Иштар...

— Нет. Нет. Нет.

— Я в последний раз тебе говорю…

— Нет!

— Повтори, что я тебе сказал, ты, чёртова недоучка! — он закричал так, что у Иштар зазвенело в голове, и ей показалось, что сейчас он вскочит с кресла и ударит её, но она не отшатнулась и даже не закрылась ладонью, а сидела неподвижно, не отрывая взгляда от его лица. Но вместо того, чтобы ударить её, шеф резко откинулся на спинку кресла и прикрыл глаза. Теперь он не выглядел раздражённым или злым, просто усталым и подавленным.

— Пётр Алексеевич…

«Почему? Ведь я права… или это не имеет никакого значения?»

— Извини, я сорвался, — голос его снова звучал мягко, как обычно. — Я, видимо, просто устал. И ты тоже устала. Для меня так важен этот проект, и для меня важно, чтобы ты как можно более эффективно в нём участвовала.

— Пётр Алексеевич, я понимаю.

— Я не хочу заставлять тебя смотреть, как убивают животных, Иштар, но мне *нужно*, чтобы ты знала и видела всё, что происходит.

— Да… я пойду сегодня же. И завтра. И послезавтра. Я… буду смотреть.

— Ты должна посмотреть. Я не могу позволить тебе не знать всего, относящегося к нашим экспериментам — от начала и до конца. Так нужно. Исследователь, работающий над проектом, должен знать все его аспекты — даже те, к которым он не имеет прямого касательства.

Он выпрямился и повернулся к компьютеру, демонстрируя, что разговор окончен.

— Пётр Алексеевич…

— Я не сержусь на тебя, — перебил он, не оборачиваясь. — Надеюсь, ты больше не станешь меня *разочаровывать*.

— Я больше никогда не разочарую вас, Пётр Алексеевич, — тихо ответила Иштар.

Весь оставшийся день Иштар провела в лаборатории, односложно и бессодержательно реагируя на все попытки Иры расспросить, что стряслось. В конце концов Ира пожала плечами, бросила недовольное «как хочешь» и, отвернувшись, склонилась над чашками Петри.

***

«Тот, кто собрал статьи, посвящённые нарушениям биохимического состава крови при психических заболеваниях, собрал их с вполне определённой целью, — записала Иштар вечером в дневнике, наконец дочитав материалы, найденные в архиве. — По всей видимости, Пётр Алексеевич не знал или не хотел знать об этом, иначе бы он сам первым делом отдал мне эти папки, и тогда наша работа двигалась бы гораздо быстрее. Зато об этом было известно Ире... по всей видимости, она и раньше имела опыт *сокрытия* некоторой части своих изысканий от шефа.

Этот человек, о котором Ира не желает говорить, коечто нашёл, и поиски его и даже ход рассуждений в чём-то совпадали с моими, однако он продвинулся несколько дальше моего, и теперь, основываясь на его рассуждениях и выводах и логически продолжив их, я смогу выделить из крови конкретные вещества, баланс которых необратимо нарушается в связи с изменениями в нервной системе. Это и будет искомая *субстанция*.

Я приведу единственную собственную его запись:

"Причина болезненного состояния пациента — в нарушении синтеза нервными клетками и форменными элементами крови некоторых соединений. Ранее я ошибочно полагал, что это должны быть вещества, специфические именно для нервной системы, однако в действительности это оказалась весьма разнородная группа соединений, в которую входят также белки, присутствующие только и исключительно в крови. Проанализировав литературу, я обнаружил всего восемнадцать веществ (список прилагается), но, возможно, их значительно больше, ведь я не имел возможности провести все надлежащие эксперименты.

Вкратце происходящее в организме больного можно описать следующим образом: в результате некоего неизвестного внутреннего процесса нарушается синтез ряда важнейших белков, что через каскад биохимических реакций вызывает понижение температуры тела, а охлаждение, в свою очередь, способствует дальнейшему разрушению этих белков и блокирует их продукцию в клетках. Таким образом, патологический процесс развивается по механизму положительной обратной связи. Чем холоднее, тем меньше синтезируется указанных белков (см. список), чем меньше белков — тем холоднее, и в конечном итоге больной погибает от нервного истощения и критического падения температуры тела.

Можно сказать и так — больной постепенно замерзает, и смерть его похожа на гибель человека, уснувшего на улице в сильный мороз — с той лишь разницей, что холод в данном случае исходит не извне, но изнутри"».

Иштар закрыла дневник и взглянула на часы.

«Если исследователь работает над проектом, он должен знать все его аспекты. Пётр Алексеевич прав — только погрузившись в работу полностью, изучив её во всех нюансах, я смогу добиться успеха...»

10

В операционной гулял сквозняк и стоял слабый запах эфира.

— Ты что это тут?... — симпатичная румяная женщина лет сорока, в белом халате и медицинской шапочке, подняла голову и смерила Иштар любопытным взглядом.

— Меня Пётр Алексеевич прислал.

Женщина стояла, чуть согнувшись, перед операционным столом, прижимая обеими руками к его стальной поверхности крупного белого кролика. Кролик не двигался. Его уши, нелепо торчащие вверх и пронизанные густой сетью капилляров, казались в ярком свете люминесцентной лампы красными.

— В помощь прислал?

— Нет, посмотреть...

— Иди-ка сюда, — хирург сделала приглашающий знак рукой. Для этого ей пришлось отпустить кролика, — он судорожно дёрнулся, но она тотчас снова прижала его к столу.

Иштар подошла ближе.

— Подержи-ка его, — женщина улыбнулась. — Поможешь немного, заодно и посмотришь. Тебя как зовут?

— Иштар.

— А меня — Мара Николаевна, — женщина нисколько не удивилась имени Иштар. — Ну, что встала, как вкопанная? Кролика держи.

Иштар положила обе руки на тело животного. Ощутив, что его новый враг гораздо слабее прежнего, кролик принялся вырываться, и Иштар потребовалось некоторое время, чтобы крепко прижать его к столу. Под пальцами её часто-часто, со скоростью сто шестьдесят ударов в минуту, билось его сердце. Круглые глаза кролика смотрели дико и бессмысленно.

— Он в отчаянии, — тихо проговорила Иштар.

— Не впадайте в грех антропоморфизма, дорогая моя, животные не способны испытывать человеческих чувств. Не следует им этого приписывать. Тебя же Пётр Алексеевич прислал? Он что же, с тобой не проводил никакой разъяснительной работы? — Мара Николаевна взяла лежавшую на столе ампулу, набрала её содержимое в шприц и уверенным движением сделала кролику внутримышечную инъекцию. — Подержи ещё немного, пока подействует.

Иштар молчала. Грубоватый тон и фамильярное обращение Мары Николаевны не вязались с добродушным выражением её миловидного лица.

Удары кроличьего сердца под пальцами Иштар почему-то не замедлялись, хотя животное явно обессилело и уже не пыталось освободиться.

— У животных нет никакой субъективной жизни, — продолжала хирург. — Это только машины из мышц, кожи и костей. Хотя некоторые считают, что, раз у многих из них есть такая структура мозга, как неокортекс, то они и чувствовать, и мыслить могут, как люди. Договариваются до того, что приписывают им способность любить.

— А вы со всем этим не согласны? — оживилась Иштар.

— У человека неокортекс составляет основную часть коры головного мозга и, как считают нейрофизиологи, отвечает за осознанное мышление и речь, — рассуждая, Мара Николаевна неторопливо вытаскивала из стоявшего у стены шкафчика инструменты и выкладывала их на стол. — У некоторых животных, например, у человекообразных обезьян, неокортекс тоже довольно неплохо развит, и даже утверждают, что у них есть нейроны, ответственные за самосознание. Да-да, — продолжала женщина, наливая в пластиковую баночку раствор формалина и ставя её на угол стола. — И крысы, если верить иным учёным, видят сны. И наши кролики — тоже.

— А они, по-вашему, видят сны?

— Может, и видят, вот только о чём? О морковке?

Иштар невольно улыбнулась.

— Вот видишь, тебе самой смешно. Отпусти уже кролика, он никуда не денется.

Иштар убрала руки. Кролик остался неподвижно лежать на столе.

— Ведь не в неокортексе дело, — заявила Мара Николаевна. — И не в других структурах мозга, которые сильно развиты у человека и в том или ином виде присутствуют у некоторых животных. Животные способны проявлять интеллект, едва ли сопоставимый с интеллектом умственно отсталых людей, а им приписывают какие-то высшие формы нервной деятельности. Мы же не относимся к умственно отсталым как к полноценным людям — как бы мы ни старались, у нас это не получается, и всё, что мы к ним испытываем — это жалость и раздражение. Жалость потому, что они всё-таки люди, а раздражение потому, что они не совсем люди.

Иштар захотелось влезть под душ и тщательно вымыть голову.

— Но мы же... ставим на животных эксперименты. Значит, мы всё же допускаем, что они чем-то на нас похожи?

— Только на это они и годны, — отрезала хирург. — Это упрощённые схемы человека, проба пера эволюции, если так можно выразиться. Мы ставим на них эксперименты и получаем информацию, которую потом можем использовать в наших, человеческих целях.

— То есть у животных, по-вашему, нет души?

— Чего у них нет? — Мара Николаевна так удивилась, что положила на место взятый было со стола скальпель.

— Может быть, всё дело не только в структурах мозга? Может быть, у человека есть что-то ещё... что делает его, собственно, человеком?

— Я о таких глупостях даже разговаривать не желаю, — хирург пожала плечами. — Симфоний они не сочиняют и книг не пишут, вот и всё. И не надо придавать так много значения тому, что кролик чего-то там боится. Это всего лишь кролик.

«Это всего лишь кролик», — повторила про себя Иштар.

— Ну что, готова?

Иштар кивнула.

— Хорошо, — хирург быстрым движением рассекла кожу на голове кролика скальпелем.

«Только на это они и годны».

Иштар внимательно наблюдала.

«Кролики не видят снов. Если это так, то бессмысленно... выводить-их-из-эксперимента. Но мы должны получить доказательства. В нашем плотном и грубом мире никак нельзя без доказательств. Почему-то мы думаем, что доказательства могут нам что-то гарантировать... В конце концов, это правда всего лишь кролики, и шеф прав — мы никогда не сможем помочь людям, если не будем проверять наши методики на животных».

Она почувствовала болезненный укол над переносицей и машинально коснулась пальцами лба. Кожа в области недавно разбитого шрама была горячей.

— Ты что так смотришь? — Мара Николаевна недовольно покосилась на Иштар.

— Он плачет.

— Что?

Иштар показала пальцем. На глаза зверька действительно навернулись крупные прозрачные капли.

— Конечно, у него выделяются слёзы. Это нормальная реакция. Смотри, сначала нам нужно срезать кожно-мышечные покровы ножницами, вот так, — взяв со стола ножницы, хирург продемонстрировала, как именно следует это делать.

— Это был не наркоз, верно? — Иштар ощущала отвратительную сдавленность в груди, из-за чего голос её срывался. — Это был миорелаксант. Вы ввели ему миорелаксант, чтобы обездвижить, но при этом он всё чувствует.

У неё закружилась голова, и она отступила на пару шагов, чтобы не упасть. Стеснение в груди немного ослабло.

— Ах, какая чувствительная... А чего ты хотела, скажи на милость? — аккуратно выщипанные брови Мары Николаевны взлетели вверх. — Применение наркотических препаратов в экспериментальной работе давно запрещено. Сейчас столько наркоманов... так что всё ради людей. Понятно?

— Да, — почти прошептала Иштар.

«Всё — из-за людей».

— Ну вот, костную ткань мы с тобой обнажили. Дальше перекусываем щипцами шейные позвонки и затылочную кость, вот так, — Мара Николаевна комментировала свою работу, привычно орудуя инструментами. — Теперь мы её убираем и подводим браншу щипцов под крышу черепа, — она поддела кость сбоку. — Теперь поочерёдно перекусываем теменно-височные кости с обеих сторон и тоже их снимаем. Смотри сюда.

Иштар взглянула и увидела влажную поверхность обнажённого мозга.

— Видишь, какой маленький и гладкий? — Мара Николаевна поднесла палец к самой поверхности органа, не касаясь его. — Разве он хоть чем-нибудь напоминает мозг человека?

— Нет.

— Разве могут у существа с таким мозгом быть чувства, схожие с человеческими?

— Нет, — Иштар сделала глубокий вдох, пытаясь заставить свои лёгкие доставлять в кровь достаточно кислорода. — Нет, не могут.

— Вот именно. И нечего их жалеть. Теперь, смотри, я аккуратно приподнимаю головной мозг со стороны лобных долей кверху, так, и перерезаю зрительный тракт, — она быстро щёлкнула ножницами. — Теперь поднимаю его ещё чуть выше и подрезаю твёрдую мозговую оболочку мозжечка, вот так... — она уже практически вытащила орган из убежища черепа. — А теперь просто перерезаю спинной мозг в шейном отделе и сразу же помещаю материал в фиксатор, — она положила мозг в банку с формалином и плотно закрутила крышку.

— Вот и всё. Брось кролика в мусорный контейнер у дверей, а я пока принесу следующего.

— Следующего?

— У нас их на сегодня двадцать штук.

Иштар рассеянно кивнула, подхватила тушку кролика и, держа её на вытянутых руках, понесла к мусорному контейнеру.

Три последующих дня слились в невыносимо длинный день, заполненный одной регулярно повторяющейся процедурой. Начиная с десятого извлечённого из черепной коробки и погружённого в банку с фиксатором мозга, Иштар уже не воспринимала кроликов как живых существ. Все они были белыми, у всех были красные в свете люминесцентных ламп уши, все они бессмысленно пялились на неё своими круглыми, похожими на стеклянные бусины глазами, из которых во время операций обильно выделялись слёзы.

Возвращаясь по вечерам домой, Иштар шагала механически, ни о чём не думая, унося в ноздрях смесь запахов эфира и формалина. Утром она так же рефлекторно приходила на работу — ровно ко времени, когда начинались операции. Шеф настоял, чтобы в эти дни Иштар ничем больше не занималась. Ира, таким образом, оказалась предоставлена самой себе.

В две ночи, разделявшие дни операций, Иштар не снились сны.

Выйдя из здания лабораторного комплекса вечером третьего дня, через несколько шагов Иштар остановилась, обхватила ладонями голову и сжала так сильно, что у неё помутнело в глазах.

Тёмная громада леса, стоявшая перед нею, хранила молчание.

«Он не придёт сегодня».

Мимо быстрым шагом проходили коллеги, спешившие по домам. Она же стояла неподвижно, никого не видя и не отвечая на их «пока» и «до завтра».

«Как я могла? Сострадание... его ведь следует испытывать к людям, сострадание и жалость... мы всегда разделяем их, одно считаем достойным уважения, другое — презрения, забывая, сколь многое роднит их... И если жалость следует испытывать к раненому животному, и если невозможно её испытать... то не найдётся и сострадания к человеку...»

Иштар пыталась обратиться к своим чувствам, но они молчали — упустив момент, когда их можно было пробудить, теперь она могла прибегнуть лишь к логике, но с помощью логики невозможно было вскрыть причины совершённой и теперь очевидной для неё ошибки. Если она и испытывала какие-то эмоции, то это было разве что раздражение, грозившее перерасти в гнев. Её обманули — это она понимала, но каким образом, кто именно это сделал и с какой целью — этого она понять не могла.

Лицо Иштар приняло выражение такой ужасающей решимости, что одна из спешивших домой сотрудниц, обернувшаяся к ней с намерением попрощаться, в испуге отшатнулась и, так ничего и не сказав, побежала к своей машине.

Сжав зубы, Иштар зашагала в направлении шоссе.

Выйдя на обочину асфальтовой реки, она махнула рукой, и жёлтая машина, вынырнувшая из-за завесы моросящего дождя, услужливо остановилась перед ней.

— В Центр, — бросила Иштар, распахнув дверь и усевшись на переднее сиденье, и машина, будто сама по себе повиновавшись её приказу, вновь стремительно поплыла по шоссе.

***

В клубе было душно и сильно накурено. Громко играла музыка. Иштар с трудом пробиралась через тесную толпу извивающихся, прижимающихся друг к другу потных тел.

Чьи-то руки обхватили её сзади за талию.

— Привет! — раздался прямо над её ухом мужской голос.

Из-за тесноты ей не удалось повернуться, чтобы рассмотреть говорившего.

— Давай отойдём, где посвободнее! — предложил мужчина и, не дожидаясь ответа, поволок её прочь из толпы.

Они оказались в каком-то узком проходе. Здесь действительно было свободнее, а музыки почти не было слышно. Мужчина наконец отпустил Иштар, но только для того, чтобы, удерживая за плечи, прижать её спиной к стене.

— Ты красивая. Я сразу тебя приметил, как только ты вошла, — он тяжело дышал, как будто только что пробежал стометровку, и улыбался.

«Приметил...», — повторила про себя Иштар.

Она окинула его равнодушным взглядом. Он был раза в два её старше. Невысокий, довольно грузный, с короткими руками, круглой, остриженной «под ноль» головой и глубоко посаженными бесцветными глазками. Поразительно похож на мужчин, которых много лет назад в далёкой Германии приводила мать Иштар по вечерам из клубов, разве что одет гораздо лучше.

— Наверное, у него там серийное производство, — задумчиво произнесла Иштар.

— Чего? — глаза мужчины округлились. — У кого?

— У Бога. Все получаются одинаковыми.

— Я тебе что, не нравлюсь? — он смущённо переступил с ноги на ногу. — Могу это... ну...

Он выразительно пошевелил толстыми пальцами, показывая, что готов заплатить.

«Когда мужчины уходили, мать молча падала лицом вниз на кровать и несколько часов лежала без движения. Ей ничего не снилось. Она говорила, что на какое-то время просто умирает. И потом — потом тоже умирает».

— Ты заберёшь у меня сны. И я умру... — тихо проговорила Иштар.

— Что? Умрёшь? Нет, ты чего, ты не умрёшь, — мужчина кашлянул. — От этого никто ещё не умирал... Я... это... ты мне нравишься... я тут... я первый раз зашёл... ты не подумай... ты не подумай чего такого...

Несмотря на плохое освещение, Иштар заметила, что грубое его лицо покраснело. Владевшая ею злая решимость мало-помалу отступала, сменяясь равнодушием.

— Первый раз?

— Ну... мне сказали... всё само собой... выбирай любую, а ты вот... тут... ты...

Он окончательно смутился, опустил взгляд и даже шмыгнул носом, как провинившийся школьник.

— Я же вот… ну… сколько ты хочешь?

— Чего? — холодно поинтересовалась Иштар.

— Ну… денег…

— К чему вся эта механика? — Иштар зло ухмыльнулась. — А?

— Механика… — повторил мужчина. — Это ты о любви? — увидев, что Иштар собирается ему ответить, он предостерегающе поднял руку. — Нет, подожди… Ты, значит… ты хочешь сказать — не может быть никакой любви в таком месте, где люди всеми силами стремятся к тому, чтобы потерять на время свой человеческий облик, где звучит глупая музыка и плохо пахнет, верно? Но это тоже нужно… это тоже… ну… не механика же, в конце концов! Не только… механика… ну… это…

Он замолчал — запас его красноречия был исчерпан.

«Плоть неразборчива. Телу всё равно — охваченные страстью, священные проститутки в храмах Иштар позволяли войти в себя любому мужчине… И в том, что так называемый просвещённый ум назвал впоследствии развратом, заключалось великое таинство, свершавшееся ради продолжения жизни… ибо жизнь — это и жизнь тела, и, когда говорит тело, душа и разум обязаны молчать, поскольку своим вмешательством в неподходящий момент они разрушают чувственность, равно как чувственность, некстати пробуждённая в миг размышлений, сбивает с толку разум».

— Да, не механика, — Иштар устало улыбнулась.

«Он также ищет того, о чём не имеет никакого понятия — как вы поможете друг другу?»

Ей вдруг стало смешно — она попыталась сдержаться, но смех рвался наружу, и она расхохоталась ему в лицо — громко, с надрывом, и глаза её распахнулись так широко, что вокруг радужных оболочек появилась белая кайма глазного белка. Он отшатнулся, не переставая смотреть на неё — ему стало страшно, потому что меньше всего он ожидал от неё смеха. Ему казалось, что она смеётся над ним и над его нерешительностью, а потому он собрался с духом и попытался грубо схватить её за руку, но Иштар его оттолкнула.

На них никто не обращал внимания.

— О, не трогай! — в лицо ему выкрикнула Иштар, и из глаз её брызнули слёзы. — Если бы Иштар не любила, то не лишилась бы она своих священных талисманов, не сорвал бы жестокий страж преисподней ожерелья из сверкающих камней с её груди!

— Тебя обидели? Обокрали? — мужчина, собравшийся было повернуться и уйти, остановился, услышав её слова.

— Да, обокрали, верно, обокрали по моей вине! — воскликнула Иштар, размазывая по щекам слёзы. — И за сегодня — уже дважды!

— Ну… ты… не огорчайся так, — он искренне пытался её успокоить. — Если у тебя что пропало… ну, бусы твои — это можно исправить… Я куплю тебе новые, какие захочешь…

Иштар в изумлении воззрилась на него.

— Бусы? Ты — купишь мне бусы?

— Чего, не веришь? Да, я могу… ты не думай… ты не думай ничего такого, — он глупо переминался с ноги на ногу. — Пойдём давай отсюда, я тебя до дома довезу… ты мне нравишься, — повторил он. — Я тебе такие бусы куплю… лучше тех, что у тебя были… идём… ты не смотри на меня так… да, я могу… моя машина стоит там… на улице… а?

— Плоть эгоистична, чужой плоти она и знать не желает, — грубо отрезала Иштар.

— Да ты чего? С чего ты это?..

— Убирайся.

Он хотел было что-то сказать, но вместо этого пожал плечами, отвернулся и через мгновение растворился среди посетителей.

Вздохнув, Иштар направилась к выходу.

11

В последний день осени Иштар сидела за столом в биохимической лаборатории, глядя в окно, уже подёрнутое со стороны улицы изморозью, и задумчиво покачивая в пальцах пробирку, наполненную прозрачной, густой, похожей на яичный белок жидкостью. На столе перед нею лежал подробный отчёт о проделанной втайне от шефа работе.

«Всё, оказывается, не так уж и трудно, когда знаешь, что искать… Вот он — экстракт, сок жизни из человеческой крови, из моей собственной крови… и не нужны уже никакие клетки, не нужно ничего: мне удалось выделить главное, что в них есть… главное, но не всё… потому что сами по себе они не содержат *всего*».

— Иштар…

Иштар медленно повернула голову.

Ира стояла в дверях, прислонившись плечом к дверному косяку.

— Я закончила с обработкой результатов тестов, — сообщила Ира, протягивая Иштар несколько скреплённых листов.

Иштар взяла их и вложила в папку с отчётом.

«Я знаю, что ты скажешь...»

— И?

— Они не видят снов. То есть что-то они видят, но это и близко нельзя сравнить с тем, что видела ты. Это не просто разные вещи. Это не-со-из-ме-ри-мы-е вещи.

— Это потому, что из их крови нельзя выделить вот этого, — Иштар показала Ире пробирку с полученным экстрактом. — Я проверила их кровь и сравнила со своей. Вот и собрали мы два первых кусочка пазла, Ирина.

— Понимаешь, что это значит, Иштар?

«Кролики нам не подходят. И стволовые клетки нам не подходят. Нам нужны люди».

— Не молчи так, Иштар. Скажи это вслух.

— Кролики нам не подходят. И стволовые клетки нам не подходят. Нам нужны люди. Только так мы получим *субстанцию*, — спокойно произнесла Иштар. — Однако то, что мы получили из моей крови, — она приподняла пробирку выше, — бесполезно. Это часть, но не целое. Мы не можем испытать её, потому что нам нужен экстракт и из нервной ткани тоже... не только из крови, Ира.

— Но для того, чтобы получить всё... — Ира запнулась. — Ты уверена, что можно получить это из живого человека?.. То есть... чтобы он остался в живых после...

— Нет... — Иштар плотно обхватила пробирку пальцами, так что содержимое её скрылось из виду. — Нет, не уверена. Скорее, я уверена в обратном.

За окном кружились в остывшем воздухе первые снежинки. Ира стояла, крепко прижав скрещённые руки к груди.

«Почему она не уходит?»

— Иштар... пожалуйста, не говори Петру Алексеевичу, что я тебе помогала...

— Но почему? — Иштар растерялась. — Ведь мы сделали очень важную работу. *Ты* сделала очень важную работу... благодаря тебе мы сможем помочь людям. Шеф, быть может, со своими странностями, но ведь он хочет создать лекарство, Ира... возможно, если он узнает, какой вклад ты... что ты сделала, он изменит к тебе своё отношение...

— Не изменит! — почти закричала Ира, разняла руки, отвернулась, схватила со стола кем-то брошенную шариковую ручку и принялась нервно вертеть её в пальцах.

— Не говори ему! — повторила Ира с надрывом. — Я очень тебя прошу! Скажи ему, что ты всё сделала самостоятельно!

— Ира, почему? — голос Иштар задрожал. — Впрочем, я понимаю, что тебя мучает... исследования на людях, минуя доклинические испытания на животных, возможная гибель доноров... Но, может быть, Пётр Алексеевич найдёт другое решение? Мы не можем предугадать всего, и он — талантливый учёный.

— Не найдёт! — перебила Ира.

— Но если мы не покажем ему отчёт, то наша работа неизбежно зайдёт в тупик. Мы не можем скрыть всё это теперь... когда столько сделано.

— Ты права, — Ира горько усмехнулась. — Не можем... только запомни, Иштар... это было *твоё* решение. Ты хотела найти лекарство, и я должна была... обязана была тебе помочь... у меня свои причины... Но я правда не осужу тебя, если ты всё это бросишь... — заметно было, что слова Ире даются с трудом. — Правда, не осужу.

Иштар покачала головой, отставила в сторону пробирку, взяла лежавшую на столе папку и, молча пройдя мимо Иры, отнесла отчёт в кабинет. Шефа на месте не было, и Иштар положила папку на его чисто прибранный стол.

Часть третья

Зима

Завистливые боги, вы завязываете людям глаза и незрячих выталкиваете в толпу! А сами сидите и смеётесь над безумцами, когда те сшибаются лбами! Вы даруете людям инстинкты, могучие, как весенний паводок! Отворяете затворы плотины — и приказываете потоку остановиться! Это что же за издевательство! Даёте нам плоть, трепещущую от жажды жить, и говорите этой плоти: умри!

Август Стриндберг, «На круги своя»

1

Ранним утром первого декабря в Город ворвалась метель. Ветер дул одновременно со всех сторон, кружа в воздухе белые смерчи. Едва выйдя на улицу, люди слепли и двигались дальше по наитию, беспомощно поводя перед собою руками и в испуге отдёргивая их, когда натыкались на обледеневшую стену дома или на другого прохожего.

«Холод никогда не уйдёт. Он явился, чтобы отвердить эту хлюпкую землю, расколоть её на части, обратить в белый песок, — вернувшись в первый день зимы с работы, записала Иштар в дневнике. — Нельзя с уверенностью сказать, что хуже — жёлтый песок лета или белый песок зимы... Этот Город не для людей, и безумцем был тот, в чью голову взбрело выстроить его здесь — вдоль заболоченных берегов чёрной реки. Город всегда будет ненавидеть своих жителей, и до падения рода человеческого эта земля будет изгибаться и корчиться, норовя стряхнуть с себя назойливых двуногих существ, вообразивших, будто они могут подчинить её...

Всё обледенело. Машины, поскальзываясь на заметённых дорогах, сбиваются в кучи бесполезного железа, выдавливая из своего содержимого красный сок. Деревья сгибаются до земли под тяжестью наледи. Мусорные свалки, окружающие Город, превратились в настоящие горные хребты — по крайней мере, они больше не пахнут, но теперь вообще ничто не пахнет — с приходом холода из мира исчезли все запахи и стёрлись все краски. Мир отныне и навсегда подчинён строгой симметрии снега».

2

В кабинете было тепло, только по полу струился поток холодного воздуха. Иштар с трудом подавила желание забраться с ногами на стул. В течение нескольких минут она бессмысленно смотрела на затянутое полиэтиленовой плёнкой вентиляционное отверстие в стене. Один из углов плёнки отклеился и трепетал на сквозняке.

— Иштар, здравствуй.

Она вздрогнула. Обычно Пётр Алексеевич говорил «привет», и это «здравствуй» прозвучало почти как обвинение. Она повернулась в кресле.

— Здравствуйте, Пётр Алексеевич.

— Я прочитал твой отчёт.

Усевшись в кресло, шеф внимательно посмотрел на неё. В руках его была папка с отчётом.

— Я ответила на вопрос, — тихо сказала Иштар. — Кролики и животные вообще — не подходящий для нас модельный объект.

Шеф неопределённо хмыкнул и постучал костяшками пальцев по отчёту.

— Мы оба понимаем, что отсюда следует, Иштар. Я, конечно, не сомневаюсь в тебе, но всё же, согласно правилам, как твой руководитель я обязан спросить тебя — ты готова продолжать?

— Я...

— Ты не уверена?

Иштар молчала, уставившись в пол.

— Скажи мне, Иштар, что тебя беспокоит?

— Меня беспокоит то, чего от нас может потребовать решение... поставленной перед нами задачи, — с трудом подбирая слова, медленно проговорила Иштар. — Эпидемии чумы и холеры вспыхивали в перенаселённых городах прошлого... но они не уничтожили человечество, только... если так можно выразиться, проредили... и борьба с ними отнимала много сил, средств... но... это не выходило за рамки... теперь же появилась эта болезнь, которой всё никак не могут придумать название, потому что *назвать нечто — значит признать его существование*, но как назвать то, что слишком страшно, чтобы существовать? Мы хотим победить это... но вправе ли мы пойти ради этого на что угодно?

— Ты учёный, Иштар, а учёный должен доводить всякое дело до его логического завершения.

Её захлестнула волна досады на себя.

— Может быть, есть другой способ...получить лекарство... Может быть, можно синтезировать... рекомбинантные белки... или...

Она ухватилась за эту идею, как преступник, ведомый уже на экзекуцию, цепляется за прутья решётки собственной камеры, словно это может отсрочить или даже отвратить казнь.

«Создать эрзац-душу, синтетический эквивалент... скажите, что это возможно, ведь вы же учёный... вы же не верите, что в этом мире есть что-то необъяснимое и невозможное...»

— Давай разберёмся, — бесстрастно отозвался шеф. — Ты указываешь в своём отчёте на присутствие в смеси каких-то неидентифицируемых компонентов. В крови больных и в крови экспериментальных животных эти неидентифицируемые компоненты отсутствуют — по-видимому, из-за этого из их крови вообще не удаётся выделить ничего похожего на полученную тобой смесь. Ещё что-то экстрагировалось из твоей крови вместе с известными белками — что-то такое, о чём мы понятия не имеем, но что как раз является главным, верно?

Иштар ограничилась слабым кивком.

— Вот видишь. Как мы синтезируем искусственный эквивалент того, о чём не имеем никакого представления? Нет, мы можем получить наш препарат только из... *натуральных* компонентов. К тому же...

Шеф раскрыл папку, полистал отчёт и, найдя нужное место, прочитал вслух:

— «Элементы набора веществ, который я называю "субстанцией души" и далее — просто *субстанцией*, содержатся в крови человека, концентрируясь главным образом в его костном мозге, а также в таких структурах головного мозга, как дорсолатеральная область покрышки моста, каудальное ретикулярное ядро и голубое пятно, то есть в структурах, ответственных за быстрый сон со сновидениями». Ты получила часть веществ, содержащуюся в крови, а остальные — находящиеся в указанных областях мозга, — ты просто перечисляешь. Мы даже не можем сказать, какие из них точно входят в искомый препарат, а какие — необязательны. Так что только крови нам не хватит, и ты знаешь это не хуже меня. Более того, дальше ты пишешь следующее: «данные вещества содержатся только в организме живого человека, а после его смерти [или в случае интересующего нас заболевания] быстро деградируют, как следует из разрозненных работ различных исследователей». Что же у нас в итоге получается?

«Нет никакого *другого* способа. Он это знает, и *ты* это знаешь».

— В процессе получения... донор... — Иштар с силой сжала подлокотники кресла. — Мы можем получить всё из организма человека, обречённого на смерть. Когда его уже нельзя спасти. Автомобильная авария, например...

— Так нам может не хватить доноров, — Пётр Алексеевич рассуждал очень спокойно, как будто речь шла о чём-то не таком уж существенном. — Авария... да... в порядке эксперимента — да. А что потом? Полученной от одного человека *субстанции* может хватить на несколько больных — возможно. Её эффект может оказаться кратковременным, а может и пожизненным — это тоже возможно. Таким образом, скорее всего, нам придётся использовать впоследствии и… ты понимаешь.

Иштар стало трудно дышать. Широко распахнутыми глазами смотрела она в зрачки начальника, похожие на чёрные камешки, вставленные в неестественную синеву радужных оболочек.

— Чего вы хотите? Чтобы я сказала, что согласна… убить человека?

— Ну, Иштар, я этого не говорил, это *ты* сказала. Я говорил только о том, как нам спланировать нашу работу, и старался разобраться в этом досконально, чтобы у тебя впоследствии не возникло каких-либо сомнений и ты не отказалась от продолжения экспериментов в самый неподходящий момент. Я понимаю, это большая ответственность. Это естественно — ты хочешь, чтобы я как твой начальник взял её на себя. Но если я так сделаю, ты будешь всю жизнь винить себя за слабость, потому что исследователь не имеет права на слабость. Если я приму решение не *вместе* с тобой, но *вместо* тебя, я нанесу этим непоправимый вред нашему общему делу. Без тебя дальнейшая работа будет невозможной, Иштар. Если ты откажешься, всё пойдёт прахом. Ты нужна мне и нужна делу. Поэтому мне так важно, чтобы ты приняла решение.

— Да, — тихо сказала Иштар, не опуская взгляда. — Наша цель оправдывает все средства. Мы должны сделать всё от нас зависящее, чтобы остановить распространение заболевания. Даже если для этого придётся кем-то… пожертвовать.

Шеф взял её за плечи и слегка встряхнул.

— Я понимаю, это для тебя было трудное решение, но исследователь должен уметь принять и его, если факты не оставляют иного выхода.

Ноги Иштар замёрзли от сквозняка, а в голове царила ужасающая пустота.

— Кстати, Иштар…

— Да, Пётр Алексеевич?

— Ты ведь всё сделала самостоятельно? Собрала материал, изучила его, провела тесты, проанализировала результаты…

Иштар хотела было возразить, но, вспомнив данное Ире обещание, промолчала.

— Как тебе это удалось, Иштар?

— Я работала по ночам.

— Извини, я как-то не подумал об этом, — шеф улыбнулся. — Я горжусь тем, что мы работаем вместе. Мы войдём в историю, вот увидишь.

— Да, — Иштар бессильно кивнула.

Шеф поднялся с кресла и вышел, тихо притворив за собой дверь.

3

«Солнце сегодня необычайно яркое — песок под его лучами кажется совсем белым. Я стою на верхних ступенях храма; отсюда мне хорошо видны выжженные поля и высохшие оросительные каналы, люди и животные, изнывающие от жары, в отчаянии поднимающие глаза к небу и умоляющие рогатого бога Ану ниспослать им хоть каплю влаги. И я тоже хочу поднять голову и крикнуть солнцу:

— Шамаш, умерь свой пыл! Разве не видишь ты, что глина рассыпалась и стала пылью, и смешалась с песком пустыни, и никогда уже не стать ей снова глиной, даже если могущественный повелитель бурь Адад обрушит на землю потоки влаги, как случилось во время великого потопа! Разве ты не видишь, что люди и звери умирают от жажды, а реки сократились втрое и вода их стала болотной жижей?!

Но, сколько я ни стараюсь, мне не поднять головы, мне не пошевелить ни рукой, ни ногой, потому что я — каменное изваяние, принуждённое вечно открытыми нефритовыми глазами созерцать упадок принадлежащей мне земли.

Я вижу, как с восточных гор спускаются, окутанные облаками пыли, бесчисленные дикие орды. Они текут по равнине, подобно реке, и вторгаются в город, разрушая всё на своём пути, не щадя ни мужчин, ни женщин, ни детей. Варвары оскверняют святилища и разбивают кумиры богов. Они поднимаются по ступеням храма, они уже совсем близко… они бородаты, у них длинные волосы, выбивающиеся из-под шлемов, кожа их суха и красна от солнца. Один, смеясь, достаёт из-за пазухи длинный бронзовый кинжал и вонзает мне в глаз. Я не могу пошевелиться, не могу разомкнуть губ и проклясть нечестивца. Он преспокойно выковыривает мой драгоценный глаз и принимается за другой, и вскоре свет передо мною меркнет и всё погружается в непроглядную тьму.

“И такая участь ожидает отныне мир: забывший своих богов, будет он падать всё ниже, пока не обратится в преисподнюю, не станет сам проклятым Шеолом, вечной смертью, пока не забудут люди истинные значения своих имён, и души их не отделятся от их тел”.

Они поднимают меня и несут вниз по лестнице, а потом тащат по раскалённому песку, который жжёт моё каменное тело, как если бы оно было из плоти и крови. Они волокут меня всё дальше от храма, выносят за пределы города, и я слышу плач его жителей: “Куда уносите вы нашу заступницу? Уж не вздумали ли вы бросить её в пустыне, где занесёт её песком злая буря абубу? Уж не хотите ли вы швырнуть её в высохший колодец и завалить тяжёлым камнем, чтобы она томилась там, пленная? Пожалейте, оставьте нам изваяние!” Так плачут жители города, но похитители и знать ничего не желают, и вот уже нельзя расслышать стонов и воплей, и только шорох песка да стрёкот насекомых доносятся до моих ушей.

Наконец они останавливаются и бросают меня на землю. Я надеюсь, что они оставят меня в покое, но тут они наваливаются на меня с криками и хохотом и толкают, и через мгновение я качусь с обрыва, ударяясь о камни, и падаю в зловонную топкую жижу. Медленно погружаюсь я в неё — вода льётся в мои уши, в пустые глазницы и ноздри, и темнота вокруг становится всё гуще, а дна всё нет и нет, и моё погружение кажется бесконечным...»

Иштар проснулась, схватившись обеими руками за сведённое спазмом горло.

— Вам страшно?

Иштар обернулась. Дух Города сидел на подоконнике, закинув ногу на ногу. В его пальцах зеленовато дымилась сигарета.

— Я знаю, что вас мучает, — приоткрыв окно, он щелчком отбросил окурок в морозную темень. — Вас, людей, не поймёшь... Творец наделил вас свободой воли, и всё же вас увлекают незримые течения, бороться с которыми вам не под силу.

— Как будто пелена какая-то на глазах, — вздохнула Иштар. — Как будто какое-то проклятие...

Она села на край кровати и закрыла лицо ладонями.

— Ну вот, что это вы... — он соскользнул с подоконника и присел рядом.

Потянуло прохладой.

— Не нужно так огорчаться. Весь человеческий мир проклят. Известно ли вам, что глину, взятую со дна океана Абсу, извлечённую из пучин Нар Маттару, хитрый Создатель замешал не только на божественной крови, но и на крови чудовища Кингу, порождения злой Тиамат, предводителя демонов земли Кигаль? Вы-то уж больше моего должны знать, Иштар, вы столько читали об этом... смотрели столько снов... оттого люди так несчастны, что несут в себе семя разрушения, оттого человечество впало в ничтожество и отторгло от себя богов — дурная кровь возобладала в нём, чёрная болотная жижа. Ангел, диктовавший Священное Писание, должно быть, запамятовал это и наделил человека первородным грехом, peccatum originale, целиком возложив ответственность на человека и сняв её с Бога. Но всё записано в крови — прошлое, настоящее и будущее, и то, что люди называют добром, и то, что они именуют злом. История людей отделена от истории богов кровью, но кровь человеческая очистится, и люди станут равны богам... и это возможно лишь теперь, когда достигнут предел падения.

— Я хотела найти лекарство, — всхлипнула Иштар, не отнимая ладоней от лица. — А оборачивается это чем-то... я сама ещё не знаю, чем... не знаю... Что теперь делать? Лучше бы никогда я за всё это не бралась... ничего хорошего из этого не выйдет. Всё только хуже и хуже. Куда ни гляну я — всюду злое да злое! Растут мои невзгоды, а истины я не знаю!

— Послушайте...

— Может быть, я — обычный человек?! Может быть, моё имя ничего не значит?! — из глаз её брызнули слёзы. — Мало ли на этом свете людей с необычными именами?!

— Но они не знают истинных значений своих имён, — он положил бесплотную руку ей на плечо. — А вы, Иштар, уже знаете. И вам уже не избавиться от этого знания. Вы не можете представить, сколько людей на этом свете рождается и умирает, даже не успев понять, что с ними произошло. Они не знают своих судеб, потому что не берут на себя труда их прочесть.

— То есть... — Иштар осенила неожиданная догадка. — То есть, если бы я сама... не стала искать смысла своего имени... ничего бы этого не было? Я бы прожила обычную жизнь, да? Скажите мне!

Он молчал, устремив взгляд в пол.

— Скажите, что предначертания судьбы сбываются лишь тогда, когда человек сам их прочитает! Скажите, что неведение может защитить от... да не молчите же, прошу вас!

— Всё равно ведь теперь ничего не изменишь, — он наконец взглянул на неё. — Судьба не начертана для кого-то конкретного, да. Судьба просто *начертана*, и она ждёт, когда придёт некто и прочитает её. Прочитавший сам выбирает свою судьбу, и в этом его свобода…

— Какая же это свобода?! — перебила Иштар. — Какая же это свобода, если это — самый настоящий обман?! Это, в конце концов, подлость! Человек, ничего не зная заранее, читает, а потом у него нет иного выхода, кроме как следовать предначертанному? Но как может человек решать задачи, для человека непосильные?!

— *То, что вверху, подобно тому, что внизу, а то, что внизу, подобно тому, что наверху,* — бесстрастно произнёс он и назидательно поднял вверх палец. — Так нужно.

— Кому нужно? Зачем нужно? Это чтение вслепую, — продолжала Иштар, не слушая его. — Судьба — это книга без аннотации, в глухой чёрной обложке. Читатель открывает её на свой страх и риск. Первородный грех! Дурная кровь! Дурная кровь, разъедавшая душу мира на протяжении эонов! Это ведь нечестно, подло, и, если вглядеться в глубину тысячелетий, можно увидеть, как всё подло устроено, да, всё мироустройство зиждется только на подлости, и боги постоянно обманывают людей, а люди только и заняты тем, что пытаются обвести вокруг пальца высшие силы… Но у богов и людей… в конце концов… одна судьба…

«Обширна и безмолвна земля мёртвых — земля, откуда нет возврата. Куда ни бросишь взгляд, расстилается под каменным небом укрытая серым пеплом равнина, изрезанная тысячами рек, несущих свои тёмные воды в океан, раскинувшийся под миром. Мириады душ носятся над равниной — одетые в перья, будто птицы, бездумно мчатся они над пустынными пространствами, и тоскуют по миру живых, и неизбывна эта тоска, как любовь к тому, чего не существует. И нет различий между теми, кто творил при жизни добро, и теми, кто вершил зло, между праведниками и грешниками — навеки заключены и те, и другие в тишине и во мраке, ибо не любит хозяин загробного царства шума и света, не любит ни смеха, ни плача, ни стонов. В центре бесплодной равнины возвышается его жилище — пирамида из чёрного оникса, остриём своим направленная в бездну, широким же основанием обращённая к миру. В тесной келье с единственным окном, выходящим на запад, проводит он вечность, склонившись над страницами Книги Мёртвых, в которой записаны имена всех, кто ушёл из мира. Прекрасно лицо его, юное и белое, как драгоценный перламутр, но изогнуты в скорбной усмешке плотно сжатые губы, сурово сдвинуты прихотливо изломанные брови, и всегда печален взгляд чёрных, лишённых белков глаз. Духи болезней и смерти подвластны ему, и чудовища, населяющие воды подземных морей, и всевозможные гады и насекомые, населяющие твердь. Боги страшатся его, ибо нет среди них того, кто превзошёл бы его мудростью и могуществом. И служит ему Намтар — безглазый и тысячерукий — тот, в чьих пальцах кружатся веретёна человеческих и божественных судеб...»

— Иштар, ну что вы... — он попытался улыбнуться, но голос его звучал неуверенно. — Вы ведь приняли решение, у вас нет пути назад. И это благородное, хорошее решение. Просто то, что для вас было выбором духа, для вашего шефа — только техническая задача.

— Результатом решения этой технической задачи станет гибель людей, — тихо проговорила Иштар. — И, может быть, не нескольких, а многих... мы можем не получить лекарство с первого раза. Мы не знаем, на сколько пациентов его хватит.

— А если, Иштар, я помогу вам?

Ей показалось, что голос его дрогнул, но она приписала это своему чрезмерно обострённому восприятию.

— Каким образом?

— Вам нужен донор...

— Нет! — Иштар вся сжалась, обхватив себя руками за плечи. — Я знаю, вы властны над людьми и вещами, вы можете сделать так, что кто-то... кто-то попадёт под машину или просто поскользнётся на улице и расшибётся насмерть... прошу вас, не делайте этого!

В комнате как будто стало холоднее.

— Но я не совсем это имел в виду... вернее, совсем не это...

— Уходите! — Иштар била крупная дрожь. — Пожалуйста, уйдите! Я не хочу, чтобы и вы участвовали в этом... Да, я сделала шаг, у меня не было другого выхода, потому что иначе мы никогда не достигнем цели, но я не хочу, чтобы вы оборвали насильно чью-то жизнь и приняли на себя мою вину...

Она замолчала, заметив, что комната уже пуста, и только занавеска колышется от ветра, дующего в приоткрытое окно.

Вытянувшись на кровати, Иштар вертелась с боку на бок, то натягивая одеяло до подбородка, то совсем сбрасывая его, но сон к ней не шёл.

«У людей — человеческие пути. Или, вернее, человек *должен* идти человеческим путём — так было бы справедливо... да, так было бы справедливо... было бы справедливо, если бы у богов были их имена, а у людей — человеческие.

Что бы ни придумал человек, как бы ни пытался он объяснить себе устройство окружающего мира — всё время получается у него какая-то глупость, в которой нет ни словечка правды. В наш век лучше молчать, но молчать не получается, так уж человек устроен, и весь проклятый род человеческий. Каждый бог, когда-либо являвшийся в мир, хотя бы раз проклинал человеческий род, а если всё же богов выдумали люди — что ж, значит, люди проклинали себя сами, без всякой помощи свыше. Обнаружив же, что он проклят, человек начинает искать спасения. Да, человек ищет, жаждет спасения, желает его всей душой, но при этом, едва приблизившись к спасению, его отвергает! Отказывается от спасения и добровольно принимает на себя проклятие. При этом, совершая шаг, со всей очевидностью ведущий к гибели, человек в своём безумии надеется, что последствия этого шага каким-то удивительным образом исказятся во времени и пространстве, перевернутся, вывернутся наизнанку — и приведут совсем не к гибели, а, напротив, к тому самому пресловутому спасению, которого человек жаждет и от которого бежит.

Неужели на протяжении всей своей многотысячелетней истории люди оставались столь глупы, что не научились видеть будущее хотя бы на один-два шага вперёд, особенно в случаях, когда оно совершенно очевидно? Разве нужно было ходить к гадателям, распознающим судьбу по внутренностям жертвенных животных, по полёту отпущенных в небо священных птиц или же по тому, какие узоры образует масло, влитое в воду, чтобы увидеть и так очевидное грядущее, логически следующее только из совершённых поступков интересующегося?

Но нет, человек всегда тщился разгадать судьбу во всех её деталях, будучи в то же время и сам пусть не творцом, но соавтором этой судьбы, и в этой ситуации мне кажется, будто, гадая и размышляя, человек всегда ищет опровержения своим предчувствиям и догадкам, надеется, что действия, совершённые им вчера или сегодня, не будут иметь в будущем очевидных последствий, а будут иметь последствия совсем иные, как раз-таки неочевидные. И пусть надеяться на это в высшей степени глупо, такова уж человеческая природа. Зная в глубине души, что некий шаг не повлечёт за собою ничего, кроме бед и несчастий, человек его всё равно совершает — из какого-то человеческого упрямства, как будто бросая вызов высшим силам. “Что же, вы угрожаете мне, жестокие и насмешливые боги? Говорите, что низвергнете меня в преисподнюю, ждёте, что я отступлюсь, так нет же, вот вам!”

И если для того, чтобы насолить высшим силам, человеку придётся отказаться от собственного счастья, от достижения собственных целей — будьте уверены, он это сделает. Более того, он сделает это с каким-то особенным удовольствием, несмотря на то, что спустя некоторое время сам же будет посыпать голову прахом и землёй. Дух Города сказал верно — в глиняном теле человека течёт не только кровь богов, но и кровь чудовища Кингу, вызванного из чрева Нар Маттару злой Тиамат, владычицы солёных вод, ненавидевшей жизнь и не желавшей мириться с нарушением гармонии небытия. И вот дурная кровь восстаёт против чистой крови, и несчастная душа человека не находит покоя, и сам человек, стремясь к избавлению от проклятия, в то же время сам вредит себе и сам отталкивает представляющиеся ему шансы. И так думает человек: страшно не достигнуть своей цели, но ещё страшнее — достичь её, потому как достигнутая цель всегда разочаровывает.

Пойманный в ловушку между страхом исполнения своих желаний и страхом их неисполнения, человек ругает на чём свет стоит всё мироустройство, основанное, как ему кажется, на сплошных противоречиях и злокозненности высших сил. Человеку невыносима мысль, что все противоречия заключены в нём самом, а вселенная не злонамеренна, но безразлична к его существованию. У солнца нет иной цели, кроме как источать жар и сияние, и солнцу всё равно, согревает ли оно человека или сжигает его, и оно глухо к стенаниям и молитвам. Ветер дует, глина рождает новую жизнь, а песок… песок рассыпается — вот его главное и единственное назначение — осыпаться и рассыпаться, и больше ничего…

А я, разве не поступаю *я* в точном соответствии с человеческой природой? Я *сама* сказала, что цель оправдывает средства, и вот мне предложена помощь, и, хоть я отвергла её, я знаю, на краю какой пропасти стоит всё наше исследование, и это *моя* вина, mea maxima culpa, потому что я посмела взять на себя ответственность и принять решение, которое приведёт к катастрофе, и в то же время я продолжаю надеяться, что то дурное, чему суждено случиться, будет оправдано…»

Наутро Иштар, выпив три чашки безвкусного кофе, отправилась на работу.

Приехав задолго до начала рабочего дня, она села за свой стол, но вместо того, чтобы заняться делом, так и сидела минуту за минутой, глядя на затянутое полиэтиленовой плёнкой вентиляционное отверстие в стене. В голове её лениво клубился туман, и в какой-то момент Иштар почувствовала, что сама как будто разлетается мириадами влажных капель.

— Иштар, собирайся! — шеф буквально вбежал в кабинет.

Иштар вынырнула из оцепенения и удивлённо поглядела на Петра Алексеевича. Он был в уличных ботинках и тёплой куртке. На щеках его слабо алел румянец.

— Ну! Быстро!

Он повернулся на каблуках и зашагал к выходу. Иштар, не говоря ни слова, как была — в джинсах, свитере и сменных тапочках, последовала за ним. Через несколько минут они уже стояли на улице перед синим «Лэнд Ровером», Иштар переминалась с ноги на ногу от холода, а Пётр Алексеевич рылся по карманам, пытаясь найти ключи.

— Вечно забываю, куда я их засунул... Ах, вот же они!

— А что, собственно...

— Давай в машину! По дороге объясню.

Иштар села вперёд. Через мгновение шеф завёл машину и резко тронулся с места. Снег заскрипел под колёсами, одетыми в шипованную резину.

— Куда мы едем?

— В восемнадцатую больницу! — голос его был бодр и радостен. — Там привезли одного, автомобильная авария! Всё так, как мы и хотели!

— Как мы *хотели*?!

— Ну, я не так выразился, — тотчас поправился шеф. — Я имею в виду, что это — огромная удача. Нам не придётся специально искать донора. Врачи сказали, что этот... который попал в аварию... наблюдался в их больнице по поводу каких-то неприятностей с лёгкими, и благодаря этому точно известно, что у него не было проблем с нарушениями сна. Так что он нам подходит.

Иштар равнодушно созерцала пейзаж за окном машины. Они мчались по трассе с такой скоростью, что окружающая действительность сливалась в сплошную белую пелену.

Въехав в Город, шеф сбавил скорость. Снова началась метель — неестественно крупные хлопья снега ложились на горячее лобовое стекло и тотчас превращались в прозрачные капли. Иштар ощутила болезненное напряжение в холодном воздухе.

«Лёд, сковывавший Реку, покрывается сетью тонких трещин… их становится всё больше… они сливаются друг с другом, растут и ширятся, и в тишине раздаётся потрескивание и клокотание, как будто жидкость подо льдом кипит. Из трещин то тут, то там вылетают красные брызги. Скоро раздастся оглушительный треск, словно лопнула очень плотная материя, и лёд на середине Реки провалится. Из образовавшейся дыры вырвется окутанный паром красный гейзер. Льдины начнут стремительно двигаться, разъезжаться, проваливаться, исчезать в бурлящих водоворотах. Когда весь лёд растает, поверхность Реки станет на миг совершенно гладкой, затем вода высоко поднимется, и кровь хлынет на гранитные камни.

Едва воды Реки достигнут лап сфинксов, лежащих на набережной, они поднимутся со своих постаментов и примутся лакать кровь, урча от восторга. Один из сфинксов поднимет голову и скажет: "Наша вечность пуста, потому что мы — только стражи ворот, наше бытие эфемерно, ибо мы — олицетворение тайны, и, будучи олицетворением тайны, не знаем ни лжи, ни истины, потому как мы — не сокрытое, но *сокрытие*, и наш удел — молчание, а если мы и говорим, в словах наших не больше смысла, чем в самом молчании. Вот почему мы так жадны до крови, ведь кровь — это смысл, это душа, которой у нас нет!"»

Машина, дёрнувшись, встала на светофоре.

— Ну, ты что задумалась? — Пётр Алексеевич ухмыльнулся. — Или ты…

Он не успел договорить — что-то сильно ударило в задний бампер «Лэнд Ровера», так что Иштар швырнуло вперёд. У неё перехватило дыхание, и она закашлялась. Шеф тем временем уже вышел на улицу, и она услышала, как он кричит на водителя другой машины. До Иштар долетали лишь отдельные фразы, пробивавшиеся сквозь снежную завесу, но по тембру голоса шефа было понятно, что он в ярости.

— Куда вы лезете?!

— Я не виноват, это улица!

— Что?! Какая ещё улица?!

— Дорога провалилась под колёсами!

— Вы в своём уме?!

— Говорю вам! Вон какая яма! Что мне было — в неё?! Посмотрите на стены домов!

Иштар непроизвольно бросила взгляд на ближайшее здание: глубокая чёрная трещина змеилась от земли до самой крыши, обнажая кирпично-красное нутро стены.

— Чтоб он сдох! — шеф вернулся на место, хлопнул дверью и так резко вжал в пол педаль газа, что Иштар отбросило назад. — Нет времени с ним разбираться! Идиот! Помял мне бампер! Чёрт! — он ударил кулаком в центр руля, и машина протяжно загудела. — Чёрт бы его побрал!

Иштар сделала глубокий вдох, и вся грудная клетка отозвалась болью.

Едва они переступили порог больницы, к ним подбежал худощавый юноша с желтоватым, как будто восковым лицом.

— Ещё жив? — бросил шеф вместо приветствия.

— Мы делаем всё возможное, — последовал ответ. — Профессор ждёт вас... куртку только сдайте в гардероб, пожалуйста, и возьмите там бахилы.

Пётр Алексеевич раздражённо передёрнул плечами, но повиновался. Через пару минут все трое уже торопливо шагали по больничным коридорам.

— До последнего момента он был в сознании, — на ходу объяснял молодой врач. — Всё говорил и говорил, хоть записывай... но дела его плохи — внутреннее кровотечение... и не остановить, вот в чём беда. Льётся и льётся. Удивительно, сколько в человеке может быть крови!

— Литров пять, — заметил Пётр Алексеевич. — Ну, шесть.

— Да из него уже пять раз по пять вылилось... ну вот, пришли.

На двери значился номер — «1050». Шеф нажал на ручку. Первым, кого увидела Иштар, войдя в палату, был невысокий человек в очках с круглыми линзами, склонившийся над операционным столом.

— Здравствуйте, профессор, — Пётр Алексеевич протянул врачу руку, но тот только кивнул в ответ, не отводя взгляда от больного.

— Да-да, мы сохранили кровь и уже отослали образцы в вашу лабораторию... вы говорили, кажется, что вам нужно что-то ещё...

— Я говорил, что нужно будет сделать трепанацию и извлечь головной мозг, — ответил Пётр Алексеевич. — И как можно быстрее.

— Понятно, — профессор не удивился. — Родственников у него нет, даже сообщить некому. Только перед вашим приездом потерял сознание, долго держался… при таких-то травмах… удивительно…

Иштар взглянула на больного и похолодела.

На койке лежал, вытянувшись, её знакомый призрак — только на этот раз он, несомненно, был из самых настоящих плоти и крови, как в тот день, когда Иштар столкнулась с ним на улице. Его фальшивые очки куда-то подевались, и глаза казались чересчур большими на полузакрытом кислородной маской худом лице с заострившимися, как у покойника, чертами. Голова была тщательно обрита, и обнажённая кожа — ещё более белая, чем на лице, выглядела нежной и беззащитной.

«Так вот как вы решили мне помочь…»

— У вас всё готово? — спросил Пётр Алексеевич.

Оба врача синхронно кивнули, и молодой подкатил к койке небольшой металлический столик, на котором лежали инструменты и стоял широкий цилиндрический пластиковый контейнер с физиологическим раствором.

— Тогда начинайте, — приказал Пётр Алексеевич так резко, что Иштар вздрогнула.

Профессор уверенным движением сделал круговой надрез на коже головы лежавшего, быстро снял её вместе с тонкой подлежащей соединительной тканью, затем просверлил трепаном несколько отверстий в черепе и с помощью проводника — плоской металлической полоски — продёрнул через два соседних трепанационных отверстия проволочную пилу. Шеф спокойно наблюдал за происходящим.

Иштар почувствовала, что её начинает подташнивать, но не решилась отступить в сторону, как будто боясь пропустить хоть одно мгновение происходящего.

«Это *моё* решение, я *самостоятельно* приняла его. Я не имею права отворачиваться».

— Я придержу, а вы пилите, — тихо сказал профессор молодому врачу, и тот взялся за оба конца пилы и принялся быстро протягивать её влево и вправо, пока два отверстия в черепе не соединились прорезью, мгновенно заполнившейся кровью.

— Откуда же всё-таки у него столько крови… — удивлённо пробормотал профессор. — Такой худой…

— Нельзя ли побыстрее? — нетерпеливо осведомился Пётр Алексеевич. — Это ведь не операция.

В ответ пожилой врач только пожал плечами.

Окна в операционной были закрыты непроницаемыми внутренними ставнями, так что ни единого луча дневного света не проникало в ослепительно белое помещение, наполненное жёстким, неживым светом, льющимся из нескольких рядов мощных ламп, установленных на потолке.

Иштар взглянула на бесстрастное лицо Духа Города. Она как будто видела его впервые, это лицо с сильно выдающимися скулами, обтянутыми бледной кожей, тяжеловатой нижней челюстью и длинным, очень прямым носом, придававшим ему и теперь немного насмешливое и любопытное, и вместе с тем печальное выражение.

«Почему именно вы? Хотя бы теперь я должна думать о вас, когда уже слишком поздно, но своим решением я не оставила себе иного выхода. И пусть бы я даже вырвала из рук врачей их инструменты — этим я бы только лишила нас шанса получить драгоценный препарат, но вам бы я уже не помогла... Нет, вы и не хотели бы, чтобы я помогала вам, и, хоть я отвергла ваше предложение о помощи, вы всё равно поступили так, как считали нужным... Совсем недавно вы были бесплотны, но живы, а теперь вы даже слишком материальны, ибо вашу наготу едва прикрывает тонкая простыня, и вас с лёгкостью можно коснуться, но в то же время вы — мертвы.

Если бы вы владели недоступными горными ущельями или океанским дном, вас бы не потревожили, но вам достались берега чёрной реки, а люди всегда строили свои города вдоль берегов рек. Кровь городов — вода, и вы видели, как воды Реки вышли из берегов, и сфинксы встали и выпили кровь Города и вашу кровь — всю без остатка, потому что они — дикие и ненасытные, и всё, что у них есть — это пустая и лживая вечность... не судите же их строго, ибо они — часть нового Города, насильно выстроенного поверх старого. Лишившись своей крови, Город умер, и вы умерли вместе с ним, поскольку исчез сам смысл вашего существования. Должно быть, пока существовал новый город, построенный людьми, вы тосковали по старому, и в каком-то смысле смерть стала для вас освобождением. Мне бы хотелось думать так, но это не так, нет...

Старый, незримый Город — Город, скрытый в болотах, населённый духами, танцующими в лунные ночи над покрытыми мхом кочками. Человеческая мысль не в силах достичь дна колодца той древности, в которой вы уже были хозяином этой местности, хозяином терпеливым и незлобивым, ибо другой на вашем месте был бы гораздо более враждебен к людям, без спросу явившимся сюда и первым делом начавшим вгонять в топкую землю сваи. Каким, должно быть, странным это вам тогда показалось — наблюдая за тем, как человечество распространяется по земле, вы в последнюю очередь могли вообразить, что оно позарится на ваши владения, облюбованные комарьём и ползучими гадами.

Болото сопротивлялось, покуда у него хватало сил: оно отравляло пришедших к нему болезнетворными миазмами, насылало на пришельцев тучи зловредной мошкары, но затем всё-таки смирилось и дало сковать себя сначала гранитом и камнем, а затем — асфальтом и бетоном... но всё же до сей поры природа продолжала свою тихую войну с человеком, потому что человек оставался связанным с нею невидимой пуповиной и не мог окончательно одержать над ней верх, но теперь, лишившись души, упав на самое дно, он порвал эту связь и наконец победил, заплатив за свою победу гибельную для себя цену. Что я наделала, как я могла не понять вас, когда вы предложили мне свою помощь? Ведь я же и заставила вас пойти на это, и вы погибли ради людей, опустошивших и осушивших ваши земли...»

— Ну, вот он, — профессор отложил в сторону снятую крышу черепа. Руки его дрожали.

Розовато-серая поверхность мозга, похожая на ядро гигантского грецкого ореха, покрытая густой сетью капилляров, слегка поблёскивала в свете люминесцентных ламп.

— Вынимайте, — Пётр Алексеевич встал за спиной врача и склонился над его плечом. — Я не хочу потерять ни одной молекулы.

— А что конкретно вы, собственно, хотите из него получить? — профессор и его молодой помощник аккуратно извлекли орган и поместили его в приготовленный контейнер с физиологическим раствором. — Откуда такая спешка?

— У нас ведь с вами договор! — воскликнул Пётр Алексеевич.

— Послушайте... — профессор выглядел сильно смущённым. — Всё-таки мы только что по вашей настоятельной просьбе... без констатации смерти мозга... Конечно, он был уже обречён... вне всяких сомнений... и это была бы пустая *формальность*, а вы утверждали, что на счету каждое мгновение, что от этого зависит, получите вы лекарство от нового заболевания, или нет. Поймите меня правильно, договоры и деньги тут не при чём... мы с коллегой стараемся сделать всё для наших пациентов. Если бы вы сказали нам, что конкретно вы ищете, мы бы тоже могли принять участие... совершенно безвозмездно… Мы готовы пойти на всё, чтобы только найти лекарство…

— Это коммерческая тайна, — грубо отрезал шеф. — Пожалуйста, не тратьте моё время, оно мне очень дорого.

Он подхватил одной рукой драгоценный контейнер и, не попрощавшись, вышел. Иштар, не найдя в себе сил обернуться, последовала за ним.

В машине Пётр Алексеевич передал контейнер ей. Иштар снова почувствовала приступ тошноты, вспомнив руки Мары Николаевны, погружающие в формалин мозг очередного кролика, отвернулась и прижалась лбом к холодному стеклу окна.

— Пётр Алексеевич…

— Что? — на этот раз он вёл «Лэнд Ровер» очень осторожно, хотя было заметно, что ему не терпится как можно скорее добраться до лаборатории.

Здания, проплывавшие за окном, были в большинстве покрыты сетью трещин, на тротуарах виднелись россыпи из кусков отвалившейся облицовки.

«Лёд расступается, и Река выходит из берегов…»

— Разве… если бы эту проблему вместе с нами разрабатывали и другие специалисты… разве это бы правда… не ускорило дело?

Метель усиливалась, и ветер с разбега глухо ударялся в металлический бок машины.

— А что, если бы они *решили* эту проблему? Что тогда, Иштар?

Из вентиляционной системы «Лэнд Ровера» струился промозглый сквозняк.

— Ведь это были бы не мы, — шеф усмехнулся. — Не мы, а кто-то другой. Разве ты не знаешь, что значение имеет лишь то, что делаешь именно ты? Если кто-то найдёт вместо меня ответ на вопрос, который задал я — какова тогда моя роль во всей этой истории?

Иштар молчала, обескураженная его словами.

— Ты веришь в вечную жизнь, Иштар? В *бессмертие*?

— Что?

— Я не имею в виду вечную жизнь души, потому что я не верю в существование души. Но если человек совершает нечто значительное, он обеспечивает себе место в вечности.

— Вы имеете в виду, в памяти других людей?

— Называй, как хочешь. Для чего писатели пишут книги, художники рисуют картины, а композиторы сочиняют музыку?

В конечном итоге только для того, чтобы продлить своё присутствие в этом мире. Искусство обещает вечность — и на алтарь этой вечности человек готов принести всё, что у него есть, потратить на это всю свою настоящую жизнь, если уж на то пошло. Люди умножают своё присутствие в мире себе подобных, создавая произведения искусства. Они чем-то похожи на фараонов, возводящих себе вечные дома.

— ...посреди пустыни, — вставила Иштар.

— Что ж, возможно, ведь всё в конце концов превращается в песок, но мы и теперь созерцаем величие фараонов, а, значит, оно сильнее пустыни. Я хочу сказать, Иштар, что научное открытие имеет ту же сущность, что и произведение искусства. Учёный стремится вписать своё имя в вечность. Это — его первая и главная задача. Всё остальное — задачи второстепенные. Именно поэтому он должен не только задавать вопросы, но и находить на них ответы — первым.

— А как же... люди? Они, в таком случае, не цель, а только средство?

«На что мне его глупая вечность? На что мне его глупое бессмертие?»

На глаза Иштар навернулись слёзы.

— А разве для них есть какая-либо разница? Ведь мы искренне хотим спасти их, верно? — голос шефа звучал удивлённо. — Что не так, Иштар? В чём ты опять сомневаешься? Мне казалось, ты приняла решение довести нашу работу до логического завершения. Или я неправильно тебя понял? Или это не ты только что присутствовала вместе со мной в операционной?

— Да, всё так... — Иштар, нахмурившись, смотрела в окно. — Я не отказываюсь. Но мне кажется, Пётр Алексеевич, что... если мы берём на себя ответственность за чью-то смерть, то она может быть оправдана только спасением множества жизней. А если речь идёт о вписывании своего имени в чью-то память, то всё это...

«Какая, впрочем, разница, что им движет? Главное, в конце концов, не мотивация, а результат...»

Иштар замолчала, но шефа это, похоже, только рассердило.

— Ну, договаривай! — приказал он не терпящим возражений тоном.

— Всё это в таком случае — ложь, — закончила Иштар и изо всех сил прижала к груди пластиковый контейнер, как будто хотела защитить его.

Шеф только пожал плечами.

— Ложь, Иштар, понятие такое же абстрактное, как истина, и исследователь не имеет права оперировать ни тем, ни другим, если речь не идёт о булевой алгебре. Ты понимаешь меня?

— Да, Пётр Алексеевич... — Иштар вздохнула. — Кажется, я наконец вас понимаю.

«Однажды бог смерти Иркалла, утомившись своим одиночеством, решил на время покинуть пределы подвластного ему пустынного края. Но не повелел он запрячь свою колесницу, а отправился пешком вдоль берега Реки, чей исток — в расселине гор Машу́, что несёт свои воды через мир живых, девять раз опоясывает преисподнюю и впадает в исходящее тлетворными миазмами болото, посреди которого высятся стены города мёртвых, что кипит и клокочет в немыслимых безднах и шумным водопадом низвергается в ледяное озеро, расположенное в нижних пределах ада. Не раз бродил Иркалла в задумчивости по неприветливым его берегам, но на этот раз решил он подняться в мир живых и вдохнуть тот воздух, которым дышат создания из плоти и крови, и полюбоваться на луну и на солнце. Выйдя на поверхность, увидел Иркалла девочку, бродившую по колено в воде у берега и ловившую сачком рыбу. Подошёл бог смерти к самому берегу и стал наблюдать, как ловко вытаскивала она из воды одну сверкающую рыбку за другой и, осторожно высвободив их из сети и хорошенько рассмотрев, отпускала обратно в воду. Заметив наблюдавшего за нею красивого юношу, девочка, поймав очередную рыбку, не стала отпускать её в воду, а взяла в руку и протянула ему. "Это — рыбка-четырёхглазка, — сказала девочка. — В каждом глазу у неё — по два зрачка: один собирает солнечный свет, другой — лунный. Она не мечет икру, но рождает живых мальков, как человек". И улыбнулся Нергал, властитель теней, и наклонился к ней, положил руки ей на плечи и хотел было поцеловать, но вовремя вспомнил, кто он. Ещё мрачнее, чем прежде, стало тогда его лицо, и, отвернувшись, побрёл он прочь, и вернулся в свой дом из чёрного камня, что возвышается в центре бесплодных земель».

4

«Мы получили его — лекарство, содержащее в себе все необходимые компоненты, — записала Иштар в дневник. —

Это оказалось несложно — как будто тело Духа Города само стремилось отдать нам всё необходимое. Пётр Алексеевич лично руководил работой биохимиков. Никогда не видела его таким сосредоточенным.

На собраниях шеф часто ставил биохимиков нам всем в пример, говоря, что они никогда не ошибаются. Они действительно всегда работали удивительно точно, как единый слаженный механизм, но, отдавая им образцы на этот раз, шеф всё же не мог сдержать своего волнения. Меня бы это порадовало, если бы я не понимала, чем вызвано это волнение.

Впрочем, беспокойство его было напрасным — пользуясь подготовленными мною и Ириной прописями, биохимики выделили, очистили все составляющие экспериментального препарата и, смешав их, получили густую янтарную жидкость. Если посмотреть сквозь неё на свет лампы, она кажется мутной, однако, если поднести пробирку к открытому окну и посмотреть в дневном свете, то в растворе появляются яркие сияющие полосы, как будто и вправду смотришь на драгоценный камень.

Из-за опасности разрушения компонентов лекарства под действием холода приходится хранить его в термостате при температуре +37,5^{0}С. По-видимому, в таких условиях оно может пребывать сколь угодно долго. Теперь осталось только испытать его, и это — самое сложное, потому что её слишком мало, этой драгоценной эссенции, и мы не представляем, сколько нам потребуется... возможно, достаточно одного микролитра, чтобы вернуть человека к жизни, а, возможно, нам придётся использовать всё без остатка и единовременно. В своих размышлениях я склоняюсь в пользу последнего, поскольку душа как предмет должна быть единой и неделимой, ведь невозможно представить себе, чтобы у человека вместо целой была только половина души или, скажем, две трети. В таком случае, если мы попробуем сперва ввести человеку небольшую дозу, весь наш эксперимент провалится, и нам придётся ждать, когда кто-нибудь ещё... нет, я не хочу даже думать об этом.

Если лекарство окажется эффективным, мы сможем получать его таким же образом, каким получают органы для трансплантаций, а именно, от больных, которых уже невозможно спасти. Единственным отличием является то, что наш... материал мы должны забирать до констатации смерти мозга, что является нарушением существующих правил. Игнорируя эту *формальность*, мы совершаем в юридическом смысле убийство, однако Пётр Алексеевич утверждает, что в столь безвыходной ситуации, сложившейся с появлением неизлечимого заболевания, не трудно будет добиться изменения существующих медицинских и этических норм.

Мы крадём у смерти лишь несколько мгновений — и всё же, для кого-то из доноров эти мгновения могли бы оказаться спасительными. Но мы не можем дожидаться необратимого бессознательного состояния донора, прекращения его самостоятельного дыхания и исчезновения всех стволовых рефлексов, поскольку в этом случае в нервной ткани уже начинают происходить посмертные изменения, сопровождающиеся разрушением необходимых нам веществ. Тем не менее, я не считаю, что изменение каких-либо норм, записанных суконным языком на бумагах, скреплённых гербовыми печатями, сможет избавить нас от нашей ответственности и от нашей вины. Если бы всё было так просто, ада бы не существовало, и *можно бы было одним росчерком пера отменить само понятие греха*.

Необъяснимо, однако, что процесс разрушения "вещества души" затормаживается или вовсе останавливается, если мы успеваем выделить его компоненты из погибающего тела и смешать их вновь вне организма. Считается, что после смерти душа покидает тело через рот или через ноздри… возможно, нашими действиями мы нарушаем естественный ход событий и запираем душу в стерильной пробирке, откуда ей уже никуда не деться. Любопытно, что бы сказал на это Пётр Алексеевич…»

Закрыв тетрадь, Иштар отправилась в душ и тщательно вымыла голову, вылив на неё все запасы шампуня, после чего, взяв ножницы и бритву, она сначала обрезала свои длинные чёрные волосы под корень, а затем тщательно обрилась наголо, последней парой движений сбрив брови.

Несмотря на сильную усталость, ночью Иштар так и не удалось уснуть, и она просто пролежала несколько часов с закрытыми глазами.

«Боги пировали среди сияющих мёртвым светом звёзд и закрученных в спирали галактик, плясали среди столбов космической пыли, двигавшихся медленно и величественно. Окутанные облаками межзвёздного газа, кружились они то поодиночке, то парами, то сливаясь все воедино, то вновь разъединяясь, и само время кружилось и вращалось вместе с ними, и не было ни прошлого, ни настоящего, ни будущего, и боги, смеясь, кричали друг другу: "Пусть для людей события их кратких жизней происходят одно за другим, ибо лишь так можно уберечь род человеческий от безумия! Пусть уделом их будет линия, ибо они несовершенны, но не сфера, ибо она совершенна, и людям в силу их несовершенства не постичь её природы! *Пусть шар катится, ибо такова природа шара*!" Они вспоминали о людях, танцуя и услаждая себя терпким вином, и временами казалось, что их размытые очертания становятся отдалённо похожими на человеческие, а на колеблющихся, постоянно изменяющихся лицах проступают человеческие черты. Но стоило взглянуть на них ещё раз — и в лицах их нельзя было найти ничего человеческого. Лишь один из богов — высокий бледный юноша, закутанный в белоснежные погребальные одежды, стоял в стороне, скрестив на груди руки и бесстрастно наблюдая за происходящим.

Когда боги уже напились так, что языки их стали заплетаться, придумали они себе забаву: по очереди нырять в тёмные воды Абсу, в пропасть Нар Маттару — так называли они бесконечный океан, омывающий их владения. Они бросались в бурлящую бездну и достигали её вязкого бездонного дна, ибо настоящего дна у бездны нет — на то она и бездна. И со дна этой бездны, которое одновременно и существует, и не существует, приносили они ил и грязь, и вскоре перед ними высилась скользкая оплывшая гора, источавшая резкий болотный запах.

"Ну что же, — сказал один из богов, чью голову венчало несколько пар изогнутых рогов. — К чему нам эти бесполезные ил и грязь? Зачем мы в порыве веселья натащили их сюда, извлекли из небытия и сложили нелепой кучей в реальности? Лучшее, что могли бы мы сделать теперь — это бросить всю эту мерзость обратно, на дно бездны, где она бы продолжала неистово бурлить, обнимать и оплодотворять самоё себя, рождая из себя смутное подобие жизни и тотчас, в слепом своём голоде, пожирая его. Но мы не можем поступить так, ибо то, что извлечено из тьмы и вынесено на свет, не может быть возвращено обратно во тьму, поскольку несёт на себе отблеск света, а потому может нарушить спокойствие и неизменность тьмы. Нам надлежит теперь умерить своё веселье и подумать, что делать с этими илом и с этой грязью дальше".

Боги расселись вокруг покрытого чёрной тиной холма и задумались. Вскоре один из них, имеющий женскую грудь, а в руках сжимающий глиняные таблички судьбы, поднял (или всё же следует сказать — *подняла*?) голову и сказал: "Пожалуй, раз уж мы принесли по глупости частицу небытия в мир, следует сотворить из неё что-то живое или подобие живого, иными словами, сделать её частью подвластного нам мира, дабы не оставалась эта частица небытия здесь чуждой и никчёмной, ибо, раз это небытие, оно не может и не должно существовать". Эта мысль всем понравилась, но, поскольку боги были разгорячены вином и плясками, они захотели пошутить, и один из них, самый бойкий, воскликнул: "Слепим же чудище, которого ещё не видел свет! Пусть у него будет женское лицо и борода во множестве завитков, пусть левая его грудь будет женской, а правая — мужской! Так будет оно схоже с богами, природа которых — в единстве!" И все захохотали, и принялись сообща лепить из ила и грязи голову невиданного чудища, пока один из богов не отвлёкся и не сказал: "Слишком уж похоже на нас это нелепое творение, так пусть же у него будут львиное тело и бычьи ноги, на спине же пусть у него будут крылья, покрытые чёрными перьями!" И снова засмеялись боги, и вылепили львиное тело чудовища, снабжённое бычьими ногами и крыльями, покрытыми чёрными перьями, а кто-то ещё приделал к аляповатому туловищу длинный змеиный хвост. Когда же изваяние было готово, боги расступились, взирая на своё творение с ужасом, так страшна была кривая ухмылка чудовища, так отвратительны были острые львиные клыки, приподнимавшие его нежные девичьи губы.

"Что же, осталось наполнить жилы нашего создания кровью, чтобы оно обрело душу", — произнёс некто среди воцарившейся тишины и неподвижности, но не сразу ему ответили, а, когда ответ всё-таки был дан, звучал он так: "Разве ты не видишь, что у нас получилось? Верна старая истина — не следует приниматься за дело, когда в голове гуляет хмель. Нет, не дадим чудовищу крови, ибо слишком страшно оно и нелепо, и душа его озлобится, и кровь в его жилах почернеет от ненависти. Наполним лучше его жилы ветром, и пусть оно живёт, но жизнь эта будет эфемерной и обманной, и никогда не станет настоящей, то есть жизнью в полном смысле этого слова — имея твёрдую плоть, будет это создание вечным призраком, обитающем на границе мира и небытия. Насильно вырванное из небытия, не сможет оно вернуться обратно, но и частью мира оно не станет — вы сами видите, что оно слишком ужасно и отвратительно, чтобы по-настоящему существовать". И все согласились, и отворили на шее чудовища жилы, чтобы ветер наполнил их.

Чудовище открыло глаза из чёрного оникса и посмотрело на своих создателей, и во взгляде его были только дикость и ярость, и беспросветная тоска. Оно взглянуло своими всевидящими очами в мир живых, взглянуло на птиц, зверей и морских рыб, и на людей. Внимательно вглядывалось оно в каждое создание, а затем обратило свой взор в бездну океана Абсу, и увидело в ней своё отражение, и до него дошла вся нелепость и уродство собственного облика. Чудовище повернуло своё прекрасное женское лицо к богам, разомкнуло губы и сказало: "Вы слепили меня из ила и грязи, придав мне облик, ни с кем не схожий. Так сделайте же из остатков ила для меня брата, слепите мне сестру из жидкой земли, что скрыта водой вечного океана! Вот всё, о чём я хочу вас попросить — вот моя единственная просьба!" И боги, посовещавшись, сделали, как просило чудовище, и слепили для него из остатков ила и грязи брата и сестру-близнеца.

И вот уже два чудовища, одинаковые и наружностью, и внутренним своим содержанием, стояли перед богами, упираясь раздвоенными копытами в твердь. "Сотворить-то вы нас сотворили, — сказали они хором, разомкнув свои красивые губы, за которыми скрывались ряды острых и хищных зубов. — Но в жилах наших гуляет ветер, и оттого наша жизнь — эфемерна, и, как убоги мы перед остальными вашими творениями внешне, так же убоги мы и внутренне! Дайте же нам крови, наполните наши тела кровью, чтобы не чувствовали мы себя ущербными перед всеми остальными вашими созданиями — перед людьми, зверями, птицами и морскими рыбами!" Но боги в ответ лишь качали головами, ибо не могли они исполнить требование чудовищ и изгнать из их жил ветер, явившийся из пустоты и сам бывший пустотою. И тогда закричали нелепые твари: "Что ж, не хотите вы удовлетворить нашей просьбы?! Думаете, жестокие, это слишком много для нас, и довольно с нас той эфемерной и зыбкой жизни, которой вы нас наделили?! Так мы сами заберём то, что нам причитается!" С этими словами они поднялись на дыбы и бросились на богов, и схватили одного из них и в один миг удушили и растерзали, а, разорвав его на части, отделив его голову, руки и ноги от туловища, принялись жадно лакать его кровь, тщась наполнить ею свои жилы и обрести таким образом душу.

Боги страшно перепугались, поняв, что чудовища не успокоятся, пока не выпьют всю кровь, какую найдут в мире, но и тогда не обретут они души и не станут подобны другим созданиям, и всегда будет бесплодной и пустой их дикая ярость, и всегда они будут желать, но никогда не получат желаемого. И тогда боги схватили обоих и связали их, и водрузили на их развевающиеся непокорные волосы волшебные головные уборы, сковавшие их волю, сдерживающие их голод и жажду. Когда это было сделано, боги освободили их от пут, потому как теперь порождения бездны были смирны и только злобно сверкали своими ониксовыми глазами да разевали рты и высовывали длинные раздвоенные языки, алые от выпитой крови.

"Отныне будете вы называться Шеду, или сфинксами, удушающими и алчущими крови, — сказал бог, чья голова была увенчана множеством рогов. — И будете вы поставлены у врат вечности, не принадлежа вечности, и будете сторожить истину, не зная истины!"

Все выразили своё согласие с таким решением, однако один из богов — тот, что стоял в стороне, закутанный в погребальные одежды, сжалился над сфинксами и добавил: "Да, вы будете вечно алкать крови и не получать её, и будете задавать приходящим к вратам вечности вопросы, не зная ответов, но в час падения мира, в час, когда Река выйдет из своих берегов и выплеснется на гранитные камни, оцепенение спадёт с ваших членов, и они вновь станут гибкими, и тогда вы подниметесь и будете вольны пить кровь и наслаждаться её вкусом, и, пусть вы не получите души, желание ваше будет отчасти исполнено, и страсть ваша будет частично удовлетворена!"»

***

Когда Иштар вышла из маршрутки, ещё не рассвело. Лес, укутанный снегом и погружённый в утренние сумерки, казался мёртвым. Иштар приложила ладонь к стволу дерева. Кора была обжигающе холодной. Присмотревшись, Иштар заметила, что всё дерево покрыто тонким слоем льда, который не растаял от её прикосновения.

— Как это странно...

Облачко пара, вырвавшееся из её рта, мгновенно превратилось в россыпь крохотных белых кристалликов, застывших на ледяном дереве.

Она поймала себя на мысли, что впервые ей не хочется даже смотреть в сторону лабораторного комплекса.

Ветер злобно завывал где-то высоко в небе.

Иштар провела пальцем по сбритым бровям.

«Надо, Иштар, обратной дороги у тебя нет».

— ...если вы не поможете, мой ребёнок погибнет, — открыв дверь кабинета, Иштар услышала обрывок фразы, произнесённой женским голосом, в котором вибрировали с трудом сдерживаемые слёзы.

Напротив Петра Алексеевича сидела высокая рыжеволосая женщина с поразительно симметричным, как будто застывшим лицом.

— Привет, Иштар, — не отрывая внимательного взгляда от женщины, бросил шеф.

Женщина даже не шелохнулась.

— Он умирает. Помогите, — когда она говорила, её бледные губы почти не шевелились. — Помогите. Мой ребёнок болен. Врачи говорят, ему нельзя помочь. У меня надежда только на вас. Я знаю, вы разрабатываете новые препараты, я читала ваше интервью в журнале. «Мы заботимся о людях!» Ведь это ваши слова! Вы... вы *должны* помочь мне.

Ладони женщины, до того покоившиеся на её коленях, сжались в кулаки — не судорожно, не мгновенно, как бывает это в моменты сильного волнения, но медленно, как-то бессильно, словно женщина просто понимала — произнося слово «должны», ей следует сжать кулаки; так это слово произведёт больший эффект.

— С чего вы взяли, что мы работаем над лекарством от этой болезни? — холодно поинтересовался шеф.

— Не может быть, — голос женщины оставался ровным, но слышно было, что она заставляет себя произносить слова через силу. — Этого просто не может быть. Вы руководите одной из ведущих биотехнологических компаний в мире... вы не могли проигнорировать эпидемию таких масштабов. Я не врач и не биолог, но я способна ещё мыслить логически.

— И всё же, — Пётр Алексеевич снисходительно улыбнулся. — Мы занимаемся другими вещами.

Женщина низко опустила голову, так что её огненные волосы, упав на лицо, скрыли его выражение. Иштар подумала, что выражение это, должно быть, вовсе не подходит лицу живого человека, так что лучше его и не видеть.

— Значит, не хотите помочь... А знаете, что я вам скажу? Я бы хотела броситься сейчас на вас и задушить — да, честное слово, задушить вот этими самыми руками, — она как будто умоляюще протянула к нему руки (Иштар заметила, что ногти у этой элегантной женщины были обгрызены до крови). — Но у меня нет сил. Я видела слишком многих, подобных вам. Мне не известны ваши цели и ваши пути, но вы не идёте путём жизни, это я знаю точно.

Не дожидаясь ответа, она медленно поднялась с кресла, подхватила сумочку, и, не попрощавшись, нетвёрдыми шагами пересекла кабинет. Когда она прошла мимо Иштар, та ощутила слабый сквозняк.

— Иштар, привет, — повторил Пётр Алексеевич, взглянув на Иштар и сделав вид, что не замечает изменений в её облике. На лице его появилась обычная доброжелательная улыбка.

— Извини, мы заняли твоё место. У тебя, наверное, сегодня много работы?

— Да... то есть нет, — Иштар сглотнула, пытаясь избавиться от противного липкого комка, возникшего в горле. — Я сейчас...

Повинуясь какому-то безотчётному порыву, она развернулась и, стараясь не выдать себя излишней торопливостью, вышла. Едва за ней закрылась дверь, и начальник уже не мог её видеть, она бросилась бегом по коридору, надеясь догнать ушедшую женщину. По пути Иштар случайно толкнула Настю — та выронила из рук поднос, на котором несла реактивы; разноцветные пробирки и бутылочки, весело позвякивая, раскатились по полу.

— Чтоб ты провалилась! — воскликнула Настя, но Иштар её даже не услышала.

Выбежав на улицу, Иштар увидела, что женщина уже сидит в маленькой серебристо-белой, почти сливавшейся со снегом машине.

— Подождите! — с порога крикнула Иштар и замахала руками. — Пожалуйста, не уезжайте!

Подбежав к машине, она постучала в окно костяшками пальцев.

Женщина опустила стекло.

— Зачем вы бежали? Я бы вышла из машины... Я что-то забыла?

— Нет. Нет, я просто... вы бы не могли оставить мне свои координаты? — Иштар с трудом перевела дух и увидела, что женщина уже протягивает ей визитку.

— Не стойте на морозе. Холод может убить.

Иштар посмотрела ей в глаза. Радужная оболочка вокруг зрачков была огненно-рыжей.

— Он очень холодный. И с каждым днём — всё холоднее, — прошептала женщина, едва шевеля бескровными губами.

— Да... я знаю, — Иштар кивнула. — Я обязательно вам позвоню.

— Спасибо вам. Большое вам спасибо.

Стекло поднялось, и машина, урча двигателем, заскрипела колёсами по плотному снегу. Иштар сунула визитку в карман джинсов и медленно побрела к дверям лабораторного комплекса.

«Она бы хотела броситься на Петра Алексеевича и задушить его собственными руками...»

Иштар попыталась представить, как эта хрупкая женщина пытается задушить Петра Алексеевича, который в сравнении с ней выглядел почти великаном, но перед глазами её возник образ падающей, разбивающейся вдребезги от удара об лёд глиняной куклы. Когда она вернулась в кабинет, шеф была занят чтением документов и не обратил на неё внимания. Иштар села за свой стол. Мысли о нежданной посетительнице не оставляли её.

«Если бы благодаря нашему лекарству её сын вернулся, то Дух Города погиб бы не напрасно. Мы копаемся в составе препарата, но, пока мы не испытаем его, мы не поймём, эффективен ли он. Мы бы могли помочь...»

— Пётр Алексеевич, — тихо проговорила Иштар, не оборачиваясь. — Зачем вы отказали этой женщине?

— Зачем? — Иштар услышала, как начальник отложил документы в сторону и повернулся в кресле. — В каком смысле «зачем»?

— Я хочу знать... Ведь нам же нужен пациент, на котором мы могли бы испытать действие полученного лекарства! Ведь это — наш шанс испытать лекарство и помочь...

— Но это ребёнок, Иштар. Мы выделили искомую *субстанцию* — давай называть её так, ведь пока мы не знаем, является ли она вообще лекарством и сможет ли помочь в коррекции состояния пациентов, — так вот, мы выделили её из организма *взрослого* человека. Мы и так не представляем, с чего начать её испытание, а ребёнок ещё больше всё усложняет. У ребёнка развитие болезни может протекать по совершенно иным механизмам, нежели у взрослого, ребёнок, в конце концов, не сможет чётко описать свои ощущения, а нам это очень нужно, иначе мы можем пойти в дальнейшей работе неверным путём. И у нас — всего *один* образец препарата. Понимаешь?

Если мы рискнём им и станем испытывать на ребёнке, наши шансы на успех сократятся в разы. К тому же, прежде чем кого-то «лечить», мы должны испытать полученное вещество на культурах клеток, на животных, провести все необходимые доклинические испытания — в противном случае мы не можем рассчитывать на признание нашей работы и на успех нашего дела. Ты говоришь, я солгал, но в действительности я поступил единственно верным в данной ситуации образом.

— Она ведь мать, — снова перебила Иштар. — И она потеряет своё дитя, если мы ей не поможем. Ведь шанс есть, пусть он действительно невелик, и пусть он меньше, чем если бы у нас был взрослый пациент.

— Свои сочувствие и жалость, пожалуйста, оставь при себе. Мы говорим о деле. Исследователь не имеет права поддаваться чувствам. Я удивляюсь тебе, Иштар. Стоило тебе увидеть какую-то истеричную женщину, как ты готова уже рискнуть результатами нашей работы.

— Я… — Иштар растерялась.

— Да, ты! — он повысил голос. — Ты что же, думаешь, каждая мать любит своё дитя? Что вообще с того, что она его родила? И сколько матерей калечат своих детей, прикрывая любовью свой страх перед смертью, сколько из них рожает детей лишь для того, чтобы продлить своё *собственное* существование? Ни на что другое они не годны! Потеряет одного, родит другого — это биология, Иштар! Ты не задумывалась над этим? А мне это, кстати, странно… я никогда не слышал о твоей матери. Ты уверена, например, что она тебя любит?

— Моя мать мертва, — резко ответила Иштар.

— Вот как? И как же это произошло?

— Она убила себя, — процедила Иштар сквозь зубы, хотя всё в ней сопротивлялось этому признанию. — Выбросилась из окна, когда мне было пять лет.

— Когда тебе было всего пять? — шеф сощурился. — И ты считаешь, она любила тебя? Считаешь, она была достойна сострадания? Она даже не подумала, что будет с тобой, не сделала ничего, чтобы защитить тебя от опасностей этого мира. И ты будешь говорить, что каждая мать заслуживает сострадания? Всё это глупо. Ты отвлекаешь меня этими глупостями и отвлекаешься сама. Советую тебе вернуться к работе.

Пётр Алексеевич отвернулся и демонстративно подвинул к себе клавиатуру компьютера.

Иштар поднялась с кресла.

— Ты куда собралась? — поинтересовался шеф.

— Я… лучше уеду сегодня. Голова болит.

— Слушай, Иштар, — он повернулся к ней и смерил её с головы до ног ледяным взглядом. — Знаешь, что? Я считаю, ты чересчур утомляешься. Тебе не следует больше работать по ночам. Я сделаю распоряжение, чтобы после окончания рабочего дня твой пропуск в лабораторный комплекс блокировался. И, пока ты не свыклась со своим новым качеством, которое ты, Иштар, приобрела, решив участвовать в завершающей фазе нашего проекта, я не позволю тебе работать с субстанцией без моего присмотра. На практике это означает, что твой пропуск в биохимическую лабораторию также будет заблокирован.

С этими словами Пётр Алексеевич поднялся, взял со стола мобильный телефон и вышел из кабинета.

Иштар постояла немного, ожидая, когда смолкнут его шаги.

«Быть может, мне следует бросить науку, заняться акробатикой и научиться ходить на руках — вниз головой — чтобы увидеть мир таким, каков он на самом деле?»

Она вышла из комплекса, прошла, не обращая ни на что внимания, через лес и, выйдя на остановку, села в подъехавшую маршрутку — такую грязную, что невозможно было определить её настоящий цвет.

«Шеф прав. Исследователь должен быть выше сострадания и жалости, потому что поступки людей — казалось бы, близких и родных нам людей, нередко поражают нас своим эгоизмом и жестокостью, хотя чаще всего — своей нелепостью и непоследовательностью, но мы не задумываемся над этим, мы оправдываем их лишь на том основании, что связаны с этими людьми кровными узами. Но кровные узы ничего не значат. Значение имеет лишь логика, рассуждение, постановка цели и задач исследования, последовательное решение этих задач, получение результатов, их интерпретация и формулировка выводов. Вот что имеет значение, а вовсе не кровные узы, ибо наши близкие, с точки зрения науки, ничем не отличаются от наших далёких — они точно такие же, и они могут поступать хорошо или плохо, просто потому, что они — люди, и нельзя, забыв о своём долге, бросаться помогать человеку лишь на том основании, что этот человек — мать умирающего ребёнка. Своим решением отдать себя науке, встать, если потребуется, по ту сторону морали и этики, человек разрывает все свои кровные узы, и чувство сострадания становится для него *непростительным*».

Выйдя из маршрутки, Иштар торопливо зашагала к метро. Воздух был таким холодным, что даже она ощущала, как мёрзнут лицо и руки. Шрам над переносицей напоминал о себе колющей болью.

«Но всё же… я могу помочь…»

Иштар достала мобильный телефон и набрала номер Иры.

«Абонент недоступен», — равнодушно сообщил электронный оператор.

***

Ночью Иштар несколько раз просыпалась, в полудрёме смотрела на часы и вновь в изнеможении роняла голову на измятую подушку.

«Когда богиню Иштар одолел тяжёлый недуг, солнце-Шамаш перестало выезжать поутру на своей огненной колеснице из медных ворот, что стоят между горами-близнецами Машу́ на востоке, и земля погрузилась в сумерки, и не слышно было более смеха, а только плач и стенанье. Всё перепробовала богиня, но ни одно средство не помогало ей, и тогда позвала она величайшего героя, Гильгамеша, всё видавшего, познавшего все моря, перешедшего все горы, постигшего премудрость, всё проницавшего, и повелела ему спуститься на дно океана Абсу и сорвать волшебный цветок, что поднимается из зыбкого ила.

"Сорвёшь ты тот цветок, и длинные шипы его ранят твою руку, но если принесёшь его мне, покинет моё тело злая болезнь, и снова солнце выйдет из врат между горами Машу́, и вновь веселье и радость воцарятся в мире людей, и в награду за то будешь ты бессмертен и вечно молод".

Кивнул Гильгамеш, понимая, что посылает его богиня на верную смерть, но делать было нечего, и отправился он к колодцу, что ведёт из мира людей в пучины Абсу, и отвалил тяжёлый камень, придавивший крышку, и открыл крышку колодца, а затем крепко-накрепко привязал верёвкой камни к своим ногам, чтобы утянули они его в мрачную пучину.

Достигнув самого дна, сорвал герой волшебный цветок, и шипы вонзились в его руку, и кровь Гильгамеша смешалась с тёмными водами Абсу. Но Гильгамеш не отпустил цветка, а отвязал от ног камни, и волны вынесли его на берег, усыпанный пёстрой галькой. И тогда отправился герой к богине, и, преклонив перед ней колени, отдал ей цветок, но, едва Иштар коснулась его, как превратился стебель цветка в извивающееся змеиное тело, покрытое ядовитой чешуёй, а сам цветок — в голову змеи с разверстой пастью, красной, как его лепестки.

Отшатнулась Иштар, но уже было поздно — змея бросилась на неё и сжала в своих тугих кольцах тело богини, и вонзила зубы в её шею...»

Иштар проснулась, медленно сползла с кровати и, не включая света, направилась в ванную, где долго сидела на корточках под горячими струями душа, обхватив обритую голову руками.

По своему обыкновению Иштар приехала на работу заранее, однако Пётр Алексеевич в точности выполнил свою угрозу — пропуск перестал действовать, и ей пришлось почти час простоять на морозе до начала рабочего дня. Про себя Иштар отметила, что Ира так и не пришла и, зайдя в комплекс, тотчас набрала её номер на мобильном.

— Да, Иштар? — взволнованный голос Иры пробивался сквозь уличный шум.

— Ира! Ты где?!

— Тут чёрт знает что творится, Иштар! Боюсь, я сегодня до работы не доеду!

— Мне надо с тобой встретиться и поговорить! Это очень срочно!

— Да не могу я, говорю же! Тут вся улица провалилась! Несколько домов ушло под землю! Огромная дыра! Весь транспорт стоит!

Ира отключилась.

Дойдя до компьютера, Иштар торопливо написала Ире, вкратце изложив историю визита рыжеволосой женщины к Петру Алексеевичу. Закончив с письмом, она перезвонила коллеге.

— Ну, что ещё? — Ирин голос звучал мрачно. — Я домой вернулась. Еле успела. Вот только теперь думаю — за каким чёртом... У меня прямо перед домом тоже земля провалилась.

— Я написала тебе письмо, — перебила Иштар.

— А я не смогу прочесть, — ещё более хмуро отозвалась Ира. — Все коммуникации оборваны. Ни воды, ни интернета. Вообще ничего.

Иштар до боли в пальцах сжала телефон.

«Именно теперь... как будто сам Город ополчился против меня...»

— Ты бы видела эту яму! — в Ирином голосе послышались нотки восхищения. — Ты бы её видела! Метров десять, наверное, в диаметре, и всё растёт! И начинается от самой стены — её уже не обойти никак.

— Вот оно что...

— А на дне кипит чёрная жижа! — воскликнула Ира. — А вонь какая! Невыносимая! Я живу на девятом этаже, но и досюда достаёт. Как будто там сдохло что-то огромное и гниёт!

— Ясно, — Иштар вздохнула. — Выбирайся оттуда поскорее. Ты мне правда очень нужна. Лекарство...

— Я же говорила, что я в этом больше не участвую, — Ира насторожилась.

В телефоне послышался отдалённый треск.

— Ну вот, ещё провалилось!

— Ира... — Иштар говорила медленно, стараясь как можно точнее подобрать слова. — Мне без тебя правда не справиться. Я не могу обсуждать это по телефону. Прочитай моё письмо, как только доберёшься до сети.

— Ладно, — помедлив, отозвалась Ира. — До скорого. Если, конечно, весь мой дом не провалится в преисподнюю.

Попрощавшись, Иштар нехотя занялась исполнением своих рутинных обязанностей, однако все мысли её были лишь о недоступном теперь янтарном растворе, хранящемся в термостате в биохимической лаборатории, и о ребёнке, для которого каждый день промедления означал потерю и без того эфемерных шансов на спасение.

Вернувшись домой, Иштар практически тотчас легла спать.

«Минута, отмеренная обычными часами, непостижимым образом может соответствовать нескольким часам или даже дням, прожитым во сне. По всей видимости, события, прожитые нами во сне, случаются в промежутках *между* физическими минутами. Никто же никогда не измерял величину этих промежутков. Может, туда можно впихнуть целый год или, например, целую эпоху, минувшую незаметно для нас в какой-то из бесконечного множества параллельных вселенных. Но если... если может быть наоборот, и с помощью сна можно сжать до минут недели и годы...»

— Это было... в какой-то книге, — прошептала Иштар, медленно проваливаясь в темноту.

«Эрешкигаль — чёрная, словно облитая смолой, покрытая, как нарывами, тысячами никогда не спящих глаз, всевидящая хозяйка земли, откуда никогда не возвращаются, одетая в грязные лохмотья, с нечёсаными, растрёпанными волосами, сидит, широко расставив ноги, на ступенях храма Иркаллы, бога смерти. Богиню окружают семь судей мёртвых — безносых и безглазых, с длинными, вывалившимися из постоянно открытых пастей языками. Перед ней стоит нагая женщина с ослепительно белой кожей.

— Зачем ты явилась ко мне, младшая сестра? Или тебе мало дела на земле? Или ты хочешь властвовать вместе со мною над этим горемычьем? Или ты хочешь отнять у меня то немногое, чем я владею? Отвечай мне без промедления, что привело тебя ко мне в землю забвения, в край, где не слышно смеха и музыки, где лишь горестные стоны да плач нарушают тишину?

Ничего не отвечает Иштар, только низко склоняет голову, так что длинные чёрные волосы, спутавшиеся и похожие оттого на патлы её старшей сестры, закрывают её лицо.

— Ну, что молчишь?! Или страж врат Нети от излишнего усердия вырвал твой язык? Или ты боишься меня — той, что давно уже позабыла солнечный свет?! А ведь тебе стоит бояться и страшиться, у тебя есть повод опускать взгляд, младшая моя сестра! Помнишь ли ты, как гуляли мы с тобою вместе по полям, заросшим дикими травами и цветами, как беззаботно смеялись и пели, держась за руки? Тогда и моя кожа была белее облаков, а рыжие мои волосы лежали тяжёлыми кольцами на моих плечах. Тогда и моя улыбка заставляла трепетать сердца юношей от страсти, а женские сердца сжиматься от зависти. Помнишь ли ты, какой была я, Иштар? Руки мои и ноги были украшены золотыми браслетами, которые чудно звенели, когда я танцевала, и старшие боги приходили насладиться моим танцем и послушать дивную музыку. О, я была во сто крат краше тебя, Иштар, ибо никогда твоя кожа не была по-настоящему белой, а только бледной, как лицо ночной распутницы — луны, и волосы твои никогда не вились кольцами, как у меня, — нет, они всегда были гладкими и чёрными, как сама ночь, и глаза твои в сравнении с моими глядели тускло и сумрачно. И танцевала ты, признаться, хуже меня, да и пела не слишком уж складно! Но никогда не случалось между нами ссор, и никогда не показывала я тебе своего превосходства, и не крала я у тебя возлюбленных, хотя не было к тому никаких препятствий! Так ли это, младшая моя сестра? Была ли я всегда добра к тебе, всегда ли говорила я с тобой на равных, не ущемляла ли я тебя в чём-либо?

— Всё так, — тихо ответствует нагая женщина, стоящая на ступенях храма бога смерти. — Ты всегда была ко мне добра, всегда говорила со мной на равных и никогда ни в чём не ущемляла меня.

— А вот я расскажу тебе ещё, — усмехается Эрешкигаль, кривя свои растрескавшиеся губы. — Припоминаешь ли ты, как упала ты однажды в Реку, как подхватило тебя течение и понесло к земле, откуда никогда не возвращаются? Ты кричала и звала на помощь, и разве я, твоя старшая сестра, отвернулась от тебя? Разве не побежала я вдоль берега, разве не протянула я тебе руку, разве не вытащила я тебя из бурлящих кровавых вод? А припоминаешь ли ты, как вслед за тобой из реки поднялась огромная змея, как обвила она твои ноги и твоё тело и потащила тебя обратно, как боролась я со змеёй и как победила, сунув в её зловонную пасть один за другим все мои магические амулеты? И лишь после того, как сорвала я с себя последний из талисманов, охранявших меня от бед и напастей, страшная тварь отпустила тебя и упала бездыханной, но сил её всё же хватило на то, чтобы уползти обратно в реку и скрыться в глубине, так что не могла я уже вернуть того, что мне принадлежало. Верно ли я рассказываю, сестрица?

— Ты говоришь верно, — отвечает Иштар.

— Так продолжать ли мне свой рассказ, — хмурится Эрешкигаль. — Говорить ли мне, отчего тебе следует бояться и страшиться меня? Помнишь ли ты, сестра моя, как пошли мы на следующий день после твоего падения в Реку гулять в поле, заросшее дикими травами и цветами? Помнишь ли ты, как некто окликнул нас приятным голосом, и обе мы обернулись, и увидели прекрасного юношу, шедшего за нами следом? Он был высок и строен и красив, хоть лицо его и было мрачно, и губы, пожалуй, были у него слишком уж тонкие, а потому рот его не звал к жарким поцелуям, а располагал скорее к сухой и рассудительной беседе, и брови его были уж слишком хмуро сдвинуты, и глаза его смотрели не то чтобы очень уж приветливо, и в зрачках его притаилась густая беззвёздная ночь вместо светлого дня. И был он облачён в белые траурные одежды, развевавшиеся на ветру, и на безымянном пальце левой руки его тускло сиял перстень с чёрным ониксом.

"Кто ты?" — одновременно спросили мы его, ибо, хоть и знали, кто перед нами, всё же хотели услышать не то, чего ожидали. "Не бойтесь меня, сёстры мои, — отвечал он нам. — И не спрашивайте, кто я, ведь вам не хуже меня самого известно, кто я и откуда, а потому не вынуждайте меня называть своё имя". "Нет, прекрасный юноша, назови всё же нам своё имя, — сказала я. — Одно дело — подозревать или быть почти уверенными в чём-либо, и совсем иное — знать нечто наверняка. Пока человек не уверен, остаются у него ещё сомнения и надежды, а богам не пристало сомневаться и надеяться. А потому, повторю я тебе снова, назови своё имя, и избавь нас от бессмысленных сомнений и бессмысленных надежд, ибо неназванное всегда остаётся в какой-то мере тайной, произнесённое же тайной являться никак не может. Если бы было иначе, всеведущие боги были бы немы, ибо какой смысл говорить, если и так всё известно? Но ты не хуже нас знаешь, прекрасный юноша, одновременно знакомый и незнакомый нам, что обойдённое молчанием может быть изменено, ибо, будучи ещё не облечённым в слова, сохраняет некоторую незавершённость формы, если же оно названо, то природа его уже раз и навсегда определена и неизменна. Не называя нам своего имени, ты можешь, юноша, в любой момент стать по своему желанию кем угодно, однако, представившись, ты уж будешь вынужден оставаться тем, кем станешь и будешь являться в действительности. Ибо для богов верно то, что произнесённое ими слово и есть — истина". "Ты умна, сестра моя Эрешкигаль, и проницательна. Но если ты подозреваешь и знаешь, кто я, не назовёшь ли сама моё имя?" — спросил тогда юноша, и губы его скривились в грустной усмешке, и показались за ними острые, как у дикого зверя, зубы.

"Нет, незнакомец, не станем мы называть твоё имя, — сказала ему ты, Иштар. — Ибо назвать чьё-либо имя значит то же, что и позвать его, а позвать кого-либо означает то же, что и призвать. Если же ты — тот, кого мы в тебе подозреваем, то безрассудно и опрометчиво было бы нам называть и призывать тебя. Мы не станем называть твоего имени, пока ты сам не назовёшь его и не избавишь нас от сомнений и надежд". "Ну что же, я вижу, мне с вами не сладить! — воскликнул он. — Так знайте же наверняка, что зовут меня Эн-Уру-Гал, ибо я — хозяин большой земли, той земли, откуда нет возврата. И называют меня в разных городах Иркаллой и Нергалом, и приносят мне обильные жертвы в надежде отвратить от себя мою руку, сеющую чуму и мор". Вот что ответил прекрасный юноша, встреченный нами на лугу. Помнишь ли ты это, сестрица моя Иштар?

— И это я хорошо помню, — отвечает Иштар.

— Ну что же, — говорит Эрешкигаль, и глаза её сверкают от ярости. — Хорошо, если так. И ты сказала тогда ему, незваному, но явившемуся, бесстрашно глядя в его лицо, смотреть на которое опасались даже старшие боги: "Что же, могущественный брат наш Иркалла, мы с сестрой благодарим тебя за то, что ты назвал нам своё имя, однако есть у нас к тебе ещё один вопрос, не менее важный — ответишь ли ты на него?" "Спрашивай, дочь рогатого Ану, — сказал без колебаний Иркалла. — Спрашивай, и я тебе отвечу, ибо в моей власти читать мысли людей и богов, и мне известно, какой ты хочешь задать мне вопрос, однако же проговори слова, готовые сорваться с твоего языка, ибо, хоть мне и нет дела до истины, мне приятно услышать лишний раз твой голос и посмотреть в твои глаза". И ты сказала: "Ответь, для чего ты явился к нам, великий Иркалла, дух тьмы и властитель теней? Для чего ты преследуешь нас, ведь мы не принадлежим твоему миру?" И ответил Иркалла: "Да, увы мне, я — дух тьмы и властитель теней, и мне подчиняются судьи мёртвых и шестьдесят демонов болезней. Я царю над всем, что скрыто от света, я разжигаю в людях ярость, я делаю сердца их жестокими и безжалостными! Повинуясь моему слову, брат идёт войной против брата, сын поднимает руку на отца, мать душит собственное дитя и закапывает его в землю. Хозяин судьбы Намтар служит мне, и слепые боги безумия и злобы преклоняют предо мной колени. Владения мои безграничны, как безгранична сама смерть, и могуществу моему нет предела. Всё это так, сёстры мои, но и мне не уберечься от тоски и печали, и я иной раз склоняю в тяжёлых раздумьях голову, охваченный грустью, и кусаю до крови губы от горечи, терзающей моё сердце. Потому я пришёл к вам — дабы одна из вас согласилась развеять мою тоску и печаль". Так говорил нам Иркалла, и, пока он говорил, увяли и почернели дикие цветы и травы, высохла, пожелтела и растрескалась земля, и стал наш любимый луг безжизненной пустыней.

"Ты умён, брат наш, и выражаешься уж больно мудрёно и туманно, — сказала я Нергалу. — Ответь толком, для чего ты явился к нам! Ты говоришь о тоске и печали, гложущей тебя, но не называешь причины этой странной тоски — в высшей степени странной, поскольку не пристало тебе, могущественнейшему из властителей, предаваться унынию! Уверяю тебя, каждая из нас с радостью бы помогла тебе, однако, не зная причины твоего недуга, разве можем мы его облегчить? Нет, Иркалла, если уж ты вздумал загадывать нам загадки, возвращайся лучше в своё сумрачное царство и не смущай своих сестёр безумными разговорами!" И тогда исказилось лицо бога смерти, и сложил он руки на груди, подобно мертвецу, закутанному в погребальные пелена, и в голосе его клокотала ярость, когда он отвечал мне: "Что же, ты уверяешь, прекрасная Эрешкигаль, будто не понимаешь причины моей тоски! Должно быть, ты смеёшься надо мною, сестра моя, что весьма неосмотрительно после того, как ты погубила одно из моих созданий и верных слуг — змею, жившую в кровавой реке! Разве не знала ты, под чьим покровительством была та змея, разве не ведала ты, кому она служила, чьи приказы исполняла? Разве не думала ты о том, что своим безрассудным поведением навлечёшь на себя мой гнев? Но сейчас ты поступаешь вдвойне неосмотрительно, ибо передо мной ты беззащитна, а всё же решаешься задавать мне опрометчивые вопросы! Так знай же, что причина моей тоски, причина того, что вот уже на протяжении многих вечностей кусаю я свои губы до крови и мучаюсь бессонницей, причина того, что сердце моё непрестанно болит — в одиночестве. Да, я, могущественнейший из богов, одинок в своём царстве, и тяжко мне пребывать с начала времён заключённым в чёрной пирамиде, чьё острие направлено вниз, а широкое основание обращено к небесам. Когда упала Иштар в Реку, что ведёт в мои владения, кровь убыстрила бег в моих жилах, и возрадовался я, и послал свою верную змею, приказав ей обвить ноги и тело божественной сестры моей, ослабевшей в ядовитых водах, и принести её мне, дабы стала она моей женой и утешила меня в печали. Но тут вмешалась ты, Эрешкигаль, и убила змею, и спасла Иштар, отняв у меня надежду на избавление от одиночества. Несправедливым был твой поступок, ибо ты отняла у меня радость, которой я так долго жаждал!" Так ли я рассказываю, Иштар?

— Всё так, — отвечает Иштар, закрывая лицо своё ладонями в великой печали.

— Сердит был брат наш Иркалла, и стояли мы перед ним, опустив глаза, как сейчас ты стоишь передо мною. Он шагнул к нам, и почувствовали мы холод его дыхания, и содрогнулись, а он между тем продолжал: "Могу ли я ждать и надеяться, что сестра моя Иштар вновь по неосторожности оступится и упадёт в Реку, и не будет рядом с нею тех, кто сможет её спасти? Спасённый однажды спасён навеки, а потому не возьму я в жёны сестру мою Иштар, которой желал, но возьму я тебя, Эрешкигаль — за то возьму, что ты посмела воспротивиться моей воле! Ты рассеешь мою тоску и утолишь мою печаль не хуже Иштар!" Сказав это, протянул Иркалла левую руку, на которой тускло сияло кольцо с чёрным ониксом, и схватил меня за волосы, поверг меня на землю и потащил к пропасти, что разверзлась посреди поля. Помнишь ли ты это, Иштар?!

Не дождавшись ответа своей сестры, вскочила Эрешкигаль на ноги, воздела руки к тёмным небесам и закричала:

— Да, знаю я, что ты помнишь, ибо я читаю это в твоём лживом сердце! Потому что вместо того, чтобы помочь мне, вместо того, чтобы попытаться помешать Нергалу уволочь меня во мрак, ты бросилась наутёк! Тщетно я взывала к тебе, напрасно молила о помощи — ты и слышать ничего не хотела, и вскоре я потеряла тебя из виду. Иркалла же увёл меня в свои владения, и земля сомкнулась над нами. И с тех пор я — хозяйка земли Кигаль, чьё имя боятся упоминать смертные, и дыхание моё пахнет не нектаром, но тленом. Ничего не осталось от моей красоты, а нрав мой потерял свою весёлость, стал злым и сварливым. И случилось это по твоей вине, Иштар! По твоей вине вот уже многие тысячелетия брожу я неприкаянной среди горемычья, сопровождаемая своими слугами — всевозможными демонами и чудовищами, с которыми нельзя перемолвиться словом, потому как умеют они только выть да рычать, да скалить клыки и высовывать языки из своих зловонных пастей. Да и с мужем моим особенно не поговоришь — если не занят он тем, что сеет в мире смертных горе и несчастья, если не творит он какого-нибудь зла, то сидит он, погружённый в раздумья, в своём храме, устремив сумрачный взгляд на перстень из чёрного оникса. О, как ошибался он, полагая, что одиночество — причина его печали и тоски! И боги ошибаются, когда пытаются читать в собственном сердце! Напрасно думал Иркалла, что излечится от своего недуга, если я полюблю его — не может излечиться тот, кто носит ад в себе и сам является адом. Я полюбила своего мужа себе на горе, ибо не мог он полюбить меня в ответ — и самая невозможность любить и есть — причина болезни Иркаллы, могущественнейшего из богов, и причина его неизбывной тоски. И всякий, кто приблизится к нему, не излечит его, но сам — погибнет.

Ты обрекла меня на это, младшая моя сестра, ибо отвернулась от меня в миг, когда я нуждалась в твоей помощи, отвернулась, несмотря на то, что была мне обязана своим спасением, что благодаря мне избежала ты сама печальной участи! Но теперь, Иштар, справедливость будет восстановлена, ибо теперь ты стоишь передо мной нагая и беззащитная, лишённая своих магических талисманов и амулетов! Не проси меня о пощаде, не взывай к моему милосердию! Эй, Намтар, верный мой слуга, появись!

Раздаётся в недвижном воздухе шелест крыльев, и опускается на ступени храма Намтар, бог чумы и распорядитель судеб. Множество рук у Намтара, и на каждой руке — бесчисленные пальцы. Крутятся в одних руках у Намтара веретёна, и наматывает он на них нити божественных и человеческих судеб, в других руках держит Намтар глиняные таблички, на которых записывает божественные и человеческие судьбы. Раскрыта грудь Намтара, и нет в ней сердца, только чёрная клубящаяся пустота.

— Слушай меня, Намтар! — кричит Эрешкигаль, и волосы её треплет ветер преисподней. — Слушай меня и исполняй мою волю! Приказываю я тебе наслать на сестру мою Иштар шестьдесят страшных болезней, чтобы поразили они её сердце и печень, её руки и ноги, её глаза и уши! Пусть окоченеет тело этой несчастной, пусть превратится оно в бездушный труп, пусть пригвоздят её к столбу и запрут в моём дворце! Такова воля Эрешкигаль, владычицы бесплодных земель!»

Ранним утром, когда Иштар вошла в лабораторию, Ира уже была там и колдовала над пробирками.

— Я прочитала твоё письмо. Ну что, убедилась?

— В чём? — Иштар немного растерялась.

— В том, как сильно Пётр Алексеевич мечтает помочь людям, — в голосе Иры сквозило раздражение, однако при этом она продолжала с величайшей аккуратностью разливать по пробиркам питательные среды из фирменных пластиковых бутылок.

Иштар зажмурилась на мгновение и задержала дыхание, как будто собираясь совершить прыжок в ледяную воду, затем открыла глаза и быстро, боясь, что Ира остановит её на полуслове, проговорила:

— Мне нужно, чтобы ты помогла мне достать препарат из биохимической лаборатории. У меня туда больше нет доступа.

— Вот как... — Ира нахмурилась. — Я пас. Я туда не полезу.

— Ира, я тебя очень прошу... Или ты так боишься шефа?

Ира отставила пробирки и банки в сторону и в упор посмотрела на Иштар.

— Давай не будем об этом, а?

— Нет, давай будем.

— Не лезь в это, прошу тебя, — Ира снова принялась за работу, демонстрируя, что разговор окончен, а Иштар вытащила из инкубатора стопку чашек Петри, подсела к громоздкому микроскопу и, поставив на предметный столик одну из чашек, заглянула в окуляр. Клетки на пластиковом дне были похожи на крохотных фантастических животных. Над ними колыхались красные воды питательного раствора.

— Разве нас с тобой не связывает общее дело?

— Слушай, Иштар! — Ира, похоже, рассердилась. — Нас бы могло связать и нечто большее, чем просто общее дело, но тебя, похоже, человеческие отношения не слишком интересуют.

Иштар вздрогнула, услышав это, и ещё ниже склонилась над микроскопом.

— Но меня это не касается, — продолжала Ира. — Я не напрашиваюсь, тем более, что в любом случае я не стала бы рассказывать тебе о характере моих отношений с Петром Алексеевичем. И о причинах, по которым я не могу помочь тебе.

— Почему? — не удержалась Иштар.

— Потому, что узы ненависти сильнее любых других уз! — почти закричала Ира. — Потому что если бы между нами было что-то такое... что бывает... между людьми на работе... — Ира выталкивала из себя слова, как будто давясь ими. — Если бы было так, Иштар... мне было бы нетрудно тебе об этом рассказать. Здесь нет ничего удивительного, это бывает... да, бывает... это случается... впрочем, если бы здесь было нечто подобное... это бы вряд ли разбудило твоё любопытство... Это могло бы заинтересовать кого угодно, только не тебя. Ты хочешь знать, за что я ненавижу шефа — а я ведь его ненавижу и боюсь, да... если бы ты была уверена, что моя ненависть справедлива, что Пётр Алексеевич *заслуживает* её, тогда бы тебе было проще... Потому что человек, действительно *заслуживающий* ненависти, не может сделать ничего хорошего, верно? Он не может спасти умирающего — вылечить тело — ещё куда ни шло, но с душой всё обстоит сложнее, правда ведь... так, Иштар?

— Он не хочет попробовать вылечить хотя бы одного пациента... ни ребёнка, ни взрослого, хотя всем известно, что болезнь неизлечима, а потому можно использовать новые препараты, миновав эксперименты на клеточных культурах и на животных... почему он не воспользуется этой возможностью? — Иштар оторвалась от микроскопа и уставилась в воображаемую точку на белой стене. — Зачем ему... всё усложнять?

— Ты это знаешь не хуже меня, — Ира издала презрительный полусмешок-полувсхлип.

— И ты не хочешь ничего этому противопоставить! Этого не может быть! — Иштар встряхнула головой, как будто пытаясь отогнать неприятную мысль. Лёгкие её болезненно сжались, и стало трудно дышать.

— Опять ты со своим «не может быть», — передразнила Ира. — Чего ты хочешь? Спасти мальчишку? У Петра Алексеевича — другие планы и, если ты встанешь у него на пути, я тебе не позавидую. Понятно тебе? Но ты — делай что хочешь, только меня не впутывай. Но я тебе советую — отступись. Смирись с тем, что мальчику уже не помочь. Лекарство уже есть, Иштар, — голос Иры зазвучал сочувственно. — Оно поможет пациентам... просто... позже. Почему тебе так трудно с этим смириться? Пётр Алексеевич — учёный, а самая заветная мечта всякого учёного — это проникновение в скрытые от человеческого глаза тайны природы и обретение бессмертия.

— А что, мы — не учёные? — глухим голосом спросила Иштар. — Мы-то кто, по-твоему?

— Всякий человек двойственен, — Ира пожала плечами. — Человек — это он сам и то, чем он занимается. Это нормально. Оставаясь человеком, ты не перейдёшь границ дозволенного, чем бы ты не занималась. Будь ты хоть тысячу раз учёным, если перед тобой лежит умирающий, ты вызовешь скорую, а не станешь бесстрастно наблюдать за его агонией, делая заметки в блокноте. Но последнее происходит, когда двойственность теряется, и человек становится тем, чем он занимается, и только... Тогда он уже готов на всё — и от родной матери отречётся.

От этих слов у Иштар мурашки побежали по спине.

— Хочешь сказать, учёный в чистом виде — это что-то вроде сфинкса... задаёт вопрос и так жаждет получить на него ответ, что больше его ничто не трогает?

— Может быть, — Ира пожала плечами. — Если тебе обязательно нужна какая-нибудь метафора.

Иштар неотрывно смотрела в окуляр микроскопа, но перед глазами её отчётливо и ярко встала картина того, как воды Реки, бурлящие и пенящиеся, достигают раздвоенных копыт сфинксов, и те поднимаются, склоняют свои косматые головы и начинают пить.

«Сфинксы жадно лакали кровь, всё глубже погружая в неё свои прекрасные лица, которые вскоре стали алыми и страшно блестели в свете звёзд, но тут в рокоте Реки послышался им какой-то новый звук, похожий на хлопанье множества крыльев, и от этого звука ужас заструился по их пустым жилам. Они подняли головы и увидели — как будто тысячи и тысячи птиц, покрытых пепельного цвета перьями, заполонили небо, и во главе этого пернатого воинства мчался в колеснице, запряжённой чудовищами, сам бог смерти Иркалла, облачённый в развевающиеся белые одежды. Застывшее лицо его было бледно, только глаза гневно сверкали, да кривились в недоброй усмешке тонкие губы.

И сфинксы, не решаясь вернуться к своему занятию, хоть и мучила их жажда, смотрели, как колесница, описав в воздухе девять кругов, опустилась на кровавые воды, и вот уже стоял Иркалла перед ними, сжимая твёрдой рукой поводья и принуждая запряжённых чудовищ стоять смирно. "Настал час заката, — сказал Иркалла, и от голоса его мелкой дрожью затряслись уродливые тела сфинксов. — Час, когда должен я покинуть свои владения и остановить агонию, в которой корчится мир. Такова моя скорбная и вместе с тем радостная обязанность, ибо во всякой скорби сокрыт зародыш радости, и всякая радость отравлена горькими семенами скорби, а смерть — как бы ни была она ужасна и какую бы ненависть не вызывало одно лишь упоминание моего имени — всё же служит жизни. А потому злом уместно считать движение к смерти, приближение к ней, иначе говоря — *умирание*, но за смертью следует сохранить доброе имя, ибо она прекращает умирание, освобождая путь жизни. Поэтому обязанность моя всё же в большей степени радостная, чем скорбная, и я стремлюсь как можно скорее и лучше исполнить её. И не было бы мне никакого дела до вас, нелепые дети бездны, если бы не увидел я, как вы, обуянные своей преступной жаждой, растрачиваете попусту кровь, ибо у вас нет души и вы не можете обрести её, и всё, что попадает в ваши утробы, обращается в ил и тину. Я — хозяин земли, откуда нет возврата, и дело моё — лишать жизни и сеять смерть, но жизни лишить можно только того, кто живёт и дышит — иначе говоря, убить можно только того, кто является кем-то, но того, кто, в сущности, является никем, убить никак нельзя. Однако же, несмотря на то, что вы никогда не жили, а потому убить вас невозможно, — с этими словами Иркалла отбросил прочь поводья и вышел из колесницы, — я всё же не могу не прекратить вашего существования — если только можно говорить применительно к вам о *существовании* — и не обратить вас в ничто, ибо только таким образом может быть восстановлена справедливость".

Услышав этот приговор, оба сфинкса одновременно издали отчаянные вопли, и один из них, взирая снизу вверх на бога смерти, прокричал: "Вот оно что! О, жестокие боги! Теперь вы говорите о справедливости! Не ты ли сам, великий Эн-Уру-Гал, хозяин большой земли, бесстрастно наблюдал, как твои братья и сёстры лепили нас из грязи, взятой со дна океана Нар-Маттару? Не ты ли сам, вместе со своими братьями и сёстрами, своим отрешённым молчанием отказал нам в просьбе наполнить наши жилы кровью, не ты ли, сжалившись над нами, сказал, что в час падения мира сможем мы пить сколько угодно крови и наслаждаться её вкусом, чтобы страсть наша была хотя бы отчасти..." Но сфинкс не успел договорить, ибо Иркалла выхватил меч и одним ударом отсёк ему голову, и сфинкс упал в Реку и был ею мгновенно поглощён. Второй же, зарычав, бросился на бога смерти. Долго боролись они, и никто из них не мог одержать верх над другим, но наконец Иркалла изловчился и вырвал у сфинкса глаз, и тогда чудовище взвыло от боли и отступило, и не прошло мгновения, как меч настиг его, и второй обезглавленный сфинкс пал в кровавые воды. "Вы вышли из хаоса и небытия, но не стали из-за божественной прихоти частью мира, — медленно проговорил Иркалла, возвращая меч в ножны и поднимаясь в свою колесницу, — а потому стали ничем, ибо не жили и не умирали, но перед обращением в ничто всё же смогли хотя бы отчасти утолить свою жажду. Так я восстановил справедливость, потому как мне чужды легкомысленность и жестокость моих братьев и сестёр, что творят дела, подчиняясь своим сиюминутным капризам". Так сказал Иркалла; вырванный же в бою глаз сфинкса, вырезанный из чёрного оникса, вставил он в драгоценную оправу и стал носить на безымянном пальце левой руки».

— Иштар!

Оклик Иры вернул Иштар в реальность. Перед глазами её снова были клетки, распластанные на дне чашки Петри.

— Кровопийца, вот он кто, — заявила Ира. — Твой замечательный Пётр Алексеевич. Сначала кролики, потом люди — ему без разницы. Ты с ним теперь один на один, вот что... и я тебе больше не помощница. Я тебе помогла… мне дело нужно было завершить. Я своё дело сделала… да, с меня теперь никакого спроса… так и запомни…

— То дело, которое мы с тобой нашли в архиве… — перебила Иштар. — Тот человек, который искал лекарство — ты его знала. Ты не просто знала о его существовании, он был твоим близким другом. Я права?

— Нет. Мы даже не были знакомы.

«Она говорит неправду».

— Иштар! Ты не слушаешь меня!

— Человек не станет рисковать, продолжая чужое дело, а ты рисковала, — резонно заметила Иштар. — Шеф мог тебя уволить.

— Не мог, — тихо отозвалась Ира.

— Да, верно, он не мог тебя уволить, — согласилась Иштар. — Ты ведь… можешь найти ответы на его вопросы не хуже меня. Ты… хороший специалист.

«Теперь и я говорю неправду. Дело вовсе не в этом. Дело в том, что он тебя мучает, Ира. Поэтому он не отпускает тебя. В чём ты всё-таки провинилась? Или провинился тот, кто оставил свои записи в архиве, а ты страдаешь из-за него… за него…»

— Не важно, — торопливо выпалила Иштар, не дав Ире возможности возразить. — Всё это не имеет значения… Тот человек, от которого… мы получили *субстанцию*… он заслуживает того, чтобы благодаря ему были спасены другие, а шеф хочет только проводить исследования… действовать по правилам, хотя при получении препарата он эти правила с лёгкостью нарушил. Я прошу тебя… помоги мне в последний раз, ведь от тебя же требуется так немного. В лабораториях нет камер наблюдения, никто не докажет, что это была именно ты…

— Иштар, я… — Ира, похоже, заколебалась.

— Помоги мне! Ну пожалуйста! Иначе всё потеряет смысл!

— Слушай, — Ира стянула с лица маску, и Иштар увидела, что губы её кривятся, словно она сейчас расплачется. — Слушай, Иштар… я подумаю.

— Спасибо…

— Я не сказала, что помогу тебе! Я *подумаю*. Дай мне время до завтрашнего утра. Болезнь прогрессирует медленно, один день для мальчика ничего не решит. Но для меня это решение может значить слишком много — больше, чем ты предполагаешь. А теперь уйди, пожалуйста.

— Но у меня…

— Я доделаю твою работу! Уйди! — вдруг закричала Ира и подняла маску, скрыв своё лицо.

Иштар встала из-за микроскопа и поспешно вышла.

«На льду стоят шеренгами глиняные куклы, выкрашенные белой краской, все в одинаковых позах: ноги их слегка расставлены, но недостаточно, чтобы придать им устойчивость; спины прямые, руки разведены в стороны. Кончики пальцев каждой тянутся к пальцам соседних, но не достигают их, и между ними сохраняется тонкая прослойка воздуха. Головы кукол тускло поблёскивают в свете круглой лампы дневного света, заменяющей солнце. Отсутствие волос делает их какими-то особенно беспомощными. Среди них стоит человек — высокий, темноволосый, лица его я не могу разглядеть. Он вытягивает руку и легонько толкает одну из них в спину. Кукла падает, увлекая за собой соседних. Они разбиваются — одна за другой. У одной из кукол — Ирино лицо. Когда она разбивается, оказывается, что внутри она была наполнена песком».

Вечером на улице была такая сильная метель, словно зима решила поспорить с календарём и утвердить своё господство над Городом навечно. Эта мысль вызвала у Иштар какое-то неясное щемящее чувство, и она ускорила шаг, чтобы побыстрее добраться до остановки.

Оказавшись дома, она закрыла на ключ входную дверь изнутри и зачем-то ещё подёргала ручку, как будто боясь, что следом за ней в квартиру мог проникнуть кто-то ещё. По ногам сильно дул сквозняк. Скинув пуховик, Иштар сунула руку в карман джинсов и извлекла оттуда немного помятую визитку. На ней были указаны только имя и телефон.

— Алла, — вслух прочитала Иштар.

Присев на кровать, она долго рассматривала картонный прямоугольник, словно тот мог сообщить ей какую-то дополнительную информацию, выдать какую-то тайну, скрытую за черневшими на нём символами.

Положив визитку на прикроватную тумбочку, Иштар легла навзничь и уставилась в потолок, мысленно выводя на нём имя и телефон женщины с огненными волосами, утратившей надежду на спасение.

«Алла, Алла», — повторяла она про себя, пока имя не стало невнятным шумом в её в голове.

— Алла! — громко произнесла Иштар вслух, и имя вместе с его обладательницей вернулись в реальность.

— Алла-плюс-три-семь... — сказала она тише, закрывая глаза. — Если много раз повторить про себя какое-то слово или фразу, они утратят свой смысл. Слово — как ракушка в океанском прибое... когда гибнет моллюск, ракушку носят волны и ударяют о камни, и края её покрываются трещинами, и крошатся причудливые выросты и стираются разноцветные узоры... вскоре ракушка превращается в гладкий окатанный кусочек перламутра... океан крадёт у неё индивидуальность — всё, что кропотливо создавал на протяжении многих лет моллюск... ракушка превращается в песок, рассыпается, возвращается в амниотические воды первоматерии... из неё вымывается всё, что было создано жизнью... и из имён вымываются смыслы... и люди превращаются в окатанные кусочки перламутра... белый песок, которым играет прибой... океан шумит, или это шумит... метель...

Иштар не заметила, как губы её перестали двигаться, и она погрузилась в сон.

5

«Долгие столетия томится Эрешкигаль во дворце своего похитителя, брата и мужа, не знающего жалости бога Иркаллы. Тьма ночи сменяет тьму её дня; ни на мгновение не оставляет Иркалла своих забот, а, стоит молодой жене обратиться к нему, отвечает:

— Загляни, возлюбленная сестра моя, в чёрный камень, что ношу я на своём пальце. Знаешь ли ты, что это за камень? Это глаз сфинкса, поверженного мною в жестокой битве. Ты удивишься и скажешь, что сфинксы сидят теперь невредимые на берегу Реки и тупо таращатся в вечность, потому как у каждого есть пара глаз, вырезанных из чёрного оникса. Эти глаза видят всё — и прошлое, и настоящее, и будущее, и видят в том числе, как гибнут их обладатели, и я, Эн-Уру-Гал, вставляю чёрный камень в драгоценную оправу. Сфинксам нет никакого прока от их всевидения, ибо они способны наблюдать отдельные предметы и явления, но не могут уразуметь связей между ними. Всякое событие познают они в его единичности. Иначе говоря, сфинксы ничего не анализируют, ибо такими создали их боги, но другим своим творениям — людям — боги дали эту чудесную способность. Однако, скажи мне, пользуются ли люди тем даром, который они называют разумом?

Умирая и возрождаясь, человек остаётся прежним, и душа его со временем всё больше вымарывается в грязи, а сам он не озабочен ничем, кроме того, как нанести наибольший ущерб своим собратьям. Взгляни в сияющую гладь камня, и ты увидишь потоки крови и слёз, и горы трупов, громоздящихся тут и там — если бы их не погребать, уже давно не осталось бы нигде ни пяди свободной земли. Ты и сама знаешь это не хуже меня, да и человек себя тоже хорошо знает — не даром он, одной рукой убивая, другой посыпает свою голову землёй и пеплом, да без устали лицемерно причитает и ноет, каясь в своих прегрешениях. То, что я говорю тебе, не ново — ибо вообще нет ничего нового, как нет ничего старого, и время — такая же иллюзия, как пространство. Ты скажешь — зачем же я тогда говорю тебе это, зачем сообщаю тебе то, что и так тебе известно? Я говорю это тебе потому, возлюбленная моя сестра, чтобы ты уразумела, как много забот и хлопот у твоего брата и мужа, ибо в человеческом мире не проходит и мгновения, чтобы брат не убил брата.

Плачет Эрешкигаль, чернеет от слёз её белое лицо, глубокими морщинами покрывается благоуханная кожа, пахнет от неё теперь гнилью. Рвёт богиня в отчаянии свои чудесные волосы, и спутываются они в колтуны, завязываются тугими узлами. Бродит несчастная по пустошам земли, откуда нет возврата, делит с мёртвыми их трапезу — глина у них вместо хлеба, нечистоты — вместо воды и вина. Проклинает она сестру свою Иштар, по чьей вине стала пленницей Иркаллы, и призывает на её голову всяческие бедствия».

Иштар проснулась. На улице остервенело завывала метель.

— О, господи, — выдохнула Иштар, садясь на кровати и переводя взгляд на часы, стоящие на прикроватной тумбочке. — Три часа ночи...

Она подавила желание позвонить Ире.

«Она сама, сама скажет... она поможет мне... не может быть так, чтобы не помогла».

Сон снова утащил Иштар в свой омут, и, едва закрыв глаза, она оказалась в помещении, чьи стены, пол и потолок были, как в больничной палате, выкрашены белой краской. Перед Иштар стояла глиняная кукла с ярко рыжими волосами.

— Алла?

— Я, — голос у куклы был совершенно человеческим, и раздавался как будто из её груди.

— Как себя чувствует ваш... сын?

— Стабильно.

— Что говорят врачи?

— Что они могут сказать?

— Действительно...

— Перед лицом смерти и любви слова беспомощны. В этом — величайшая тайна.

— Беспомощны... — рассеянно повторила Иштар.

— Мёртвые одеты в перья. Я видела это во сне, и с тех пор я не сплю. Мне кажется, если я не буду спать, он дольше проживёт. Безумная мысль, как считаете?

— Не безумнее всех остальных мыслей, которые обычно посещают людей. Так вы совсем не спите?

— Совсем.

— Оттого вы и превратились в куклу. Внутри вы — полая. Горе вас опустошило. Если вас толкнуть, вы упадёте и разобьётесь. И увлечёте за собой других. Когда все куклы разобьются об лёд, наступит ночь. Но мы могли бы помочь вам.

— Если ваша коллега согласится. Я знаю.

Иштар с удивлением воззрилась на неё.

— Я уже почти мертва, а потому могу говорить из царства мёртвых. Хумут-Табал держит меня за волосы. Душа человека знает больше, чем сам человек.

— Мы можем спасти вашего...

— Егора.

Перед глазами Иштар возник образ худенького рыжеволосого мальчика, неподвижно лежащего на больничной постели. Серые глаза его широко распахнуты; он смотрит, не щурясь, на искусственное солнце, висящее под потолком. Его тонкие губы плотно сомкнуты — они сухи и покрыты белёсой растрескавшейся коркой. Кожа у него совсем прозрачная, — сквозь неё просвечивают янтарные ветвления сосудов.

— Это будет стоить вам очень дорого.

— Я на всё готова.

— Вы не понимаете, — кукла печально усмехнулась. — Ваш начальник не простит вам, если вы пойдёте против его воли. Есть люди, у которых нельзя становиться на пути. Для той Аллы, что живёт ещё в мире людей, нет никого дороже сына, и она готова пожертвовать любой жизнью — своей собственной или чьей-то чужой — ради него. Она даже не задумается об этом, ибо такова слепая материнская любовь, но душе приходится размышлять больше, чем её обладателю, и потому мне страшно воспользоваться вашим предложением, потому что вы погубите себя. И Иру тоже.

— У меня нет выхода, — Иштар сжала кулаки. — Нет выхода.

Запищал мобильник, и Иштар, ещё толком не проснувшись, на ощупь схватила его.

«Принято одно новое сообщение».

Она поспешно открыла смс.

«Препарат у меня. Ирина».

— Да! — Иштар чуть не подпрыгнула от радости. Сон как рукой сняло. Обернувшись в сторону окна, она погрозила кулаком утренним сумеркам, затем, взяв с тумбочки визитку Аллы, торопливо набрала номер.

— Я вас слушаю, — голос по ту сторону был совершенно безжизненным.

— Алла, это Иштар! Помните меня?

— Иштар… конечно, помню! — Алла оживилась. — Я уже думала, вы не позвоните. Вы поможете?

— Заберите Его… вашего сына из больницы. Я сегодня же приеду к вам с лекарством. И пришлите мне ваш адрес.

— Да! Да, конечно! Спасибо вам!

Иштар выключила телефон, встала, наспех собралась и, не позавтракав, вышла в метель. Она не успела отойти от дома и нескольких метров, как мобильный тихонько завибрировал у неё в кармане. Достав его, Иштар обнаружила сообщение с адресом Аллы. Щурясь из-за летевшего в глаза снега, она набрала номер Ирины. Та ответила сразу.

— Ира, ты сейчас на работе?!

— Я что, враг себе, Иштар? — вопросом на вопрос ответила Ира. — Появиться на работе среди ночи — это всё равно, что подписаться под кражей препарата. Я должна объяснять тебе такие вещи?

— Ты же взяла его ночью…

— Никакой не ночью, — в голосе Иры послышалось раздражение. — Я его взяла сразу после нашего последнего разговора, как только представилась подходящая возможность, когда в биохимической никого не было и никто не болтался по коридору.

Иштар шагала к метро настолько быстро, насколько позволял дувший ей в лицо ветер.

— Но написала-то ты мне каких-то несколько минут назад!

— Я думала! — Ира была явно возмущена непонятливостью коллеги. — Если бы я передумала, я бы тебе ничего не сказала и вернула бы сегодня препарат в термостат к биохимикам. Помогая тебе, я ставлю под угрозу собственную безопасность. Я бы хотела, чтобы ты это всё-таки учитывала.

«Ну конечно… я совсем забыла, что тебя волнует только собственная безопасность», — с неожиданной злостью подумала Иштар.

— Я еду к тебе, — бросила Иштар в трубку. — Скоро буду.

Иштар выключила телефон и, вовремя сообразив, что метро, должно быть, давно уже заполнено болотной жижей, замахала рукой проезжающим мимо машинам. Остановился синий «Лэнд Ровер». Иштар ощутила, как спазм сжимает её лёгкие, но стекло опустилось, и она с облегчением увидела не того, кого ожидала.

— Тебе куда? — поинтересовался сидевший за рулём мужчина.

Иштар распахнула настежь дверь и, сев без приглашения на переднее сиденье, назвала адрес Иры.

Водитель не спешил трогаться с места и внимательно смотрел на неё, как будто о чём-то размышляя. Он был довольно грузен и имел круглую, остриженную «под ноль» голову с глубоко посаженными бесцветными глазками.

— Это очень важно! — поторопила его Иштар. — Пожалуйста, поедемте скорее! Я очень вас прошу! Я заплачу! Заплачу, сколько скажете!

— Ну… раз так… — он отпустил педаль тормоза и плавно нажал на газ.

«Лэнд Ровер» влился в редкий поток едущих по улице машин. Иштар облегчённо вздохнула.

— У тебя что-то стряслось? — поинтересовался водитель.

— А? — Иштар вздрогнула. — С чего вы взяли?

— Ну… странно себя ведёшь. Видно, что нервничаешь.

Иштар промолчала.

— Убила кого-то?

— Что?! — Иштар чуть не выпрыгнула из машины.

— Шучу-шучу! — мужчина беззлобно рассмеялся. — Не надо так реагировать. Сейчас, по правде сказать, все странно себя ведут. Если залить муравейник водой, муравьи примутся бегать туда-сюда, спасать своих личинок… такие дела. Может, конец света скоро, как считаешь?

— А? — Иштар пожала плечами. — Нет, я так не думаю.

«Говорят, самый могущественный из богов, Нерунагал, когда ему понадобился меч, никак не мог найти подходящего материала для клинка. Всякий камень и всякий металл, стоило только богу смерти прикоснуться к нему, рассыпался в прах, и тогда опечалился Иркалла, и сказал, что отказывается забирать души умерших в загробный мир, покуда не найдёт хорошего материала, из которого мог бы выковать себе меч. Тогда перестали умирать люди, и переполнился мир живых, и раздались повсюду громкие плач и стенание. Но глух был Иркалла к мольбам, день и ночь искал он, из чего бы изготовить клинок, твёрже и острее которого не было бы ни в мире богов, ни в мире смертных. Наконец, утомившись поисками, уснул он на берегу Реки, а, когда проснулся, увидел девочку, игравшую на лугу и ловившую сачком бабочек. Стал Иркалла наблюдать, как ловко она накрывала сачком одну пёструю бабочку за другой и, освободив их из сети и хорошенько рассмотрев, выпускала на волю. Заметив же наблюдавшего за нею бога, девочка не стала отпускать только что пойманную бабочку, но осторожно взяла её в руки, подошла к нему и сказала: "У этой бабочки на крыльях — четыре больших глаза, но зрение у неё плохое: в темноте она ничего не может разглядеть, а на свету — слепнет. Скажи мне, чего ты ищешь". И тогда рассказал ей Иркалла, что ищет он, из чего бы выковать клинок, твёрже и острее которого не было бы ни в мире богов, ни в мире смертных. "Было бы из-за чего печалиться! — воскликнула девочка, выслушав его ответ. — У меня ведь как раз есть то, что тебе нужно!" "Известно ли тебе, кто я? — спросил тогда Иркалла. — И не жаль ли тебе расстаться с тем, что есть у тебя и что нужно мне?" И тогда девочка выпустила из рук пленную бабочку и опустилась перед богом смерти на колени, а он собрал рассыпанные по её плечам золотистые волосы и вырвал их из её головы. Кровь выступила из её ран и залила её лицо, но не проронила она ни единой слезинки. Иркалла же выковал из её волос волшебный меч, твёрже и острее которого нет ни в мире богов, ни в мире смертных, что с равной лёгкостью рассекает всякую материю и обращает её в ничто. И сменил он тогда гнев на милость, и вновь стал забирать умерших в загробное царство, и стихли плач и стенания в мире людей».

— Это всё из-за учёных! — убеждённо заявил мужчина.

— Почему вы думаете, что из-за учёных? — растерялась Иштар.

— Да потому что... учёные эти... Из их стремления причинить всем добро выходит одна только пакость. Слыхала, к примеру, они изобрели такую штуку — какой-то особенный лёд. Один кристалл попадёт в океан, и всё, пиши пропало, вся вода на земле замёрзнет, и вся жизнь на Земле сразу прекратится. Каково?

— Ужасно, — равнодушно прокомментировала Иштар.

— Вот и я о том же.

Иштар отвернулась и поглядела в окно машины.

«Город разрушается, лишившись своего духа, так же, как умирают люди, лишённые души... но мы это исправим, да, исправим... скорее бы только испытать препарат».

— Ну, вот и приехали, — сообщил водитель.

Выглянув на улицу, Иштар тотчас заметила Иру, одиноко стоявшую возле огромного тёмного провала, разверзшегося перед её подъездом. Через провал было перекинуто несколько длинных досок.

— Я выйду на пару минут. Подождите, меня, пожалуйста, и поедем дальше, — попросила Иштар.

— Да без проблем. Подожду.

Иштар вышла из машины. Увидев её, Ира направилась ей навстречу, на ходу расстёгивая молнию своего ярко красного пуховика.

— Вот, — Ира извлекла из внутреннего кармана маленький термоконтейнер и протянула его Иштар.

Иштар осторожно приняла термоконтейнер и прижала его к груди, как величайшую драгоценность.

— Лучше убери во внутренний карман, — посоветовала Ира. — Он, конечно, сохраняет тепло, но всё-таки сильный мороз... может не выдержать.

Иштар расстегнула куртку и, спрятав термоконтейнер, поспешно застегнулась.

— Ира... спасибо тебе.

— Это ничего... — Ира через силу улыбнулась. — Надеюсь, у тебя всё получится. Очень надеюсь.

— Не может не получиться, — убеждённо ответила Иштар и, повернувшись, бегом бросилась обратно к машине. Сев вперёд, она опустила стекло и помахала Ире. Та устало махнула ей в ответ.

— Всё получится! — крикнула Иштар. — Обязательно получится!

— Что ты затеяла-то? Может, расскажешь? — полюбопытствовал водитель.

— Не расскажу, — хмуро отрезала Иштар.

— Не хочешь? Не хочешь — как хочешь, — не стал настаивать мужчина. — Приехали.

— Что, уже?

— Тут ехать-то... — остановив машину у обочины, он отпустил руль и развёл руками. — Всего ничего...

— Сколько с меня? — спросила Иштар, одновременно понимая, что, выходя из дома, не взяла с собой никаких денег.

— Нисколько.

Иштар пристально на него посмотрела. Лицо его показалось знакомым, но лишь на мгновение.

— Нисколько? — уточнила она.

— Нисколько, — он кивнул. — Давай... иди уже...

Иштар, не поблагодарив, вышла из машины и зашагала к дому Аллы.

Алла жила на первом этаже старого полуразвалившегося, кособокого здания, один из углов которого практически утонул в зыбкой почве, а остальные ещё как-то держались. Войдя в парадную, Иштар не сразу нашла в сумеречной темноте нужную дверь и звонок. Тем не менее, едва она прикоснулась пальцем к выделявшейся своей белизной на фоне тёмной стены кнопке, дверь отворилась, и из возникшего как по волшебству прямоугольника хлынул наружу яркий свет. Алла стояла в этом прямоугольнике; её рыжие волосы казались светящимся ореолом, парившим вокруг застывшего лица.

— Это вы! — воскликнула она, увидев Иштар, и на её щеках вспыхнул румянец. — Я так боялась, что вы не придёте! Скорее же входите! — она наклонилась вперёд, схватила Иштар за руку и силой потянула за собой, как будто боясь, что гостья передумает и уйдёт.

— Егор дома, — говорила на ходу Алла. — Как только вы позвонили, я тотчас поехала в больницу и забрала его.

Иштар кивнула. Алла распахнула перед ней двери комнаты и пропустила вперёд.

Комната была светлой и чисто прибранной. У дальней стены, возле большого окна, за которым кружились снежные хлопья, стояла кровать, на которой неподвижно лежал укрытый тонким белым одеялом мальчик. Иштар скинула куртку, предварительно достав из внутреннего кармана термоконтейнер, отдала её Алле и подошла к мальчику. Он оказался таким же, каким она его представляла: худым и рыжеволосым, но глаза его были закрыты, и она не могла увидеть их цвета. Наклонившись, Иштар осторожно приподняла верхнее веко больного. Глаз был затянут плотной на вид белёсой плёнкой.

— Ему ещё можно помочь? — напряжённо спросила Алла.

— Я могу помыть руки? — вопросом на вопрос ответила Иштар, предпочтя не строить предположений — любой врач сказал бы, что шансов у ребёнка нет, и сказал бы гораздо раньше, чем сейчас.

— Воды нет. Из крана уже который день льётся что-то чёрное.

— Понятно. Шприц на десять кубиков, спирт и вата у вас найдутся?

Иштар вглядывалась в лицо больного, пытаясь прочесть в нём какой-нибудь эфемерный намёк на успех её предприятия, но сухие, плотно сжатые губы, как будто сведённые судорогой, и заострившийся, как у покойника, нос мальчика ничего не могли сказать ей, кроме того, что обладатель их — на полпути к могиле.

— Вот, возьмите! — Алла обернулась в мгновение ока и уже стояла подле Иштар, протягивая ей одноразовый шприц в упаковке и пачку гигиенических салфеток. — Спирта и ваты нет, проспиртованные салфетки подойдут?

— Подойдут.

Иштар тщательно протёрла руки салфетками, затем открыла термоконтейнер и извлекла из него пробирку. Янтарная жидкость в ней была такой же прозрачной, как в день её получения. Зажав пробирку двумя пальцами, Иштар распаковала шприц, затем аккуратно отвинтила крышку пробирки.

— Обнажите ему руку и продезинфицируйте область локтевого сгиба, —приказала Иштар женщине, набирая янтарную жидкость в шприц.

Алла быстро проделала нужные манипуляции и безмолвно застыла подле сына.

— Пожалуйста, помоги ему, — прошептала Иштар, сама не зная, к кому обращается, уверенным движением ввела иглу в едва различимую вену на безжизненной руке мальчика и слегка потянула поршень наружу. В камере шприца показалась тонкая чёрная струйка, мгновенно покрасневшая от соприкосновения с препаратом. Увидев это, Иштар осторожно надавила на поршень и, введя весь препарат без остатка, извлекла иглу и прижала к месту укола салфетку.

Ничего не произошло.

— Это всё? — выдохнула Алла.

— Не думаю, что реакция наступит немедленно, — Иштар выпрямилась. — Изменения в организме, вызванные болезнью, слишком серьёзны. Нужно время, чтобы они были… скорректированы. Я бы хотела остаться у вас, чтобы иметь возможность наблюдать за состоянием…

«…за состоянием пациента», — хотела сказать Иштар, но осеклась, вгляделась в такое же неподвижное, как и прежде, лицо ребёнка, и закончила иначе:

— …за состоянием Егора.

Часть четвёртая

Весна

И тогда ангел простёр крыла, которыми закрывал свои раздвоенные копыта, и вытянул его по всей спине раскалённым добела цепом.

Уильям Голдинг, «Шпиль»

1

Весна сковала Город мертвящей стужей — казалось, и зимой вьюга не завывала среди старых зданий так яростно, и не сыпались с неба такие тяжёлые снежные хлопья. Ветер приносил вместе со снегом тучи мелкого сухого песка. Кто-то рассказывал, будто некая полубезумная старуха в грязных лохмотьях бродила, пошатываясь и нелепо жестикулируя, по берегу Реки, бессвязно и исступлённо крича: «Вода промёрзла до самого дна! Кости утопленников стали прозрачными, как стекло! Скоро Река расколется!», и кто-то не по злобе, но больше из страха толкнул её, она упала на запорошённый снегом лёд, и тонкая красная струйка выбежала из её разбитой головы и тотчас замёрзла.

Начавшийся ещё в конце зимы процесс разрушения Города усилился вместе с нежданным весенним холодом — целые улицы уходили под землю, а на их месте оставались глубокие провалы, наполненные незамерзающей зловонной жижей. По зданиям разбегались глубокие трещины, обнажавшие трухлявое нутро старых кладок.

Поговаривали, что по периметру Города образовались самые глубокие провалы, что пока ещё они не сомкнулись в сплошное кольцо, совпадающее с кольцом свалок, но что очень скоро это произойдёт, и тогда весь Город разом исчезнет с лица Земли. Никто, однако, не пытался выяснить ничего наверняка, и вместо того, чтобы бежать прочь из проклятого места, люди запирались в квартирах и офисах, охваченные совершенным равнодушием к своей судьбе.

2

Иштар третьи сутки не отходила от постели мальчика. Всё это время она провела без сна, и теперь её веки неумолимо смыкались.

«В незапамятные времена, в дни, когда мир живых не был ещё отделён от мира мёртвых, в славном городе Ireме, что располагался между Вавилоном и Борсиппой, стоял храм в виде перевёрнутой пирамиды из чёрного оникса, остриём своим не касавшейся земли. Ворота того храма были всегда крепко заперты, и никто не решался даже приблизиться к ним, ведь знали жители древнего Ирема, что в храме уже многие тысячелетия живёт жрец в жёлтой шёлковой маске, чьего лица никто никогда не видел, что денно и нощно возносит он молитвы и приносит жертвы Нергалу, повелителю умерших. Со всех концов мира стремились люди в Ирем, чтобы увидеть удивительный храм, но никто не возвращался из Ирема обратно. И случилось однажды так, что отправившийся в военный поход ассирийский царь остался в Иреме навеки вместе со всем своим войском, и имя того царя было стёрто из всех летописей и сбито со всех изваяний. И стоял тогда по всем землям великий плач — то рыдали женщины, чьи мужья и возлюбленные отправились в Ирем, то кричали дети, чьи отцы никогда уже не возвратятся. И тогда сам Нергал своей волей заставил Ирем исчезнуть с лица Земли, и так разделил он мир живых и мир мёртвых. Об Иреме же как напоминание всем смертным остались в пустыне призрачные руины, и с тех пор называют его — Ирем, город столбов. Многие отправлялись на поиски затерянных развалин, однако до сих пор все они возвращались ни с чем, а иные и вовсе не возвращались, став добычей жёлтых песков».

Почувствовав на себе чей-то пристальный взгляд, Иштар очнулась.

Мальчик сидел на подушке, откинув одеяло, и удивлённо смотрел на неё широко распахнутыми серыми глазами.

— Вы кто?

— Я?! — её охватило какое-то незнакомое ей доселе восторженное чувство, которого она тотчас застеснялась. — Подруга твоей мамы. Помнишь, как зовут твою маму?

— Естественно, я помню, как зовут мою маму, — он говорил по-взрослому спокойно, и во всём бледном лице его была какая-то несвойственная его возрасту сосредоточенность. — Мою маму зовут Аллой. И тебя я тоже помню.

Мальчик, склонив голову набок, ждал, когда Иштар что-нибудь скажет, но она молчала, обескураженная его словами.

— Да, я тебя помню. Мы с тобой не раз встречались. Ты часто падаешь, Иштар, но это ничего, — он улыбнулся. — В этом нет ничего страшного.

— Алла! — наконец опомнившись, что есть силы закричала Иштар. — Алла, идите сюда!

Рыжеволосая женщина практически тотчас вбежала в комнату и, увидев ребёнка, сидящего на кровати, бросилась к нему, порывисто обняла, затем, указав на Иштар, быстро проговорила:

— Это Иштар. Она вернула тебя.

— Мы... — начала было Иштар, но осеклась, заметив устремлённый на неё непонимающий, совершенно чужой взгляд ребёнка.

— Спасибо, Иштар, — тихо сказал он.

— Не за что, — растерянно пробормотала Иштар, вскочила с кресла, вышла в прихожую, схватила с вешалки свою куртку и принялась спешно одеваться. Алла вышла за ней следом. Лицо её было серьёзно.

— Вы куда?

— Нужно рассказать Петру Алексеевичу! — Иштар говорила сбивчиво, ей как будто не хватало воздуха. — Моему шефу! Когда он узнает, что лекарство работает, он поймёт, что я была права, и мы...

— Иштар, — Алла сокрушённо покачала головой. — Останьтесь. Не нужно к нему ехать.

«Ваш начальник не простит вам, если вы пойдёте против его воли. Есть люди, у которых нельзя становиться на пути».

— Я не могу не поехать. И мне уже ничего не страшно, ведь моя работа сделана. Что бы ни случилось, уже известно, как получить препарат, и Пётр Алексеевич сможет лечить с его помощью людей. Всё будет хорошо... я поговорю с ним и вернусь.

— Вы не вернётесь. Нет, не вернётесь, — убеждённо повторила Алла. — Подождите минуту.

Она скрылась в своей комнате, затем появилась вновь и протянула Иштар на раскрытой ладони какой-то небольшой предмет. Иштар опустила глаза. Предмет оказался серебряной брошью в виде бабочки, на каждом крыле которой сияло по крупному красному камню в золотой окантовке.

— Возьмите её.

— Я не могу, — Иштар смутилась.

— Она очень дорога мне. Я хочу, чтобы теперь она была у вас.

— Хорошо, — Иштар расстегнула куртку, взяла брошь и приколола её к свитеру.

«Как же это глупо...»

— И вот ещё... — Алла вытащила из кармана несколько монет. — Вам на дорогу.

Иштар молча взяла деньги.

Женщина открыла дверь, и Иштар шагнула из светлого прямоугольника в темноту, царившую на лестнице.

Обернувшись, она улыбнулась.

— Всё будет хорошо. До свидания.

— Прощайте, — ответила Алла и бесшумно затворила дверь.

До работы Иштар добралась без приключений, взяв такси. Проезжая по набережной мимо сфинксов, Иштар погрозила им кулаком. Ей показалось, что одно из каменных чудовищ повернуло в ответ свою жуткую голову и злобно сверкнуло единственным глазом. Вздрогнув, Иштар обхватила себя за плечи и отвернулась.

«На льду стоят шеренгами белые глиняные куклы. Но нет — это уже не лёд, — это луг, поросший свежей травой. Как неуместно выглядят здесь эти подобия людей... они все замерли в одинаковых позах — их спины прямы, а руки разведены в стороны. Пальцами они тянутся друг к другу, но друг до друга не дотягиваются. Все куклы — лысые, и бровей у них, как я теперь вижу, тоже нет. Их гладкие головы отражают солнечный свет, льющийся с чистого, не запятнанного ни единым облаком неба. Среди них стоит незнакомый мне высокий темноволосый человек. Он вытягивает руку и легонько толкает одну из них в спину, однако кукла не падает, а вместо этого оборачивается и с силой отталкивает незнакомца. Мужчина падает на землю; его полностью скрывает трава. Кукла же выпрямляется — но это уже не кукла, а женщина с пышными огненно-рыжими волосами. Она проходит между всё ещё стоящими неподвижно куклами и легонько прикасается к их протянутым пальцам, и они оживают, и начинают потягиваться и зевать, как люди, пробудившиеся после долгого сна. Одна из кукол падает от лёгкого дуновения ветра и разбивается об твёрдую землю. Из трещин в глине вытекают струйки песка».

К лабораторному комплексу таксист подъехать отказался — дорога к нему была слишком сильно заметена снегом — и остановился у обочины шоссе. Расплатившись с ним и выйдя из машины, Иштар почти бегом бросилась через лес.

«Уже час, как начался рабочий день... шеф обязательно должен быть на месте, но если нет... если нет... я дождусь его».

На полпути к комплексу Иштар услышала громкие голоса Иры и Петра Алексеевича, раздававшиеся в глубине леса. Слов было не разобрать, но ясно было, что оба собеседника раздражены. Иштар остановилась на мгновение, затем, ступая как можно тише, двинулась в сторону говорящих. Вскоре она увидела красный Ирин пуховик. Ира стояла по колено в снегу и казалась из-за этого совсем маленькой. Над ней угрожающе склонялся Пётр Алексеевич. Иштар, никем из них не замеченная, спряталась за одним из деревьев.

— ...ты думаешь, я просто так послал с тобой Иштар?! — грубо спрашивал Пётр Алексеевич (Иштар представила, как он наступает на всё больше съёживающуюся Иру). — Я с самого начала знал, что ты попросишь меня дать её тебе в помощь! Это было очевидно, Ирина! Сама бы ты никогда не разобралась в работе Игоря! Никогда!

«Они говорят про архив, — мигом догадалась Иштар. — Так вот как звали сотрудника, занимавшегося поиском *субстанции* в крови... И Пётр Алексеевич знал о его работе...»

— Ты отличный специалист, Ирина, — продолжал шеф, — но Игорь был настоящим гением.

— Потому-то вы и убили его! — гневно выкрикнула Ира.

— Я? Убил? — голос шефа стал нарочито спокойным. — Надеюсь, вы понимаете, Ирина Андреевна, что это очень серьёзное обвинение. Но я не сержусь на вас, поскольку вы, по всей видимости, до сих пор очень тяжело переживаете кончину вашего мужа.

— С-скотина, — Ира взяла себя в руки и больше не кричала. — Какая же вы скотина... Вам нужна была его работа, но вам было невыносимо видеть, что он талантливее вас и разбирается в таких вещах, какие вам и не снились. И вы попытались избавиться от него, едва решили, будто он уже сделал всё необходимое, что дальше вы и сами разберётесь... славно вы просчитались, верно?! — с губ её сорвался нервный смешок. — Вы всячески мучили его, а потом и вовсе... отняли у него дело всей его жизни — я ни за что не поверю, будто вы не знали, *что* за этим последует! Должно быть, вы очень радовались, узнав о самоубийстве Игоря, но каково же было ваше разочарование, когда вы ничего не сумели разобрать в его записях!

Иштар зажала рот ладонью, чтобы не закричать от накатившей на неё волны ужаса.

— Но у меня осталась ты, Ира, — мягко проговорил шеф. — Ты бы не смогла сделать сама всей работы, но без тебя вряд ли бы кто-то справился.

— О, да, конечно... вы отлично разбираетесь в людях, — голос Иры дрожал. — Вы знали, что я никуда не уйду и буду стараться всеми силами завершить дело жизни моего мужа. А когда появилась Иштар, в вашей голове сразу родилась комбинация, как объединить наши с ней усилия... уж на это вашего жалкого умишка хватило.

— И ты прекрасно в эту комбинацию вписалась, — по голосу Петра Алексеевича было ясно, что он не издевается, а только констатирует факт. — Всё, что я совершаю, я совершаю ради *дела*, Ирина. Без меня твой Игорь ничего бы не сделал, потому что ему нужны были условия, а я руковожу единственной лабораторией, в которой было возможно провести его эксперименты. К тому же, я ни в чём его не ограничивал — ни в оборудовании, ни в реактивах. Равно как и тебя с Иштар. Проблема всегда была в тебе, Ирина. Если бы я просто приказал тебе работать над нашей проблемой вместе с Иштар, ты бы сделала всё, чтобы избежать этого, ведь ты слишком сильно ненавидишь меня, верно?

Иштар не удержалась и немного выглянула из-за дерева, рискуя быть обнаруженной. Она увидела, как Пётр Алексеевич протянул руку в перчатке и коснулся Ириного лица. Ира попыталась уклониться от его прикосновения и чуть было не потеряла равновесие.

— Не стоит обвинять меня в произошедшем с Игорем, — шеф усмехнулся. — Ты ненавидишь меня так сильно оттого, что сама чувствуешь свою вину. Возможно, если бы Игорь не узнал о нашей связи, он бы гораздо легче перенёс увольнение и потерю, как ты говоришь, дела его жизни, так что не пытайся переложить на меня ответственность, у тебя это не получится. Я знаю тебя лучше, чем ты знаешь саму себя. Именно поэтому ты всегда будешь делать не то, чего хочешь ты, а то, чего хочу я.

— Вы не могли предположить, что я заберу препарат! — в голосе Иры послышались торжествующие нотки.

— Да, верно, этого я не ожидал, — шеф усмехнулся. — Я не ожидал, что ты решишься на такое, хотя я понимаю причины, толкнувшие тебя на этот шаг. Когда пропажа обнаружилась, а Иштар исчезла, я сразу подумал о тебе. Тем не менее, я не хочу, чтобы кто-либо знал об этом. Поэтому я отвёл тебя в безопасное место, где мы можем поговорить без свидетелей.

— Зачем это вам?

— Я не хочу тебя лишаться. И ещё я не хочу, чтобы ты опять когда-нибудь вышла из-под контроля. Отныне ты действительно будешь делать только то, что я тебе скажу.

— Почему вы так уверены? — её голос дрожал.

— Потому, что кроме меня у тебя никого нет, — Пётр Алексеевич говорил почти ласково, и Иштар знала, что теперь он улыбается своей обычной обезоруживающей улыбкой. —

Потому, что узы ненависти сильнее любых других уз. И, к тому же, вам некуда идти, Ирина Андреевна, разве что отправиться вслед за вашим дорогим и обманутым вами мужем.

Ира судорожно вздохнула.

— Ничего страшного, Ира. Если ты будешь вести себя по *правилам*, я не буду уж слишком сердиться на тебя. Я прощу тебе твою оплошность. Ты меня поняла?

Она кивнула.

— Вот и хорошо. Я знал, что мы с тобой договоримся. А теперь пойдём.

— Да... вы идите, я ещё немного подышу воздухом...

— Конечно, подыши. Это полезно. Только недолго.

Иштар услышала, как он зашагал прочь. Дождавшись, когда его шаги стихнут, она снова выглянула из-за дерева. Ира стояла, запрокинув голову и не щурясь глядя в извергавшее белые хлопья небо. По лицу её катились слёзы.

— Ира! — негромко окликнула её Иштар.

Ира обернулась и, увидев Иштар, невесело улыбнулась.

— Ну что, всё слышала?

— Я слышала достаточно, — Иштар подошла к ней. — Так вот, значит, почему ты ненавидишь шефа...

Лицо Иры вдруг исказилось.

— Ты ничего не хочешь сказать мне?! Ты не хочешь рассказать, помог препарат мальчику или нет?! Тебе важно только то, за что я ненавижу этого... этого...

«Ира стоит перед шефом. Она выглядит гораздо моложе, чем теперь, и на пальцах её нет следов чернил. Она смотрит на Петра Алексеевича взглядом, в котором смешались преданность и восхищение. Он улыбается.

— Игорь ничего не узнает, Ира. В твоих чувствах нет ничего предосудительного. Это всего лишь химия.

Ира улыбается ему в ответ, но улыбка получается какой-то растерянной.

— Да, Пётр Алексеевич.

Он обнимает её и отечески целует в лоб».

— Препарат действует, — тихо сказала Иштар.

— Действует! — почти с религиозным восторгом выдохнула Ира. — Иштар, но это всё меняет!

— Что, с *твоей* точки зрения, это меняет?

— Иштар, да пойми ты... ведь мы можем теперь уйти от него, мы обе знаем, как сделать лекарство, а ты его уже проверила... и у нас есть свидетельница, которая перед кем угодно подтвердит его эффективность. Ты хотя бы понимаешь, что это значит?

— Нет, — отрезала Иштар.

Услышав это «нет», Ира вздрогнула, как от пощёчины.

— Нет?! Но почему?!

— На это потребуется очень много времени. Даже Пётр Алексеевич ещё не скоро найдёт подходящих доноров и наладит производство препарата. А найти ещё одну лабораторию, где будет всё необходимое, убедить руководство, поставить методики... нет.

— Иштар... Иштар, мы *можем* всё это сделать. Разве ты не видишь, кто он?

— А кто *ты*? — безжалостно осведомилась Иштар.

— Иштар, но я ни в чём не виновата... — по лицу Иры снова покатились солёные капли.

«Нет, ты виновата, виновата больше, чем кто бы то ни было, если бы ты не дала волю своим чувствам, своим эмоциям, своей *химии*, Игорь был бы жив, и, объединив усилия с ним, мы бы уже давно выделили *субстанцию* и победили бы эпидемию... и Духу Города не пришлось бы умирать!»

Иштар сжала зубы так, что у неё заболели дёсны, и боль отдалась над переносицей.

— Иштар... ты... ты же ничего не видишь. Ты слепа!

Лоб Иштар снова пронзила боль. Она принялась тереть пальцами переносицу и поймала себя на мысли, что не ощутила собственного прикосновения.

— Иштар... — Ира умоляюще протянула к ней руки. — Иштар, прошу тебя, мы же с тобой подруги...

— Подруги?! Мы с тобой — подруги?! Я бы меньше всего хотела иметь дело или дружить с такой, как ты! Ясно тебе?!

Почувствовав, что сейчас не выдержит и ударит коллегу, Иштар отвернулась и опрометью бросилась к лабораторному комплексу.

***

Открыв дверь кабинета, она увидела Петра Алексеевича, склонившегося над какими-то бумагами, и в нерешительности остановилась.

— Вот ты и вернулась, — он поднял голову и внимательно посмотрел на Иштар. — Спутала ты мне планы, нечего сказать.

Взгляд шефа напомнил Иштар жуткий взгляд одноглазого сфинкса.

— Мы получили лекарство, — сказала она. — Мальчик выздоровел.

— Вот как? — шеф не выглядел потрясённым.

— Почему вы так на меня смотрите, Пётр Алексеевич?

— Как же мы докажем, что помог именно *наш* препарат? — шеф говорил очень тихо, почти шёпотом. — Ведь ты всё сделала *не по правилам*. Ты не провела необходимых лабораторных тестов. Может быть, мальчик выздоровел сам. Может быть, это просто совпадение. Случайность.

Выражение красивого лица шефа было напряжённым, как будто ему стоило огромных усилий сохранять спокойствие.

— Ты подвела меня, Иштар. Ты меня очень разочаровала.

— Но это не совпадение, Пётр Алексеевич. Лекарство правда работает.

— Я знаю, Иштар.

Иштар встряхнула головой, как будто пытаясь прогнать назойливую мысль, но в действительности впервые в жизни в её голове было совершенно пусто.

— Иштар, мы знаем, что препарат работает, но мы никак не можем доказать этого. Сведения, которыми мы располагаем на сегодняшний день, не являются научными. Ты понимаешь меня? Понимаешь?

— Да, — Иштар кивнула.

— Чтобы начать производить лекарство, нам необходимо обладать *строгим научным знанием*. Не метафизикой, не какими-то зыбкими догадками, а *строгим научным знанием*.

— Я... я получу это знание, — прошептала Иштар.

— Нет, Иштар. Ты его не получишь. Я отстраняю тебя от этой работы. Я сам займусь проектом — у меня есть вся необходимая теоретическая база, поэтому твои знания и ум мне больше не потребуются. Начиная с данного момента остаётся только аккуратная рутинная работа.

— Я...

— Своими действиями ты сильно навредила проекту, — продолжал шеф. — Теперь, когда у нас больше нет препарата, нам придётся снова искать подходящего донора, а это может занять много, очень много времени.

Иштар до боли сжала кулаки.

— Я хочу стать донором.

Лицо шефа выразило крайнюю степень удивления.

— Что? Повтори, пожалуйста, что ты только что сказала.

— Я хочу стать донором, — повторила Иштар. — Вы знаете, какие мне снятся сны. Вы получите препарат великолепного качества. Не хуже того, который я… использовала.

— Ну что ж, ты права, — шеф, похоже, о чём-то размышлял. — Но это не может быть устной договорённостью. Тебе придётся подписать все необходимые бумаги.

— Я подпишу всё, что потребуется.

— Отлично, — он извлёк из кармана пачку гигиенических салфеток, вытащил из неё сразу несколько и принялся тщательно вытирать руки. — Отлично, Иштар. В таком случае, за этот день я улажу все формальности и попрошу тебя быть завтра утром в восемнадцатой городской больнице. Но согласие ты подпишешь сегодня же.

— Да. Сегодня же, — Иштар улыбнулась. — Не беспокойтесь, Пётр Алексеевич, я до завтра не передумаю.

Ничего не ответив и не глядя больше на Иштар, он сложил салфетки аккуратными квадратиками — каждую по отдельности — и бросил в мусорное ведро.

3

В ночь перед операцией Иштар приснилось, что она стоит в центре пустыни, уходившей за горизонт на все четыре стороны света: на север, на юг, на запад и на восток. Ни одна капля влаги уже на протяжении многих тысяч лет не орошала эту ровную, как лист бумаги, бесплодную землю, покрытую мелким белым песком, в котором не пробивалось ни единой былинки. Иштар запрокинула голову и увидела вместо неба низкий гранитный свод. Когда же она опустила глаза, то обнаружила, что стоит возле пропасти, в немыслимую глубину которой уходит извитая бордово-красная пуповина, тянущаяся от её собственного лона.

На краю пропасти сидел, свесив ноги в бездну, статный юноша, закутанный в белые погребальные одежды. Строгий и скорбный профиль его был как будто врезан в расстилавшийся вокруг унылый пейзаж.

— Вы — Иркалла, властитель земли, откуда нет возврата? — помедлив, осмелилась спросить Иштар.

Он повернул к ней своё белое лицо, на котором под сурово сдвинутыми изломанными бровями горели сумрачно и проницательно два совершенно чёрных глаза.

— Да, это я, бог, чьё имя проклинают по ту и по эту сторону Реки. Сколько бы раз не погибал и не возрождался мир, ненависть ко мне остаётся неизменной, из чего следует заключить, что ума у смертных не прибавляется. Снова и снова их род повторяет одни и те же ошибки, снова и снова оказывается неспособным достичь совершенства и сохранить свой мир, снова и снова впадает он в ничтожество! — Иркалла презрительно скривил тонкие губы, за которыми блеснули острые, как у хищного зверя, зубы. — Да и род богов — не лучше, и боги вместо того, чтобы поддерживать бытие в чистоте и порядке, без конца пляшут на вершинах священных гор да напиваются вином, так что под конец и вовсе теряют разум! По их вине ткань мира ветшает, и я снова и снова вынужден рассекать её и перерубать своим мечом пуповину, питающую творение. И глупо проклинать меня, ненавидеть или бояться, ибо я делаю это не из прихоти и не по собственному желанию, поскольку, в отличие от людей и богов, мне неведомы прихоти и желания, и я лишь вершу то, что до́лжно! Однако, признаться, я сильно устаю, когда мне приходится превращать в песок всю материю, всю глину, что была озарена божественным светом, и предпочёл бы, чтобы закат не наступал вовсе, и солнце мира живых всегда бы оставалось в зените. Взгляни на мои владения! — Иркалла махнул рукой в неопределённом направлении, и Иштар заметила на его пальце перстень с чёрным ониксом. — Ведь здесь и так предостаточно песка!

Иркалла умолк, скрестив руки на груди и хмуро глядя в бездну. Помедлив, Иштар набралась храбрости задать ему ещё один вопрос.

— А можно ли... удержать мир от гибели?

— Это не в моей власти, — Иркалла покачал головой. — Не я отнимаю у людей данные им души, я лишь забираю их сюда, в землю, откуда нет возврата. Но я не могу совершить обратного. И не я отнимаю у богов разум, — они сами теряют его. До того момента, пока люди сохраняют веру, а боги следят за своим творением, миру ничто не угрожает. Религиозные культы, однако, постепенно разлагаются, их отголоски ещё некоторое время сохраняются в культуре — главным образом, в литературе, но затем и они блекнут и истончаются, как лёд, брошенный в кипящую воду, а боги совершенно отбиваются от рук. На закате нужно принести очень большую жертву, чтобы вновь наступил рассвет.

Иштар подошла ближе к краю пропасти, так что из-под ног её вниз посыпался песок. Отчаянная тоска сжала её сердце, и она отвернулась. Заметив это, Иркалла поднялся, подошёл к ней и положил на её плечо свою холодную руку.

— Увы, Иштар, на закате из богов остаюсь я один. Боги умирают и вновь рождаются из небытия, чтобы сотворить мир, и даже супруга моя Эрешкигаль покидает меня, чтобы возродиться вновь юной и прекрасной, и быть похищенной и погубленной мною. Лишь я по-настоящему вечен, и потому называют меня величайшим из богов. Но что это, если вдуматься, за величие — быть властителем небытия, повелевать чудовищами и демонами, не имеющими душ и плоти, обитающими среди хаоса! Да, некому теперь говорить с тобой и некому сказать тебе слова утешения, а из меня плохой утешитель.

— Я не смогла избежать врат преисподней... — прошептала Иштар.

— Ты и *не могла* избегнуть их — так было предначертано твоим именем.

— Так я... умру?

Она почувствовала, как ледяные пальцы с силой сжимают её плечо.

— Умрёшь ли ты, я не могу тебе сказать, ибо Намтар не завершил ещё книги твоей судьбы и оставил в конце её пустые страницы, но предначертанное должно свершиться. Если у тебя есть воля к жизни, руководствуйся ею и пусть она ведёт тебя, а если тебя терзает страх смерти — отбрось его. Одно я могу пообещать тебе, Иштар — лишь то, что в моих силах, — ответил Иркалла. — Я избавлю тебя от той невыносимой боли, что испытывает всякий, переступающий границу между мирами.

— Спасибо тебе, Эн-Уру-Гал, хозяин большой земли, — ответила Иштар и в тот же миг почувствовала, как с плеча исчезла давившая на него тяжесть.

Поднявшись ещё затемно с постели, Иштар тщательно помыла голову, почти час простояв под душем, затем быстро собралась, стараясь ни о чём уже больше не думать, и отправилась в восемнадцатую городскую больницу.

У гардероба её встретила Ира. На некрасивом Ирином лице застыло какое-то отрешённое выражение.

«Ещё пребывая в мире живых, человек может находиться в земле, откуда нет возврата...»

— Ира, здравствуй, — поприветствовала коллегу Иштар.

— Я провожу тебя в палату, — резко ответила Ира.

Иштар, сняв куртку и взяв в гардеробе ядовито-жёлтые бахилы, последовала за ней по привычным уже коридорам, сплетавшимся в белый больничный лабиринт.

— Тебе введут миорелаксант, — сообщила Ира. — Наркоз давать не будут, поскольку неизвестно, как он влияет на состав получаемого препарата.

— Ясно.

Иштар не испытывала ни малейшего беспокойства.

Они остановились перед дверями палаты, и Иштар, опередив Иру, сама нажала на легко поддавшуюся ручку и вошла в белое помещение. Возле располагавшегося в центре палаты металлического стола Иштар увидела Петра Алексеевича и двух незнакомых врачей. Обойдя Иштар, Ира подошла к шефу и встала от него по правую руку.

— Снимай обувь, раздевайся и ложись, — приказал шеф.

Иштар послушно проделала то, что ей было сказано, и, прежде чем вытянуться на гладкой стальной поверхности, отколола от свитера брошь Аллы и крепко сжала её в пальцах.

«Только бы не выронить, когда они введут миорелаксант...»

Она с трудом приподняла голову и увидела своё нагое тело — такое же белое, как стена, распластанное на металлическом столе. Тяжёлая рука с длинными и твёрдыми пальцами опустилась ей на шею, сдавила её, и Иштар стало нечем дышать.

Шеф наклонился над ней и тихо проговорил ей в самое ухо:

— Если бы я только мог, я бы прямо сейчас задушил тебя собственными руками за все неприятности, что ты мне доставила. Но меня успокаивает хотя бы то, что тебе будет очень, очень больно, Иштар, какой бы бесчувственной ты ни была.

Иштар почувствовала себя совершенно беззащитной, и ей захотелось закрыться от него, но всё, что она могла — это крепко-накрепко зажмуриться.

Пётр Алексеевич убрал руку и выпрямился. Иштар ощутила укол в вену, и голова её бессильно откинулась назад.

— Начинайте, — услышала она голос шефа, раздававшийся как будто откуда-то очень издалека.

Она попыталась шевельнуться, но тело ей уже не повиновалось. Собрав всю свою волю, она сжала пальцы, так что края старинной броши глубоко впились в её кожу.

«Кровь… не песок… это моя, моя тёплая, живая кровь…»

Ночь окутала Иштар, и боли не было, было только бесконечное падение в пропасть, на дне которой шумел густой красный поток. Бог смерти Иркалла никогда не лгал.

По реке мифа: автокомментарий

Во все времена все усилия мыслящего человека были направлены на то, чтобы извлечь из магической формулы Философский Камень, преобразующий душу и дарующий вечную жизнь, чтобы Homo Dormiens стал Homo Vigilans, человек спящий — человеком бодрствующим, тем, кто имеет право говорить с Богом. Но Бог уснул или умер, и в тот миг миф сменился реальностью, и уже нельзя сказать, было ли нечто когда-то, случалось ли, или же всё — только песок. Действительно, нельзя сказать о чём-либо, что оно случалось, если это произошло в далёкой древности, столь далёкой, что мысль человеческая не способна её постичь, а человеческая мысль, надо сказать, вообще не многое способна постичь — так, она не постигает бесконечности вселенной, но ещё сложнее человеку представить себе вселенную ограниченную, поскольку, если есть граница, что же тогда располагается *за* нею? Бытие есть, а небытие — то, чего и вовсе нет, но в то же время в небытии как будто сокрыта *возможность* бытия, а, значит, оно всё же есть, или же небытие противостоит бытию и борется с ним. Такова человеческая мысль — она кружит вокруг неразрешимых вопросов, находящихся за пределами научного познания, кружит вокруг них с превеликой охотой, как будто ей доставляет удовольствие мучить себя и терзаться невозможностью ответа, и это мазохистское стремление человеческого разума выйти за пределы чувственного опыта, познать непознаваемое, открыть сокрытое и поименовать неименуемое сильно заботило одного профессора из Кёнигсбергского университета.

Самая ясная мысль не уверена, создала ли она миф или же сама она вышла из мифа, и случались ли те истории на самом деле, или же явились они из погружённого в первобытный мрак сознания некоего существа, едва ли похожего на современного человека, или же, напротив, даже очень похожего — почти неотличимого от современного человека существа, но тогда нельзя сказать, каким образом то существо выдумало премудрые истории, которые человек интерпретирует так и эдак, и всё никак не придёт к какому-то однозначному их толкованию. Говорят, из этих историй, в которых всё было слито воедино, которые когда-то были самой жизнью, вышли все науки и все искусства, но в таком случае нельзя ли сказать, что миф, содержавший в себе всё человеческое знание в потенции

— примерно так, как небытие содержит в себе бытие, — что миф этот и был тем высшим, в процессе распада и угасания которого возникла сама история рода человеческого, представляющая собою лишь всё ускоряющееся и неостановимое падение в бездну. Так возникновение множественности стало не чем иным, как следствием умаления и разрушения единства.

...или же миф течёт, подобно реке, у него нет начала и нет завершения, а мы — только щепки, упавшие в эту реку... К мифу невозможно применить понятие времени, и всякая модель времени — будь то линейная, циклическая, спиральная или какая-либо иная, даже присутствуя *внутри* мифа, не может быть приложена к нему снаружи, иными словами, время мифа движется согласно собственному закону, и *одновременно* мифическое время является застывшим, статичным, потому как внутри мифа всё уже раз и навсегда *свершилось*. Время мифа движется и не движется, сам же миф относится к прошлому, настоящему и будущему и сам является чем-то вроде мирового яйца, из которого выходит всё сущее, однако само яйцо при этом всегда остаётся целым и цельным. Допуская это, мы признаём наличие пуповины, связывающей человека с мифом, однако, утверждая, что миф вместе с тем отделён от сущего, человек категорически заявляет, что пуповина эта была в какой-то неясный момент перерезана.

Время мифа является особым временем, отделённым от времени исторического, в котором сменяются человеческие поколения, равно как поколения всех прочих созданий; пространство мифа точно таким же образом является особым пространством, отделённым от пространства, которое мы можем именовать историческим, то есть тем, в котором разворачивается человеческая история... лучше даже употребить вместо понятия *пространства* понятие *территории*, поскольку мы говорим, не вдаваясь в подробности, лишь о некой физической поверхности, в которую человек если и углубляется, то несущественно, на какие-то сотни и тысячи метров и, опять же, процесс этого углубления имеет лишь физическую природу. Человек придумал единицы измерения исторического времени и территории, и абстрактность этих единиц — всех этих секунд и метров, не имеющих никакого отношения к физическим времени и пространству, поскольку ни время, ни пространство, в сущности, не дискретны, — абстрактность всех этих единиц позволила человеку объявить, что время и пространство иллюзорны.

К каким же выводам **мы** можем прийти, суммируя всё вышесказанное? **Мы** говорим, что есть мифические время и пространство, и есть пространство и время исторические, или физические. **Мы** утверждаем, что пуповина, связывавшая человека с породившим его мифом, была перерезана. Если **мы** зададимся целью ответить на вопрос, в какой *именно* момент она была перерезана, то ответ будет предельно простым — в тот самый момент, когда время распалось на мифическое и историческое, и в тот самый момент, когда произошло аналогичное распадение пространства. **Мы**, конечно же, не назовём точной даты и времени, которое показывали в тот миг самые обыкновенные часы, однако, если быть до конца последовательными, **мы** должны сказать, что это-то и была *первая секунда первого часа <...> первого года человеческой истории*.

Ну а если мы предположим, что и вправду *до сих пор* живём в мифе, то это принципиально меняет всю картину, потому как в этом случае получается, что время и пространство целостны, и лишь в сознании человека и нигде более присутствует их трагический разрыв, похожий на незаживающую рану, ибо человек, вспоминая о своей отторгнутости от мифа, испытывает ни с чем не сравнимую тоску и прилагает всяческие усилия, чтобы восстановить целостность времени и пространства. К этим усилиям относятся многочисленные примеры освящения окружающего человека пространства, бывшие распространёнными в более не существующих традиционных обществах. Так, есть многократно повторяющаяся у различных народов легенда о некоем божественном существе, создавшем космическую ось, вокруг которой сформировалось бытие. Эта космическая ось, представленная в различных вариантах мифа то волшебной горой, то мировым деревом, то просто столбом, становится прообразом реальных объектов, освящающих физическое пространство и приобщающих это физическое пространство к пространству мифическому. Мирча Элиаде приводит пример, рассказывающий об австралийском племени ахилпа, в традиции которого входило всюду таскать за собою столб, символизирующий первую космическую ось, вырубленную божеством Нумбакулой из ствола огромного эвкалипта. Согласно мифу, Нумбакула прикрепил этот столб к земле собственной кровью и вскарабкался по нему на небо. Таким образом, благодаря столбу ахилпы постоянно ощущали свою связь с породившим их божеством, однако, если столб ломался или терялся, всё племя охватывала ужасная печаль, его члены садились на землю, не принимали воды и пищи и вскоре умирали. К смерти их, несомненно, приводили не голод и жажда, но ужас перед хаосом, который, по их мнению, наступал при поломке мировой оси, иными словами, именно мифическое пространство члены традиционного общества воспринимали как единственно реальное, то есть историческое, физическое и вообще *существующее*, то же «действительно» физическое пространство, которое современный человек исчисляет метрами и метрами в квадрате, эти люди, ещё не до конца осознавшие произошедший в их сознании разрыв, воспринимали как *хаос, аморфность и непроявленность*.

Таким образом, **мы** приходим к парадоксальному выводу: та физическая реальность, в которой живёт современный человек, реальность, которую можно осязать и измерить, опасна и разрушительна, потому как она вовсе не существует и, оторвавшись от мифа, тотчас рухнула в воды океана хаоса. Аналогичным образом дело обстоит со временем, которое человек пытается освятить с помощью праздников, повторяющих те или иные события мифа, и праздник становится способом приобщения к мифическому, то есть единственно *реальному* времени, нарушение же праздничного ритуала рассматривается человеком традиционного общества как катастрофа, аналогичная поломке мировой оси. Отделение от мифического времени времени исторического превращает последнее в фикцию, и, если с этим можно ещё согласиться, ведь человек может судить о течении времени лишь по изменениям, происходящим с ним и с окружающими его предметами, но прикоснуться к временному потоку или увидеть его он не может, то говорить о «фикции» применительно к пространству сложнее, поскольку человеку всё же очень сложно согласиться с тем, что органы чувств его обманывают, и концепции о лживости их остаются только умозрительными конструктами, в которые мало кто верит. В конце концов, трудно не верить в осязаемость физического пространства, когда ушибёшь голову или порежешь палец. И всё же отделение от пространства мифа физического пространства также упраздняет последнее. Единственное, что остаётся человеку, это либо признать самого себя фикцией, ибо не-фикция никак не может пребывать в фиктивных времени и пространстве, либо согласиться с тем, что он до сих пор пребывает внутри мифа, и так было, и так есть.

Человек, однако, в конце концов отвергает свою причастность к мифу, — в какой-то момент, который Карл Ясперс определил как «осевое время», он доходит до того, что подвергает священные тексты литературоведческому анализу, и миф для него окончательно теряет свою сакральность, превращается в истории о богах и духах, возникшие в первобытном обществе, в занятные сказки, — иными словами, в тип *литературы*, а литературу человек начинает, напротив, называть в какой-то момент «современными мифами», а затем и вовсе отбрасывает её, как нечто совершенно ненужное, как фальшивку и также — фикцию. Человек воображает себя единственным творцом мифов, свой разум — единственным их источником, и само понятие мифа, которое в истинном его значении возможно употребить лишь в единственном числе, распадается на обессмысленное множество. Отказавшись от мифа, человек вскоре обнаруживает своё одиночество и сначала некоторую, а затем уже и очевидную зыбкость своего бытия, поскольку, как **мы** уже установили, вне мифа человек неизбежно мыслится самому себе фикцией, частью фиктивного пространственно-временного континуума, и таково неотъемлемое свойство его сознания. Одиночество же и ощущение собственной фикциональности приводит его в растерянность и ведёт к отчаянному поиску всевозможных концепций, объясняющих место и роль человека в мире, иными словами, к поискам так называемого «смысла жизни», что равносильно полному и окончательному отрицанию Бога, поскольку, если Бог есть и Он сотворил человека, то человеку не нужно искать своего места в мире, ибо место это раз и навсегда определено, и человек, как и всё сотворённое, является частью мира и пребывает в безвременье мифа. Если же человек ищет своего места в мире, значит, Бога для него нет и быть не может, а принятие Бога за «рабочую гипотезу» равносильно его утрате. Таким образом, человек оказывается в весьма двусмысленной ситуации. Наделив человека свободой воли, Бог *как бы* позволяет человеку самостоятельно решать, быть ли ему с Богом или же отпасть от Него. Каким бы ни был Творец, из какого бы материала не изготовил Он человека, всякий раз Он упрямо наделяет человека свободой воли — свободой воли, но не разумом, ибо что есть разум, как не *знание* и *понимание*, как способность к здравому и трезвому суждению? Но способен ли человек — человек разумный, как сам он себя именует — способен ли этот человек к здравому и трезвому суждению? И был ли Адам Кадмон неразумен в сравнении с человеком современным? Сотворённый бесконечно мудрым, изначально *пробуждённым* существом, получивший искру божественного духа, он знал имена всех минералов, растений и животных, и знал самого Бога, и был счастлив, потому как знание Бога и есть счастье.

Но зачем-то помимо этого знания Бог наделяет человека ещё и свободой воли, иными словами, Он из прихоти, из каприза подсылает к человеку змея и подсовывает человеку отравленный плод, вкусив которого, человек теряет ясность рассудка и впадает в безумие, ибо как назвать состояние, в котором некто не может решить, кто он такой и где он находится? Так, едва наделив человека разумом, Бог тотчас лишает его разума и бросает в пучину сомнений, и у человека уже не остаётся иного выбора, как отпасть от Бога, чтобы затем искать Его и никогда уже не найти, ведь невозможно соединить разрубленное и отыскать утраченное. Только ли это жестокая шутка? Пожалуй, и так можно было бы сказать, если бы Бог не зависел от мира, однако же, как следует из всякого мифа, Бог неразрывно связан с бытием, и, едва выйдя из аморфности вод, Он тотчас принимается за сотворение мира. Человек редко задаётся вопросом о мотивах Бога, и, действительно, странно задаваться подобными вопросами, ведь «пути Господни неисповедимы», иначе говоря, человек никак не способен постичь божественного замысла. Однако, если **вы** позволяете себе принять Бога в качестве «рабочей гипотезы», то почему бы не принять в качестве рабочей гипотезы и наличие у Него мотивов? *Полагаю*, в этом случае человек не выдумает для Бога иного мотива для творчества, кроме скуки.

Однако почему бы не принять другую «рабочую гипотезу» и не предположить, что мир попросту необходим Богу, примерно так же, как человеку для жизни необходима твёрдая почва под ногами, и также необходим и сам человек? Отчего не предположить, что бессмертный Бог, исторгнутый хаосом, не растворится в конце концов в том же хаосе, если вдруг откажется творить? Действительно, если Бог — центр организации духа и материи, отделившийся от вод, то не поглотят ли Его вновь воды, если Он не отграничит вокруг себя некое пространство и не обустроит его, и не населит его тварями? Творением мира и человека в мире Бог организует материю и дух — так Он обеспечивает своё существование, но каждый раз отчего-то не может удержаться и закладывает в человека зерно погибели, которое, прорастая, сводит на нет все божественные усилия, и божественная искра иссякает в человеке. Потому **мы** говорим, что с человеком приходит в мир зло, и, хотя человек силится справиться с этим злом, он не справляется, ибо уповает на Бога, который его оставил. Так весь мир приходит в упадок, и хаос поглощает его, и бессмертный Бог умирает, и большинство скажет, что Он сам в этом повинен, и никто иной, ведь Он и был тем, кто вложил в руку и в сердце человека отравленный плод, и всё — закономерно и определено высшей волей.

Однако нет ли в безумии, которым Господь дарит человека, в то же время и высшего блага, и признака не жестокости и не насмешки, но, напротив, доверия, которое Творец оказывает своему творению. Нет ли действительно у человека свободы выбора — однако не в том, чтобы «отпасть от Бога» или «остаться с Богом» (ведь глупо предполагать, что Творец станет ребячески дразнить и искушать творение), а в том, чтобы искать Бога, уповая на Него, или же оставить поиски и взять на себя всю ответственность за поддержание той организации духа, которой человек наделён. Не лежит ли на человеке ответственность за целостность бытия в той же мере, в какой возложена она на Творца, и не рушится ли мир всякий раз только оттого, что человек, пользуясь данной ему свободой выбора, отказывается от этой ответственности.

СОДЕРЖАНИЕ

www.ingramcontent.com/pod-product-compliance
Lightning Source LLC
Chambersburg PA
CBHW070632310726
48982CB00001B/269
* 9 7 8 1 9 3 8 7 8 1 0 2 5 *